novum pocket

Klaus Brehme

NICHT FÜR ALLES GOLD DER ERDE

Die Personen sowie die Handlung des Buches sind frei erfunden. Etwaige Ähnlichkeiten mit tatsächlichen Begebenheiten, lebenden oder verstorbenen Personen wären rein zufällig.

novum pocket

Bibliografische Information
der Deutschen Nationalbibliothek:

Die Deutsche Nationalbibliothek
verzeichnet diese Publikation in der
Deutschen Nationalbibliografie.
Detaillierte bibliografische Daten
sind im Internet über
http://www.d-nb.de abrufbar.

Alle Rechte der Verbreitung, auch
durch Film, Funk und Fernsehen, fotomechanische Wiedergabe, Tonträger, elektronische
Datenträger und auszugsweisen
Nachdruck, sind vorbehalten.

© 2020 novum Verlag

ISBN 978-3-99010-933-5
Umschlagfoto:
Prakasit | Dreamstime.com
Umschlaggestaltung, Layout &
Satz: novum Verlag
Autorenfoto: Klaus Brehme

Gedruckt in der Europäischen Union
auf umweltfreundlichem, chlor- und
säurefrei gebleichtem Papier.

www.novumverlag.com

Inhaltsverzeichnis

Die Ruhe vor dem Sturm 7
Abschied 12
Aussichten 15
Arbeitswelt 19
Fremdes Mädchen 25
Zwischen Traum und Wirklichkeit 31
Gefühl und Verstand 40
Wochenende im Campingpark Wemding 49
Begegnung 77
Wiedersehen 107
Neuland 116
Bei Familie Woltershausen 139
Der Geburtstag 149
Cousinentag 172
Bewährungsprobe 175
Atemlos vor Glück 188
Ankes Rache 196
Albtraum 207
Adventszeit – Lichter der Hoffnung? 230
Leben am seidenen Faden 243
Zwischen Hoffen und Bangen 272
Ungeahntes Talent 284
Epilog 290

Für alle mir am Herzen liegenden Menschen, die auch in Zeiten der Angst und der Zweifel stets zu mir gehalten haben ...

Die Ruhe vor dem Sturm

Es war ein heißer Julitag in Venedig. Touristen tummelten sich in Scharen auf dem Markusplatz, um die glorreiche Ära einer fantastischen sowie geschichtsträchtigen Weltstadt in Augenschein zu nehmen. Den Reiseleitern blieb bei diesem Gedrängel nichts anderes übrig, als ihren Standort durch bunte Fahnen aus Stoff oder irgendwelchen bekannten Maskottchen zu vermitteln, die an dünnen Stangen befestigt emporgehoben wurden. Nur so konnten sie sicher gehen, dass niemand aus der Reisegruppe verlorenging.

Sara, die mit ihren Eltern auf einer kleinen Norditalien-Rundfahrt unterwegs war, konnte das ganze Treiben sehr gut von ihrem Stuhl vor der Cafeteria ‚San Marco' aus beobachten und sich das Grinsen nicht verkneifen, wenn irgendwo mal ein ‚Rosaroter Panther' oder direkt daneben ein ‚Kermit der Frosch' als Stoffpuppe auftauchte. Ansonsten spendete sie dem Geschehen nur wenig Aufmerksamkeit. Stattdessen blickte sie müde und geistesabwesend nach nirgendwo hin und hoffte, dass die Cola ihren Kreislauf bei der unerträglichen Hitze wieder ein wenig in Gang brachte. Ihre Eltern saßen daneben und tranken Kaffee. Ein teurer Kaffee, aber diesen Luxus konnten sie sich leisten.

Seltsamerweise schien den Eltern die von der glühenden Nachmittagssonne aufgeheizte Luft nichts auszumachen. Und falls doch, so ließen sie es sich zumindest nicht anmerken.

‚Gott sei Dank war es die letzte Etappe auf dieser Italienreise', dachte Sara. Morgen früh würde es wieder heimwärts gehen. Sie selbst wollte kein rechtes Interesse an diesem Urlaub zeigen. Zwei viel zu lange Wochen lagen nun hinter ihr, in denen sie sich größtenteils gelangweilt hatte.

Ihre besten Freundinnen und Klassenkameradinnen verbrachten zur gleichen Zeit ebenfalls einen Teil ihrer Sommerferien in Italien, allerdings viel weiter im Süden auf einem Campingplatz an der sizilianischen Küste. Sara malte sich das Flair soeben bildlich aus: Schwimmen gehen im warmen Mittelmeer, abends grillen mit Musik und gut gelaunten Leuten ihres Alters, tagsüber Beachvolleyball spielen, einfach nur mal faul am Strand liegen oder Wanderungen mit Blick auf den Ätna unternehmen. Die anderen Mädels waren wirklich zu beneiden. Väterlicherseits hätte es für das Ferienlager unter Umständen noch eine Zustimmung gegeben, aber ihre altbackene Mutter stellte sich dabei quer. So viele fremde Leute, die sie nicht kennen würde, wie wurde die Sache mit der Aufsicht geregelt, und und und ... lauteten ihre nicht wirklich einleuchtenden Argumente. Traurigen Blickes betrachtete Sara die Seufzerbrücke. Auch sie hatte allemal einen Grund zum Seufzen.

Wenigstens waren auf der ungeliebten Reise noch drei Tage Gardasee mit Strandpromenade und einem Besuch im Vergnügungspark ‚Gardaland' dabei, eine aus ihrer Sicht positiv zu betrachtende Abwechslung im Hinblick auf Städtebesichtigungen und dergleichen.

Ein Kellner ging in etwa drei Metern Entfernung mit einem leeren Tablett an ihnen vorbei und lächelte Sara noch einmal aufmerksam zu, bevor er hinter dem Eingang des Cafés verschwand. Das Mädchen nahm es zur Kenntnis, war jedoch viel zu träge, um in dem kurzen Augenblick sein Lächeln zu erwidern. Wenig später kam er noch mal auf die Familie zu. „Möchten die Herrschaften noch etwas trinken?", fragte er so galant, als wollte er allein damit schon Eindruck schinden. „Danke, ich möchte gerne zahlen", antwortete ihr Vater. Der Kellner rechnete leise in seiner Landessprache zusammen, wobei er die Gesamtsumme auf Deutsch ausdrückte.

Mit einem großzügigen Trinkgeld bedankte sich der Vater nochmals und stand als Erster von seinem Stuhl auf. Sara und ihre Mutter folgten ihm über den rummelhaften Markusplatz zurück zum Hafen.

Enge Gassen, über denen die grelle, hochstehende Sonne die Luft in der Entfernung flimmern ließ, hätten einen Hauch von Romantik hinterlassen können, wenn nur die ganzen tumultartigen Menschenmassen ausgeblieben wären, die der Stadt viel mehr einen Charakter von Hektik als von Wohlfühlsamkeit gab. So kam der wahre Charme Venedigs kaum noch zur Geltung.

Den Canale Grande stellte sich Sara lieber im Mondschein vor, wenn fast niemand mehr auf den Straßen unterwegs war und sie mit einer träumenden Stadt allein wäre. Bei der gegenwärtigen Hitze hingegen mochte sie am liebsten nur noch dösen ...

Stille ringsumher inmitten eines Meeres aus tausenden von Lichtern, so trieb die Gondel lautlos durch das ruhige Gewässer. Sie war nicht allein, ihr gegenüber saß ein smart aussehender junger Mann, der sie pausenlos anhimmelte. Ein milder Nachtwind war ihr einziger Begleiter inmitten der ansonsten schweigenden Häuserpracht. Sie reichten einander die Hände, eine traute Zweisamkeit entstand ...

„Hast du Hunger, mein Kind?", weckte die Mutter sie aus ihrem lieblichen Traum. „Bis zum Abendessen im Hotel dauert es noch ein bisschen. Nimm lieber jetzt ein Butterbrot", bot sie an, während die Familie am Lido auf die Barkasse wartete, mit der die Menschen von dem auf Holzbalken im Wasser errichteten Stadt wieder auf das Festland gebracht wurden.

„Nein, jetzt nicht, später vielleicht", gab Sara kurz und bündig zurück, etwas griesgrämig, da sie beim Warten tatsächlich eingeschlummert war und die Gedankenspiele durch ihre Mutter so abrupt unterbrochen wurden. Sicherlich meinte es Mutter auf der einen Seite gut mit ihr, aber mit 16 Jahren war sie andererseits kein Kind mehr, das ständig umsorgt werden musste. Sie machte sich viel zu viel Sorgen um ihre fast schon erwachsene Tochter. Und dass sie sich in diesem Moment im Norden Italiens aufhielt, anstatt im Süden des Landes am Meeresstrand zu liegen oder vielleicht gerade mit Gleichgesinnten Volleyball zu spielen, wie viele andere Jugendliche es taten, wirkte sich wahrlich nicht positiv auf ihre Stimmung aus.

Am frühen Morgen des darauffolgenden Tages verließen sie ihr schmuckes Hotel an der Adria. Eine zeitaufwendige Rückreise stand ihnen bevor, da durch Passkontrollen und die Zollabfertigung am Brenner-Pass regelmäßig mit längeren Wartezeiten zu rechnen war. Über die Poebene lief der Verkehr noch recht problemlos, aber kurz vor dem Grenzübergang nach Österreich war es damit vorbei. Eine lange Blechkolonne, Autos, LKWs, soweit das Auge reichte, erwartete sie bereits. Die Wagen standen still in der Schlange, sodass auch die Motoren zwischenzeitlich abgestellt werden konnten.

Sara war nicht sonderlich erbaut von der Situation. Der einzige Vorteil dabei lag aus ihrer Sicht darin, dass zur Abwechslung mal keine klassische Musik im Auto gespielt wurde, da ihr Vater durch den Rundfunk über die aktuelle Verkehrslage informiert werden wollte.

Soeben spielten sie den Countrysong ‚New Kid In Town'. Sara lehnte sich entspannt zurück, schloss ihre Augen und ließ die Musik auf sich wirken. Endlich konnte sie mal etwas hören, das ihr gefiel. Solche sentimentalen Lieder gingen ihr nahe. Sie bekam eine Gänsehaut beim Zuhören. Und wieder kam dieses eigenartige Gefühl in ihr auf, welches sie auch am Tag zuvor in Venedig am Canale Grande verspürt hatte. Ein Gefühl, dass noch fremd und doch schon irgendwie sehr vertraut wirkte. Das Herz schlug schneller, der Magen kribbelte vor Aufregung, als sie sich den jungen Mann aus ihrem Tagtraum gedanklich auf dem Platz neben ihr sitzend vorstellte.

Sie war mit einem Mal völlig verwirrt. Wer war dieser Mensch? Wer steckte hinter diesem reizenden Antlitz? Sie hatte keine Ahnung. Aber wer es auch immer sein sollte, er konnte nur weit entfernt sein und doch war er ihr auf unerklärliche Weise ganz nah.

Abschied

‚Spiel mich an!' signalisierte Thorsten, im gegnerischen Strafraum stehend, in dem er die Augen groß aufriss, den rechten Arm weit nach oben streckte und ständig darauf bedacht war, seinem Bewacher davonzueilen. Andy wollte gerade flanken, als er es sich doch noch in letzter Sekunde anders überlegte und direkt aufs Tor schoss. Dem Torhüter, der schon etwas in Thorstens Richtung tendierte, hätte er damit prima ein Schnippchen schlagen können. Jedoch wollte der Ball irgendwie seine Flugbahn nicht so einschlagen, wie Andy es sich vorgestellt hatte. Er verfehlte um einige Meter sein Ziel und knallte hinter der Torauslinie mit einem lauten blechernen Widerhall an die Bande. Enttäuschtes Raunen kam von einem Mitspieler, der auf gleicher Höhe mitgelaufen war. „Ach ja", blieb Andy gelassen, „das war wohl hiermit auch meine letzte Amtshandlung für diesen Verein." Keuchend mit einem Grinsen im Gesicht schaute er seine Mannschaftskameraden an.

Kurz darauf ertönte der Schlusspfiff durch den Schiedsrichter. Beide Hände in die Hüften gestemmt, stand Andy auf dem grünen Rasen und atmete ein paarmal kräftig durch, bevor er den Kopf hob und über die Baumkronen hinter dem Fußballplatz hinweg in die Weite blickte. Der Horizont war an diesem frühsommerlichen Sonntag noch etwas diesig, wobei die Strahlen der Mittagssonne matt auf die noch immer nebelfeuchte Grasfläche fielen. Schweißperlen auf der ganzen Haut weckten das Bedürfnis nach einer erfrischenden Dusche. In der Umkleidekabine wurde zunächst mal ein Fazit zum Spiel aus Sicht seiner Kumpels erstellt. Er selbst war recht zufrieden mit dessen Verlauf. Ein 2:2 gegen einen der stärksten Gruppengegner war immer noch besser, als sich mit einer Niederlage aus der Saison zu verabschieden. So sah es auch die Mehrheit seiner Mitspieler, obgleich Andy in der Schlussminute die große Gelegenheit zum Siegtreffer vermasselt hatte.

Wie nach jeder Spielsaison gab es auch in diesem Jahr am Samstag darauf die traditionelle Abschlussparty des FC Diepholz 78. Zahlreiche Gäste erschienen, darunter die Spieler, Spielerfrauen, Freunde, Bekannte sowie Vereinsmitglieder, die andere Sportarten ausübten als Fußball. Es wurde bis spät in die Nacht hinein gefeiert. Andy verhielt sich im Vergleich zu den anderen Teilnehmern ziemlich zurückhaltend. Er nahm die stimmungsvolle Atmosphäre meistens wie ein Außenstehender wahr, obgleich er sich mittendrin befand.

Ein paar Meter links stand schon seit ungefähr einer Viertelstunde eine junge Frau mit dem Rücken zu ihm. Es war die Freundin eines seiner Teamkameraden, der sie fest im Arm hielt, als wollte er damit demonstrieren, dass es für andere Männer zwecklos sei, sein Mädchen zu begehren. Jedes Mal, wenn die junge Frau ihren Kopf beim Unterhalten zur Seite drehte, fiel Andy auf, wie hübsch sie aussah. Er hätte neidisch auf seinen Mannschaftskollegen sein können, vermutlich war er es auch. Je länger er die beiden beobachtete, desto mehr verlor er sich in dem Wunschgedanken, diese Schönheit würde zu ihm gehören, sodass er sie umarmen und anhimmeln könnte.

„Hey Andy, alles klar? Du wirkst so nachdenklich", wurde er plötzlich von einem angetrunkenen Gast angesprochen. „Alles gut soweit", gab er kurz und knapp zurück. „Trauerst du noch der vergebenen Torchance von heute Morgen nach?" „Nein., daran habe ich überhaupt nicht mehr gedacht, Thorsten. Solange du jetzt nicht noch stinkig bist …", scherzte er, wobei endlich mal ein Lachen über seine Lippen kam; mehr ein Lachen gegen die eigene Trübsamkeit als ein herzhaftes.

„Wann ziehst du jetzt nach da unten, nach … äh, wie heißt das Kaff nochmal?" Es kam sehr abwertend über. Ein Verhalten, welches Andy mitunter dem Alkoholkonsum seines Gegenübers zuschrieb. „Bopfingen heißt der Ort. Auch nicht viel kleiner als Diepholz." Ein Dritter, der am Bierstand mitgehört hatte, mischte sich ein: „Hör mal, Andy, wir sind doch Weltstadt. Wusstest du das noch nicht?"

Andy fiel es mit seinen 19 Jahren alles andere als leicht, seine Heimatstadt, in der er groß geworden war zu verlassen. Unglücklicherweise gab es in seiner Region nicht so viele Ausbildungsplätze wie im Süden Deutschlands. Da er die Oberschule bereits ein Jahr zuvor absolviert, jedoch noch keine Lehrstelle gefunden hatte, blieb ihm letzten Endes nichts anderes übrig, als seine Koffer zu packen und der Arbeit hinterherzureisen.

Die Situation zog ihn dennoch nicht seelisch runter, vielmehr nahm er sein Schicksal mit gemischten Gefühlen hin. In die Fremde zu gehen hieß zwar einerseits, Familie, Freunde und das gesamte vertraute Umfeld im Stich zu lassen, andererseits verspürte er aber auch eine seltsame Art von Abenteuerlust. Aufregung machte sich in seinem Inneren breit. Die Frage bewegte ihn immerzu, was ihn in Baden-Württemberg erwarten würde. In jedem Fall stand ein neuer Lebensabschnitt bevor.

Aussichten

Ein warmer Sommertag lag über der Schwäbischen Alb. Einer, der allein schon wegen seiner Seltenheit in den vergangenen Wochen gepriesen werden müsste. Die klare warme Luft unter dem endlos erscheinenden blauen Himmelszelt fühlte sich aufgrund der vielen vorangegangenen Regentage noch ziemlich feucht an. Die Pfade waren dementsprechend noch matschig an etlichen Stellen und zwangen Sara, Kathrin und Inga somit zu erhöhter Vorsicht auf ihrer Fahrradtour.

Sara konnte bei Ihrer Naturverbundenheit gar keinen besseren Vorschlag machen, als bei diesem herrlichen Wetter mit dem Rad hinauszufahren. Ihre beiden Freundinnen hatte sie dazu nicht großartig überreden müssen, da in Nördlingen schon ihre Lieblingseisdiele auf die Mädchen wartete.

Nur wenige Leute kamen als Radfahrer oder Spaziergänger entgegen. Sie waren auf dem Wald- und Wiesenweg, der parallel zur Bundesstraße verlief, beinahe allein unterwegs. Sara fand es idyllisch, sich bei diesem Wetter mal wieder den frischen Wind um die Nase wehen zu lassen.

Der Wanderer, den sie soeben beim Blick nach links auf einer Lichtung am Berghang entdeckt hatte, mochte wohl der gleichen Meinung sein, dachte sie so bei sich. Still saß er in etwa 100 Metern Entfernung da und schaute in aller Seelenruhe auf das Tal hinab. Möglicherweise war er schon eine ganze Zeit vor Ihnen dort erschienen und den schmalen Weg hochgewandert, den sie in diesem Moment passierten.

Sara beobachtete ihn einen Moment lang vor dem blaugrünen naturellen Hintergrund, wandte ihren Blick jedoch schnell wieder ab, als sie durch irgendetwas geblendet wurde. Da sein Gesicht kurz zuvor von einem dunklen Gegenstand verdeckt wurde, handelte es sich dabei vermutlich um einen Fotoapparat, dessen Linse die Sonnenstrahlen reflektiert hatte. Der Wanderer schien recht jung zu sein, vermutlich nicht viel älter als sie selbst.

Kathrin und Inga schienen ihn noch nicht einmal bemerkt zu haben. Anscheinend waren sie zu sehr damit beschäftigt, auf dem aufgeweichten Weg nicht den Halt zu verlieren. Bislang hatten die Mädchen sich auch nur wenig unterhalten. Die meiste Zeit über war einzig und allein das Rauschen des Windes in den Bäumen und gelegentlich mal Ingas Murren über die schlechten Wegverhältnisse zu hören.

Andy saß auf einer Lichtung am Berghang und betrachtete die mit Wäldern und Wiesen geschmückte Landschaft um seine neue Heimatstadt Bopfingen herum. Die Grasfläche vor seinen Augen erstreckte sich, abgesehen von einigen Büschen und jungen Bäumchen, bis zu einem Wegesrand, der in ungefähr 100 Metern Entfernung beinah die Talsohle berührte. Diese Stelle bot eine ideale Fernsicht.

Fast zwei Wochen waren seit seinem Umzug in die neue Region vergangen. Die vielen Besorgungen für die neue Wohnung sowie diverse andere Sachen, die noch erledigt werden mussten, ermöglichten es ihm allerdings erst jetzt, die Gegend mal ausführlich zu erkunden.

Andy öffnete seinen Rucksack, holte zuerst Obst und Schnitten Brot, die er in einer Plastikbox verstaut hatte, heraus und anschließend seine Kamera. Danach lehnte er sich auf den Rucksack zurück und führte sich erst einmal eine Mahlzeit zu Gemüte. Die frühe Nachmittagssonne über der schlummernden Landschaft wirkte sich warm und angenehm auf seiner Haut aus. Er sog die Stille der Natur förmlich in sich auf, deren Melodie vorwiegend vom Rauschen der Blätter in den Bäumen, vom Gezwitscher der Vögel und dem Summen von Insekten bestimmt wurde, die munter um ihn herumschwirrten, ohne als störend empfunden zu werden.

Nach einer Weile beugte er sich vor, um mit seiner Kamera eine Fotosammlung zu erstellen, die er daheim in Diepholz seinen Eltern und einigen Freunden zeigen wollte. Das Teleobjektiv hakte etwas beim Aufsetzen. Nachdem es eingerastet war, hielt Andy den Apparat vor sein Gesicht und suchte nach geeigneten Landschaftsmotiven. Auf dem Pfad etwas weiter unten kamen drei Radfahrerinnen vorbeigefahren, als er gerade sein erstes Bild schießen wollte. Junge Mädchen, soweit er es erkennen konnte. Die ersten beiden nahmen keine Notiz von ihm. Nur die Hinterste der drei hatte ihn offenbar entdeckt, schaute zunächst interessiert zu ihm herauf, wandte dann aber ihren Blick sogleich wieder ab, als ob sie irgendwas irritiert hätte.

Andy zuckte schlechten Gewissens zusammen. Abrupt senkte er seine Kamera, war peinlich berührt von der Situation. Statt der Landschaft hatte er versehentlich ein junges Mädchen ins Visier genommen. Das war nun wirklich nicht seine Absicht. Wer ließ sich schon gern von irgendeinem Fremden fotografieren? Er musste in Zukunft vorsichtiger sein, kam ihm in den Sinn. Schließlich war er neu in der Umgebung und legte keinen Wert darauf, am Ende noch als eine Art Voyeur verrufen zu werden. Postwendend stand er auf und hielt das Objektiv unverkennbar in die Ferne, um seine eigentlichen Intensionen zu demonstrieren, weshalb er auf diesem Fleckchen Erde saß. Fraglich war nur, ob das junge Mädel dies überhaupt noch wahrgenommen hatte oder einfach nur stur geradeaus weitergeradelt war.

Andy wollte sich nicht weiter aus der Ruhe bringen lassen und warf die Gedanken beiseite. Er machte seine Aufnahmen und legte sich zurück ins Gras, den Kopf auf seinen Rucksack. Einige Minuten vergingen, bis er wieder den inneren Ruhepunkt von vorhin erreicht hatte, bevor die Blicke mit dem Mädchen auf dem Fahrrad sich trafen. Bilder zogen vor seinen inneren Augen vorbei, während er in das tiefe Blau des wolkenlosen Sommerhimmels starrte; Bilder aus vergangenen Zeiten, Kindheitsträume, die längst dem Erwachsensein gewichen waren. Die Brücken zurück zur Jugendlichkeit, als Themen wie Verantwortung und Selbstständigkeit noch nicht im Vordergrund standen, hatte der Strom der Zeit unumkehrbar mit sich gerissen. Die Zukunft, die ihn nun zum Mann machen wollte, hatte begonnen.

Arbeitswelt

Der Wecker klingelte ungewöhnlich früh und riss Andy aus tiefstem Schlaf. Müdigkeit saß ihm noch stark in den Gliedern, während er sich vor dem Aufstehen noch mal auf die andere Seite legte. Aber in wenigen Minuten musste es sein, sagte er sich, im Raum zwischen Schlaf und Wachsein befindend.

Vom heutigen Tage an würde der Ernst des Lebens seinen Lauf nehmen. Sein erster Ausbildungstag zum Groß- und Außenhandelskaufmann bei der Firma ‚Riesweite', einem Handelsunternehmen für Baustoffe aller Art, stand an.

Etwas aufgeregt und noch völlig übermüdet wankte er ins Bad, den Kopf voll von irgendwelchen zusammenhangslosen Visionen. Nach der Morgenwäsche zog er die Kleidungsstücke an, die er hauptsächlich zu besonderen Anlässen trug. Dieser Tag war zweifelsfrei einer davon.

Ohne lange nachzudenken, deckte er den Tisch, trank einen Kaffee und aß mehrere Brote mit Honig und Marmelade. Der SWR brachte Nachrichten sowie Unterhaltungsmusik, der er keine weitere Beachtung schenkte. Nach dem Frühstück schmierte er sich noch ein paar Pausenbrote mit dem zynischen Gedanken, dass man ihm diese möglicherweise nicht gönnen würde, höchstens um die Mittagszeit herum.

Mit dem Fahrrad brauchte er bei sechs Kilometern an Wegstrecke trotz Verkehr mit roten Ampeln aufgrund seiner Sportlichkeit gerade mal 20 Minuten bis zum Betrieb, der etwas außerhalb am nördlichen Rand der Stadt lag. Ein Fahrradständer befand sich praktischerweise direkt vor dem Hauptgebäude. In der ersten Etage, am Ende des Treppenaufgangs, der mit einem Absatz versehen aus zwei Stufenpartien bestand, hielt Andy noch einmal kurz inne. Seine Armbanduhr zeigte sieben Minuten vor acht. Er atmete tief durch, mehr oder weniger, um sich die Nervosität zu nehmen. Dann betrat er das Hauptgebäude. Er hatte den Weg noch vom Vorstellungsgespräch her in Erinnerung. Rechts und links hatten sich bereits etliche Mitarbeiter versammelt, die konzentriert ihren Aufgaben nachzugehen schienen. Er begegnete allen, zu denen er Blickkontakt aufnahm, mit einem freundlichen ‚Morgen' und ging geradewegs den Gang zum Chefbüro entlang, welchen er durch das Vorstellungsgespräch noch gut in Erinnerung hatte.

Eine junge schlanke Frau, etwa gleichen Alters, stand bereits vor der Tür und wartete. Vermutlich auch eine Auszubildende, die heute ihre Premiere hatte, dachte Andy. Sie schaute über den Flur zu ihm herüber, als er um die Ecke kam. Er begrüßte sie ebenfalls mit einem einfachen ‚Morgen', als er sich nur noch wenige Schritte von ihr entfernt befand.

„Noch niemand hier?", wollte Andy wissen. „Bin ich etwa ‚niemand'?", bekam er zur Antwort, wobei das Mädchen eindeutig durchblicken ließ, dass die Gegenfrage nicht wirklich ernst gemeint war. „Der Chef befindet sich noch gegenüber in der Lagerhalle, wie ich soeben in Erfahrung gebracht habe", sagte sie mit einem netten Lächeln. „Vermutlich sind wir nicht die Einzigen, denen man noch alles beibringen muss", fuhr sie weiter fort. Andy zuckte mit den Schultern und grinste zurückhaltend. „Probleme fangen halt frühmorgens schon an", meinte er schließlich. „Nun ja, ich könnte mir Besseres vorstellen als den ersten Anschiss schon vor acht Uhr morgens zu bekommen", spottete sie ein wenig vulgär.

„Guten Morgen, die Herrschaften!", erscholl eine kräftige Stimme, die respekteinflößend wirkte.

Andy zuckte leicht zusammen und hielt abrupt mit seinem Lachen inne, als er einen kleinen, älteren Herrn mit schütterem Haar und breiten Schultern von hinten kommend wahrnahm. Es war Herr Grüner, der Geschäftsleiter. Anke hatte ihn anscheinend schon einen Augenblick früher entdeckt, da sie im Gegensatz zu ihm nicht mit dem Rücken zum Geschehen stand. Das war auch gut so, da ihr schalkhaftes Grinsen am ersten Tag beim neuen Arbeitgeber wahrscheinlich keinen guten Eindruck hinterlassen hätte.

„Guten Morgen!", erwiderten sie den Gruß. Der Mann zog mit der rechten Hand einen Büroschlüssel aus seiner Anzugtasche und öffnete durch zweimaliges Herumdrehen die Türe. Diese ließ er dann einladend weit aufschwingen. „So, dann treten Sie mal ein in die gute Stube", wies er seine neuen Auszubildenden mit dem ortsüblichen schwäbischen Dialekt an. Er zeigte mit einer Handbewegung andeutungsweise auf zwei freie Stühle, die vor einem mit Akten belegten Buchenholztisch standen. „Bitte setzen Sie sich doch schon mal. Ich bin sofort wieder da."

Andy und die junge Frau taten wie geheißen, während Ihr neuer Boss sein beigefarbenes Jackett an den Kleiderhaken hängte und durch eine Tür neben seinem Schreibtisch im Nebenzimmer verschwand.

Beide saßen sie still da und versuchten angestrengt, der anschließenden Unterhaltung durch die geschlossene Tür etwas zu entnehmen; leider vergeblich. Andy inspizierte interessiert das Zimmer. Es wirkte sehr schlicht, seiner Meinung nach ungewöhnlich für einen Menschen in solch einer Position. Außer ein paar geografischen Karten, wobei eine davon mit verschiedenfarbigen Filzstiften bearbeitet worden war, sahen die weiß gestrichenen Wände ziemlich kahl aus. Ein Bilderrahmen stand auf seinem Schreibtisch, vermutlich mit einem Familienbild.

Als das Gespräch im Nebenzimmer beendet war, öffnete sich kurz darauf wieder die Tür und Herr Grüner trat ein. Er setzte sich direkt vor die neuen Auszubildenden auf seinen ledernen Chefsessel.

„Wie ich sehe, verstehen sich meine neuen Mitarbeiter ja schon prächtig", begann er das Gespräch, wobei er sich in seinen Sessel zurücklehnte, um es sich dort bequem zu machen. Andy und das Mädchen neben ihm schauten sich grinsend aus den Augenwinkeln heraus an, ohne dabei zu vergessen, wen sie vor sich hatten. Offensichtlich sollte das wohl der sogenannte Wink mit dem Zaunpfahl sein, dachten anscheinend beide in dem Moment, da dem Geschäftsführer die Flachserei auf dem Flur garantiert nicht entgangen war. In seinem freundlich aufgesetzten Lächeln schwang ein unverkennbarer Hauch von Sarkasmus mit.

Daraufhin ging er ins Sachliche über, stellte die für ihn notwendigen Fragen und erklärte den Neuen im groben Rahmen schon mal den Ablauf seines Betriebes. Eine Weile später betrat ein kräftig aussehender Mann im Alter von Mitte dreißig das Büro. Die Reaktion des Geschäftsleiters verriet, dass er ihn schon erwartet hatte.

„Herr Salentin ist ab heute Ihr neuer Ausbildungsleiter. Er wird jetzt mit Ihnen einen kleinen Rundgang machen, damit Sie unseren Betrieb noch etwas genauer kennenlernen, als ich ihn gerade beschrieben habe. Anschließend bekommen Sie ihren Arbeitsplatz gezeigt, auf dem Sie während der gesamten Ausbildungszeit sitzen werden."

Herr Salentin begrüßte beide wortlos per Handschlag samt dem dazugehörigen freundlichen Kopfnicken. „Haben Sie noch Fragen?" Als beide verneinten, stand Herr Grüner auf, um die Versammlung aufzulösen. „Nun gut, das wäre dann alles fürs Erste." „Fürs Erste!", flüsterte das Mädchen mit einem schelmischen Grinsen so, dass nur Andy es mitbekam, nachdem sie das Büro verlassen hatten. ‚Wer weiß, was in nächster Zeit noch alles auf uns zukommt', glaubte Andy zwischen den Zeilen herauslesen zu können.

Er betrachtete sie nun ein wenig genauer, zuerst von der Seite, dann von hinten. Anke Sievers wurde die junge, gut aussehende Frau aus Nördlingen vom Chef genannt. Sie war ganz in blau gekleidet. Ihr Pullover unterschied sich zwar durch einen dunkleren kräftigen Ton von ihrer Jeans, passte dennoch sehr gut dazu, genau wie das dunkelblaue, weiß punktierte Halstuch, welches von hinten betrachtet größtenteils durch ihr langes blondes, zu einem Pferdeschwanz zusammengebundenes Haar verdeckt wurde. Zweifelsohne sah sie hübsch aus.

„So, hier haben wir den Verwaltungsbereich", unterbrach Herr Salentin Andys kurzzeitige Träumerei. Sie waren wieder ein Stück Richtung Ausgang zurückgelaufen und befanden sich nun auf einem Flurstück zwischen Anmeldung auf der linken und Bürobereiche auf der rechten Seite. Es handelte sich dabei allerdings um keine klassischen Zimmer, wie sie im hinteren Teil des Gebäudes existierten, wo sich unter anderem auch das Büro des Geschäftsleiters befand. Metallgitter von etwa einem Meter Höhe, gefüllt mit dunkelgrauem Steinmaterial markierten hier die räumlichen Begrenzungen. Den oberen Abschluss bildete jeweils eine mit Grünkulturen bepflanzte Marmorplatte. Andy empfand das Arbeitsklima auf den ersten Blick als angenehm, irgendwie sehr menschlich für eine Arbeitswelt. An einer dieser Stellen würde er später gerne sitzen.

Menschen saßen dort beschäftigt an Schreibtischen vor ihren Computerbildschirmen. Einige warfen bereits neugierige Blicke auf Anke und Andy, als Herr Salentin auch schon den regen Betrieb unterbrach, um die neuen Auszubildenden vorzustellen.

Als der Rundgang, der größtenteils den Speditionsbereich des Unternehmens betraf, beendet war, wurden sie auf ihre zukünftigen Arbeitszimmer geführt. Zu Andys Enttäuschung war es kein Großraumbüro wie jenes gegenüber der Rezeption. In dem Zimmer saßen zwei Mitarbeiter in ihrer Arbeit vertieft vor den Schreibtischen; ein Mann von geschätzt Anfang 30 und eine Frau mittleren Alters. Sie schauten freundlich zu den beiden Auszubildenden auf, als diese mit Ihrem Ausbildungsleiter den Raum betraten.

Nach kurzer Vorstellung wies Herr Salentin jedem der beiden ihren Platz zu. Zuvor einigten sich die Mitarbeiter darauf, dass Herr Lohmeyer Andy und Frau Westerheide Anke unter ihre Fittiche nahmen, wobei ein Wechsel der Nachwuchskräfte untereinander nicht außer Frage stand. Die Platzordnung war so konzipiert, dass sie sich gegenseitig den Rücken zukehrten.

Fremdes Mädchen

Nach einem anspruchsvollen Tag mit viel Lernerei wirkte Andy ziemlich erschöpft. Anke ging es wahrscheinlich nicht viel besser. Auch sie hatte frischer ausgesehen bei ihrem ersten Aufeinandertreffen am frühen Morgen. Gemeinsam verabschiedeten sie sich von ihren Ausbildern und gingen aus dem Gebäude. „War ganz schön anstrengend, unser erster Tag", eröffnete Anke den Dialog. „In der Tat", stimmte Andy zu. „Daran müssen wir uns wohl erst noch gewöhnen. Danach wird's wahrscheinlich leichter."

Ankes Augen weiteten sich, als sie Andys aufhellendes Lächeln sah. Es wirkte wie Adrenalin. Die Müdigkeit schien vergessen, wenn auch in Wahrheit nur verdrängt. „Hast du Bock, mal die beste Pizzastube von ganz Nördlingen kennenzulernen?", fragte sie frei heraus. „Ich war schon oft dort, es ist praktisch mein Stammlokal", fügte sie hinzu. Andy, etwas überrascht von dem plötzlichen Vorschlag, zog überlegend die Augenbrauen hoch. Anke neigte mit einem sympathischen Lächeln etwas den Kopf. „Gutes Bier haben die dort auch", ergänzte sie.

Sie schien ihn überzeugt zu haben. „Ehrlich gesagt, eine leckere Pizza und ein kühles Bier könnte ich jetzt brauchen." Ihr Lächeln entwickelte sich schnell zu einem Lachen, das Freude ausdrückte.

Sie fuhren los. Unterwegs tauschten sie vermehrt Blicke aus, ohne sich großartig zu unterhalten. Anscheinend wusste keiner von beiden, was man gerade sagen sollte. Wozu auch, zum Reden blieb so oder so noch viel Zeit.

Die Lokalität mit dem Namen „Ciao Antonio" bezeichnete sich selbst als Bistro. Sie traten ein und setzten sich an einem freien Tisch von Angesicht zu Angesicht gegenüber, sodass sie sich im Vergleich zum Büroalltag auch mal direkt anschauen konnten.

Das Lokal war höchstens zur Hälfte gefüllt. Hinter dem Barkeeper, der gerade einen Drink mixte, standen die Regale voll mit den verschiedensten Spirituosensorten. Neben einer ausführlichen Getränkekarte bot man hier auch einfache Speisen an.

Als die Kellnerin erschien, bestellten beide Pizza, da diese Ankes Meinung nach hervorragend sein sollte. Dazu kam noch ein frisches helles Weißbier. Andy war erstaunt, dass die Getränke nicht in einem Glas, sondern auf einem Tablett mit Flasche samt Glas daneben serviert wurden. Etwas verwirrt schaute er Anke an. „Selbst ist der Mann hier!", bemerkte sie keck, nahm dabei ihr Glas und hielt es ziemlich schräg beim Eingießen. Das sämige Bier lief langsam hinein, ohne dabei viel Schaum zu erzeugen. Andy sah genau zu. Als fast alles eingegossen war, rollte sie die Flasche vor und zurück, wobei sie ihn schweigend angrinste. Nach ein paar Umdrehungen kippte sie auch noch den Rest ins Glas. „Fertig!", sagte sie mit verschmitztem Lachen.

„Okay…", betonte Andy verwundert, in dem er die letzte Silbe weit in die Länge zog. „Kennt man bei Dir zu Hause kein Weizenbier?" Er lächelte nur verlegen. „So wird's gemacht, ansonsten schmeckt es nicht!" „Hm, ehrlich gesagt habe ich es so noch nie gesehen." „Ich sehe es dir eindeutig an. Hast du gut hingesehen? Dann mach's nach!", foppte sie ihn scherzhaft. Er tat sein Bestes, leider bildete das Bier bei ihm so viel Schaum, dass das Glas den ganzen Inhalt nicht fassen konnte, ohne dabei überzulaufen.

„‚Wia a Saupreiß‘ würden die richtigen Bayern jetzt sagen!", amüsierte sie sich in typisch bayerischer Mundart über sein Missgeschick. Andy musste erst sekundenlang überlegen, was sie da von sich gegeben hatte, bevor er diese Gaudi verstehen konnte. Anke war wirklich eine fröhliche wie auch gut aussehende junge Frau. Langsam kam er ins Schwärmen. Ein zweites Bier – beinahe wäre es ihm gelungen, das Weizenglas so souverän vollzugießen, wie sie es konnte. Beim dritten Bier nahm das feucht fröhliche Gelage kontinuierlich an Lautstärke zu. Der Barkeeper sah manches Mal zu ihnen herüber, schüttelte aber nur amüsiert den Kopf und bereitete weiterhin die Getränke zu. Andy nahm kurzzeitig Blickkontakt mit einem Gast auf, der direkt hinter Anke saß. Genervt von der angeregten Unterhaltung drehte er sich zu ihnen um. Sein Gesichtsausdruck ließ unmissverständlich erkennen, dass er um eine gemäßigte Lautstärke bat. Die beiden übergingen ihn sozusagen schmunzelnd im Gleichklang, frei nach dem Motto, er sollte sich nicht so anstellen.

Anke verhielt sich trotz aller scheinbaren Ausgelassenheit etwas unruhig, stellte Andy nach geraumer Zeit fest. Immer wieder fing sie an, mit den Knien zu schlottern, indem sie ihre Oberschenkel wie ein Expander öffnete und zusammenzog. War sie wirklich so locker, wie sie vorgab oder überspielte sie eine gewisse Anspannung, fragte er sich gelegentlich.

Sie amüsierten sich noch bis weit in den Abend hinein, um danach halb betrunken auf ihre Räder zu steigen und heimwärts zu fahren. Er brachte sie noch bis zu ihrer Wohnung, so wie es sich für einen Gentleman gehörte. Dort angekommen stiegen beide vom Rad. „Hey, war echt schön mit dir heute", fing Anke leicht lallend an. „Fand ich auch, aber die Bierkultur hierzulande ist irgendwie etwas gewöhnungsbedürftig", spöttelte er. „Beim nächsten Mal hast du es raus, Andy, aber jetzt muss ich mich hinhauen. Mir ist ein bisschen schwindelig. Komm, sag ‚tschüss'!", nuschelte sie angetrunken, wobei sie ihre Lippen zu einem Kussmund formte und den Kopf leicht anhob. Das Mädchen befand sich größenmäßig beinah auf Augenhöhe mit ihm. Andy wurde verlegen und zögerte, während Anke mit mechanisch geschlossenen Augen geduldig wartete. Dann berührten seine Lippen die ihren mit einem kurzen Schmatzer, der mehr freundschaftlichen als intimen Charakter hatte. Ihre wieder vollständig geöffneten Augen strahlten vor Freude. „Bis morgen, schlaf gut!", verabschiedete er sich und fuhr in der Dämmerung davon. Einmal drehte er sich noch um und sah sie winken.

Im Bett liegend dachte Andy noch viel über diesen Kuss nach. Geschah es aus einer Laune unter Einfluss von Alkohol heraus oder war sie in ihn verliebt? Er selbst war sich seiner Gefühle nicht sicher. Er fand sie attraktiv, keine Frage. Auch war es ein vergnügsamer Abend wie schon seit Langem nicht mehr.
    Der Tag ging ihm noch eine Zeit lang durch den Kopf, dann fiel er in einen erholsamen Schlaf.

❖❖❖

Anke stand mit einem Gänsehautgefühl da und winkte ihm noch einmal zu, als er sich beim Wegfahren nach ihr umdrehte. Der Kuss hätte etwas intensiver, um einiges zärtlicher sein können. Aber was soll's, beim nächsten Mal würde es bestimmt ganz anders sein. Mit einer Laune zum Losjubeln schob sie das Fahrrad die Treppe hinunter in den Keller. Sie war verliebt, was für ein Gefühl! Ihr Serotoninspiegel schwappte förmlich über und machte sie so hibbelig vor Aufregung, dass sie in diesem Moment laut singend durch die Straßen hätte tanzen können.

An Schlafen war vorerst gar nicht zu denken. Musik ertönte, zu der sie sich im Takt bewegte, die Hände zur Decke gestreckt. Ihre Eltern befanden sich derzeit im Kurzurlaub und würden erst in zwei Tagen wieder zu Hause sein. Das Klopfen des Nachbarn an der Wohnzimmerwand nahm sie zunächst gar nicht wahr, bis es an der Haustür klingelte. Im ersten Moment dachte sie, wie schön es wäre, wenn jetzt Andy vor der Tür stünde. Anke drosselte die Lautstärke an ihrer Stereoanlage, bevor sie öffnete.

Wie befürchtet war das Klingeln nicht Andy, sondern der Nachbarin zuzuschreiben. „Anke, könntest du bitte die Musik etwas leiser machen!", schimpfte sie gleich los. „Es ist halb zehn durch. Wir möchten um diese Zeit unsere Ruhe haben!" Völlig genervt warf Anke der Meckerziege von Anfang vierzig, die mit Ihrem Mann und zwei Töchtern im Reihenhaus nebenan wohnte, nur schweigend finstere Blicke zu, bei denen es ihrer Kontrahentin kalt den Rücken herunterlief. Ohne weitere Belehrungen trat die wie vom Blitz getroffene Nachbarin umgehend den Rückzug an.

Einen Moment lang überlegte sie, die Boxen wieder ordentlich aufzudrehen, beließ es aber dann doch bei der gedämpften Lautstärke, bevor am Ende noch die Polizei bei ihr auftauchen würde. Aus Disco-Pop wurde sanfte Muße. Stress wegen der Ermahnung schob Anke schnell beiseite, um sich ihre gute Laune nicht verderben zu lassen, nicht nach so einem fabelhaften Tag. Sie legte sich auf ihr Bett und folgte glückselig versunken dem Klang eines Liebesliedes. ‚I wanna feel what love is, I know you can show me …'. In wenigen Stunden würde es morgen sein. Anke konnte es kaum erwarten.

Zwischen Traum und Wirklichkeit

Die alte Frau mit den wissenden Augen saß dem jungen Mann in ihrem Segeltuchzelt gegenüber und streifte über dessen Handfläche. „Du wirst zwischen zwei Frauen stehen und dich entscheiden müssen. Folge immer dem Ruf deines Herzens, lass dich nicht in die Irre führen. Vieles, was du siehst, ist nicht so, wie es scheint..." Sie hielt seine Hand noch immer fest, während ihr schleierhaftes Gesicht mehr und mehr bis zur Unkenntlichkeit verschwand. Plötzlich saß er allein mit seinen Gedanken da und fühlte sich hilflos. Wer war diese Frau, woher wollte sie das alles wissen? Warum löste sie sich einfach so in Luft auf und ließ ihn mit unzähligen Fragen allein zurück? Das Licht im Zelt erlosch, Dunkelheit umgab ihn ...

Andy erwachte und schaute desorientiert durch sein Schlafzimmer. Es war mitten in der Nacht, der Morgen noch fern. Schweißgebadet lag er grübelnd unter der Bettdecke. Dieser Traum, dieser Ort, die mit viel Schmuck verzierte Frau direkt vor ihm, ein Déjà-vu? Nein! Blitzschnell kam die Erinnerung hoch. Es geschah wirklich im September des Vorjahres auf dem Großmarkt in Diepholz. Andy hatte damals seit einigen Monaten seinen Oberschulabschluss in der Tasche, aber keine Lehrstelle gefunden. Das schmerzte und ließ ihn an jenem Abend keine Ruhe. Statt mit Freunden, wie es sonst üblich war, machte er sich allein auf den Weg zum alljährlichen Rummelplatz.

Tage zuvor hatte eine ältere Dame, die angeblich die Kunst der Wahrsagerei beherrschte, mit einem Artikel in der Zeitung auf sich aufmerksam gemacht. Man konnte darüber denken, wie man wollte. Die meisten Menschen taten solche geheimnisvollen Fähigkeiten eher als Scharlatanerie ab. Dennoch bildete sich erstaunlicherweise eine Schlange vor dem Zelt mit der zweifelhaften Frau. Beim Hineinsehen durch einen Spalt entdeckte Andy eine junge Dame mit aufgehaltener Hand, die äußerst zufrieden mit dem zu sein schien, was daraus zu lesen war. Daraufhin stellte er sich mit in die Reihe.

‚Du wirst zwischen zwei Frauen stehen und dich entscheiden müssen …' ging es ihm nochmals durch den Kopf. Eigentlich hörte es sich gut an, gleich zwei Frauen zur Auswahl zu haben. Die Stimme der Wahrsagerin riet allerdings auch zur Vorsicht. ‚Lass dich nicht in die Irre führen. Vieles, was du siehst, ist nicht so, wie es scheint …' So lautete die Prophezeiung, welche ihn noch bis zum Anbruch der Dämmerung beschäftigte.

Die Sonnenstrahlen ragten nur schwach über die Dächer der Stadt hinweg, als Andreas sich im Morgendunst, der kühl und klamm durch seine Kleidung drang, auf dem Weg zur Firma befand. Der Traum der vergangenen Nacht ließ ihn nicht los. Sollte er jetzt und in den kommenden Tagen mit den Ereignissen konfrontiert werden, die ihm verheißen wurden? Wieso gerade jetzt? Er runzelte die Stirn. Heute war gerade mal der zweite Tag seiner Berufsausbildung. So vieles erschien in einem neuen Licht, eigentlich schon viel zu viel für einen jungen, noch ziemlich unerfahrenen Mann, der erst am Anfang seines Lebens stand.

Ein paar Minuten später betrat er mit pochendem Herzen das Bürozimmer. Es war erst zehn vor acht. Frau Westerheide und Herr Lohmeyer saßen bereits an ihren Plätzen. Anke musste noch unterwegs sein. Mit einem freundlichen ‚Guten Morgen' trat Andy ein.

Ankes Antrieb an diesem Morgen mussten wohl die Schmetterlinge in ihrem Bauch gewesen sein. Wann hatte sie das letzte Mal solch einen Elan an den Tag gelegt, wenn es um die Arbeit ging. Der kühl heraufziehende Morgenwind schien ihr nichts auszumachen. Das Lebensgefühl stimmte, und nur das war wichtig. Damit würde auch der Arbeitstag locker über die Bühne gehen. Nördlingen lag längst hinter ihr, die Firma kam in Sichtweite. Einige hundert Meter weiter vorne fuhr noch ein einsamer Radler mit scheinbar gleichem Ziel. Das konnte nur der Mensch sein, der ihr eine nahezu schlaflose Nacht beschert hatte, in der sich Sekunden schier zu Stunden ausdehnten.

Als sie die Bürotür öffnete, saß Andy bereits an seinem Platz und hörte seinem Ausbilder ziemlich angestrengt zu, sodass er außer einem kurzen ‚Hi' und einem flüchtigen Blick nichts weiter für Anke übrig zu haben schien. Enttäuscht nahm auch sie neben ihrer Ausbilderin Platz. Es gab viel zu lernen, geschont wurde hier niemand. Riesweite war samt seiner Spedition mit über 300 Mitarbeitern eines der größten Handelsunternehmen im ganzen Bundesland, vom Niveau eines kleinen Familienbetriebes weit entfernt. Eine eigene Kantine konnte sich solch eine Firma locker leisten, in der die beiden Auszubildenden ihre gemeinsame Mittagspause verbrachten. Dort standen als Hauptspeise jeweils ein Gericht mit Fleischbeilage sowie eine Mahlzeit für Vegetarier zur Auswahl.

Sich am Tisch gegenübersitzend kamen sie erstmals richtig ins Gespräch, da sie den ganzen Vormittag über von Ihren Vorgesetzten in Beschlag genommen wurden. „Puh, endlich mal durchatmen", meinte Anke. „Kannst du laut sagen", entgegnete er. „Das Leben ist hier kein Ponyhof, wie man so schön sagt!" Die junge Frau fing an zu schmunzeln. „Sagt man das bei euch im Norden so?" „Bei euch hier nicht?"

Die Kantine füllte sich zunehmend. Klapperndes Geschirr auf der einen, rasselndes Besteck auf der anderen Seite sorgten für einen steigenden Lärmpegel. Anke versuchte, die Kulisse um sie herum auszuschalten. „Noch gut nach Hause gekommen gestern Abend?" „So gerade noch! Ich hatte die Lampen an, nicht nur am Fahrrad. Sagt man so bei uns im Norden", zitierte er sie verschmitzt lächelnd. „Das kenn' ich auch, Junge!" Ankes Augen blitzten mit einem Mal auf, als hätte sie sich augenblicklich einer schweren Last entledigt. Von Trägheit war nichts mehr zu erkennen, geschweige denn von Zurückhaltung in irgendeiner Form. „Ich fand's echt klasse gestern Abend, sollten wir bald mal wiederholen", schlug sie spontan vor, wobei man zwischen den Zeilen gelesen dieses ‚bald mal' gut und gern durch ‚gleich nach Dienstschluss' hätte ersetzen können.

„Heute ist schlecht. Ich habe noch einiges zu erledigen und wollte anschließend mal beim SV Bopfingen schauen, was dort so läuft." Es klang mehr wie eine Ausrede, was Anke sicherlich auch gespürt hatte. „Ach", winkte sie ab, „da ist heute mit Sicherheit nichts los. Es sind noch Ferien." „Nun ja, eventuell wird aber auf dem Rasen schon wieder trainiert. Die Saison fängt bald an."

Wollte er etwa von ihr nichts mehr wissen? Sollte es nur mal ein netter Abend mit einem kurzweiligen Flirt gewesen sein? Ihr positives Lebensgefühl ließ schlagartig nach. Dabei war sie sich doch ihrer Gefühle so sicher und glaubte fest daran, dass der Mensch ihr gegenüber das Gleiche für sie empfinden würde. Betretenes Schweigen kam auf. Andy spürte sofort, dass irgendetwas nicht stimmte. „Lass uns ein anderes Mal wieder ins Bistro gehen", unterbrach er die Stille, sicherlich, um Anke nicht so deprimiert sitzen zu sehen. „Auf jeden Fall! Wahrscheinlich werde ich heute Nachmittag mit Sandra, meiner besten Freundin, ins Schwimmbad gehen." Ein gequältes Lächeln huschte über ihr Gesicht. „Ich glaube, wir müssen langsam wieder hoch. Die Pflicht ruft, Anke!"

Sie verließen ihre Plätze. Die Stühle rückten sie wieder ganz an den Tisch heran, so wie es die gesellschaftliche Ordnung im Allgemeinen verlangte. Auf dem Weg zurück ins Büro gingen sie in einer Art nebeneinander her, die keine besondere Leidenschaft erkennen ließ. Anke seufzte im Stillen vor sich hin. Wie gerne hätte sie jetzt seine Hand genommen und wäre fröhlich lachend mit Blicken nur für ihn daherspaziert, ohne darüber nachzudenken, wie viel Aufmerksamkeit das bei frisch eingestellten Auszubildenden im Betrieb erregen könnte.

Der Sportplatz war leer gegen 17 Uhr nachmittags, lediglich ein Platzwart befand sich zum Rasenmähen vor

Ort. Andy hatte ehrlich gesagt nichts anderes erwartet, da ein Training im Amateurbereich nicht jeden Tag stattfand und dann auch meistens zu späterer Stunde, oftmals unter Flutlicht, damit auch jeder Spieler nach Feierabend genügend Zeit besaß, sich darauf vorzubereiten.

Einsam und verlassen stand er vor der Turnhalle des SV Bopfingen und musterte deren Wappen. Farben in Blau-Weiß, mittendrin eine grünlich geschwungene Schleife, die eher einer Frauenfrisur ohne Gesicht ähnelte. Das Gründungsjahr 1863 wurde ganz oben im Wappen erwähnt. Ein frühes Gründungsjahr, auf das die Bopfinger mit Sicherheit stolz waren.

Links neben der Turnhalle mussten die Umkleidekabinen mit den dafür üblichen kleinen Fenstern sein. Dahinter befand sich das Eingangstor zu der Sportanlage. Da es offen stand, ging der Niedersachse einfach hindurch und nahm direkten Kurs auf den im Bereich der Spielfeldmitte beschäftigten Rasenkosmetiker, wie er in seinem alten Sportclub gerne genannt wurde. Neben dem Rasenplatz befand sich durch eine kleine Treppe sowie mehreren Metallgeländern voneinander getrennt noch eine Spielfläche aus Schlacke als Bodenbelag. Das gesamte Ambiente hatte sehr viel gemeinsam mit dem FC Diepholz, abgesehen von einer etwa 20 Meter langen überdachten Zuschauertribüne, die sich nicht jeder Sportclub dieser Größenordnung leisten konnte.

„Hallo!", rief er schon aus der Distanz, woraufhin sich der Platzwart nach ihm umdrehte. Der kleine, füllige Mann von geschätzt Anfang 50 blickte etwas mürrisch drein, was Anlass für Spekulationen hinsichtlich dessen gab, ob ihm möglicherweise die Arbeit in keinster Weise gefiel oder Andys unerwartetes Auftauchen einfach nur lästig erschien. Wortlos ließ er den Fremden näherkommen. „Ich wollte mal nachfragen, wann hier die Herrenmannschaft trainiert." Das Geräusch des Rasenmähers erstarb. „Zurzeit noch gar nicht, erst ab nächster Woche, jeweils dienstags und donnerstags von 19 bis 21 Uhr, soweit ich weiß. Ansonsten musst du mal mit dem Werner Neumeyer sprechen. Der trainiert die Mannschaft."

Es kam etwas gelangweilt über, desinteressiert. Die Frage ‚Gehörst du vom Alter her eigentlich schon zur Herrenmannschaft' hätte hier noch gut hineingepasst. „Sein Name steht auch im Telefonbuch!", fügte der Mann noch hinzu, bevor Andy in seiner zurückhaltenden Art etwas sagen konnte. „Vielen Dank, dann werde ich mich mal bei dem Werner Neumeyer weiter schlau machen." Er wiederholte den Namen, um sicher zu gehen, ob er ihn auch richtig verstanden hatte. Es kam kein Widerspruch. Andy wollte sich gerade im Umdrehen verabschieden, als er die Frage „Bist du neu hier?", vernahm. Scheinbar konnte der alte Sturkopf doch mehr herausbringen als nur das Nötigste. „Ich wohne seit knapp drei Wochen in Bopfingen." „Und wo kommste weg, Junge?", fragte er leger. „Aus Diepholz, liegt zwischen Osnabrück und Bremen." „Was verschlägt einen denn von da oben nach hierher?", fragte der Platzwart mit skeptischem Blick. „Ich mache hier in Bopfingen eine Ausbildung." Langsam wurde der korpulente Platzwart etwas redseliger, sodass doch noch ein Gespräch über dieses und jenes zustande kam, was Fremde so alles untereinander austauschen konnten.

Später zu Hause suchte er im Telefonbuch die Nummer des Trainers heraus, um sich genaustens über die Trainingszeiten und die kommende Saison in Kenntnis setzen zu lassen.

„Neumeyer", meldete sich eine Stimme am anderen Ende der Leitung. „Andreas Debus am Apparat. Schönen guten Abend, Herr Neumeyer", sagte er förmlich. „Ich möchte ihrem Verein beitreten und würde gerne wissen, wann das Fußballtraining bei ihnen stattfindet." „Jeweils dienstags und donnerstags von 19 bis 21 Uhr. Nächsten Dienstag geht's los!" „Gut, und wann beginnt hier die neue Saison?" „Öh..., am 30. August haben wir unser erstes Spiel", kam etwas verzögert als Antwort. „Sag mal, darf ich mal fragen, wie alt du bist?", wollte Herr Neumeyer wissen. „Ich bin 19!" „Gerade mal 19, ist ja klasse!" Die Stimme seines Gesprächspartners klang plötzlich sehr euphorisch. „Jungen Nachwuchs können wir immer gut gebrauchen. Wie ich höre, kommst Du nicht von hier." Andy erzählte nun die gleiche Geschichte, die er vor wenigen Stunden bereits dem Mann auf dem Sportplatz vorgetragen hatte. Bald konnte er sie schon selbst nicht mehr hören.

„Okay, dann bis nächsten Dienstag, pünktlich in voller Montur auf dem Platz. Ein Trikot werde ich für dich mitbringen. Mach's gut!", beendete der Fußballtrainer die Unterhaltung. ‚Junger, brauchbarer Nachwuchs ...' Andy fühlte sich geschmeichelt und gleichzeitig auch gefordert. Jetzt musste er auch das bringen, was man von ihm verlangen würde.

Vereinssport war seit je her immer eine gute Möglichkeit, neue Leute kennenzulernen. Viele seiner alten Freunde aus Diepholz waren auch schon von Kindesbeinen an Mannschaftskameraden gewesen. Gleichermaßen zu verfahren würde doch auch hier in der neuen

Heimat Sinn machen, war er der Überzeugung. Unvergessen würden all die aufregenden Zeiten bleiben, als man vor noch nicht allzu langer Zeit nach einer ordentlichen Partie auf dem Fußballplatz mit anschließendem Stammtischgelage am Samstagabend unbedingt die Stadt unsicher machen wollte. Lebenslust, einfach pure Freude, von der ein junger Mensch nicht genug bekommen konnte, kein Gedanke an morgen – sollte das alles nun sozusagen Schnee von gestern sein? Niemals! Andy war von Natur aus kein Pessimist.

Gefühl und Verstand

Eine Arbeitswoche lag nun hinter ihm. Eine anstrengende Woche, die einen Auszubildenden, der bislang nur die Schulbank gedrückt hatte, mächtig schlauchen konnte. Viele neue Leute in seinem Umfeld, Menschen, viel älter und lebenserfahrener als er, veranlassten ihn schon vom ersten Tag an, selbst Respekt auszustrahlen, soweit es ihm möglich war. So groß die Diskrepanz aufgrund von Alter und Lebenserfahrung auch oftmals zu sein schien, genauso unterschiedlich verhielten sich auch die Kollegen ihm gegenüber. Einige waren freundlich, entgegenkommend. Andere wiederum ziemlich stur und verschlossen. Die arbeitsreichen Tage ließen – abgesehen von Ankes ständiger Gegenwart – zudem wenig Kontaktmöglichkeiten zu.

Diese Person suchte ständig seine Nähe. „Und was hast du am Wochenende so alles vor?", kam auch schon gleich die Frage auf dem Weg nach Hause, als sie gerade ihre Räder aufgeschlossen hatten und losfuhren. „Morgen Abend bin ich bei meinen Nachbarn Norbert und Helene zum Grillen eingeladen. Wird bestimmt ganz witzig mit den beiden. Freunde aus der Umgebung stoßen auch noch dazu." „Aha ..." Zuerst wusste Anke anscheinend nicht, wie sie reagieren sollte, als dann plötzlich wie durch einen Geistesblitz der kesse Vorschlag kam, ob er denn nicht noch jemanden mitbringen könnte. Dieser ‚jemand' sollte natürlich sie selbst sein. Andy wurde verlegen. Die Idee wäre unter Paaren keineswegs vermessen gewesen. Jedoch existierte das Wort „Paar" in seinem Wortschatz bislang noch nicht. „Ich bin mir ehrlich gesagt nicht sicher, ob das beim Gastgeber so gut ankommt", redete er sich heraus. „Dazu kenne ich ihn noch zu wenig." Etwas zerknirscht schaute Anke zur Seite. Dabei tat sie so, als hätte sie etwas entdeckt, was ihre Aufmerksamkeit weckte, um in der Sache nicht weiter nachzubohren. Gedrückte Stimmung lag in der Luft. „Weißt du was, Anke, ich hätte jetzt Bock auf eine Pizza und ein kühles Weizenbier bei Antonio", versuchte er dem Schmollen ein Ende zu bereiten. Das Lächeln in ihrem Gesicht kehrte augenblicklich zurück. „Ich bin dabei!", rief sie freudestrahlend aus.

Die Fahrt gewann an Geschwindigkeit. Sonne auf der Haut, den Sommerwind in den Haaren und sich in gemütlicher Zweisamkeit mit einem Gaumenschmaus auf das wohlverdiente Wochenende einstimmen. Die gute Laune wollte gerade ihren Höhepunkt erreichen, als ihnen ein Radfahrer mittig auf dem Weg entgegenkam, welcher nicht so zu sein schien wie die meisten anderen Menschen. Vermutlich war der Mann am Träumen. Ein doppeltes Klingelsignal ertönte, um ihn in die Realität zurückzuholen.

„Mensch, pass doch auf, du blöder Penner!", fauchte Anke in dessen Richtung, als sich die drei fast auf einer Höhe befanden. Andy schaute mit verdutzten Augen zu ihr herüber. „He Anke, alles halb so schlimm. Beruhige dich mal wieder." „So ein Idiot!", schimpfte sie weiterhin in einer Lautstärke, die für den passierten Radfahrer, der unübersehbar eine Behinderung im Sinne des Morbus Down Syndroms hatte, kaum zu überhören war.

Die Umstände konnten auch Anke normalerweise nicht entgangen sein. Andy schüttelte im Stillen den Kopf, behielt seine Gedanken jedoch für sich.

„So, mein Lieber, jetzt zeig mal, was du drauf hast!" Die junge Frau ihm gegenüber hatte es mit dem Eingießen des sämigen, bernsteinfarbenen Getränkes wie schon beim letzten Besuch im ‚Ciao Antonio' wieder einmal nach alter Tradition geschafft. Rot gefärbte Lippen verformten sich zu einem verzaubernden breiten Lächeln, das deutlich erkennen ließ, wie sehr es ihr Freunde bereitete, ihn ein bisschen zu necken, auf das er sich diesmal geschickter anstellte als noch vor wenigen Tagen. Steckte denn wirklich so viel Herzlichkeit hinter solch einem hübschen Gesicht, das ihn ständig zu betören versuchte?

    Seine Gedanken gingen zu dem Ereignis mit dem entgegenkommenden Radfahrer zurück. Was war da vor noch nicht mal einer halben Stunde eigentlich passiert? War es denn wirklich vonnöten, diesen Menschen verbal so anzugehen, nur weil er unaufmerksam war? Sicherlich konnte Unachtsamkeit im Straßenverkehr zu folgenschweren Unfällen führen. Auf der anderen Seite musste man jedoch in Betracht ziehen, dass seine außergewöhnliche Lebenssituation Patzer dieser Art unglückseligerweise begünstigte. Alles in allem war Andy schockiert über seiner Meinung nach Ankes völlig überzogenen Reaktion.

„Wow! Du hast es gelernt!" Lautes Lachen erklang. Das Mädchen hatte anscheinend von seiner Nachdenklichkeit keine Notiz genommen. Ihr schwebte wohl nur ein amüsanter Abend vor. „Na dann Prost, Alter!" Sie stießen ihre Gläser am unteren Rand zusammen, was ebenfalls zur Tradition beim Trinken gehörte. „Endlich mal raus aus dem stressigen Laden!", stieß Anke wie von ärgsten Strapazen befreit hervor. „Die Westerheide kann einen manchmal bekloppt machen mit ihrer Pingeligkeit. Alles muss kleinkariert als Randnotiz aufgeführt werden ..." Eine Welle von Klagen über ihre direkte Vorgesetzte setzte mit einem Mal ein. Andy hörte meistens nur zu und nickte. „Der Lohmeyer scheint da wohl ganz anders zu sein, soweit ich das mitgekriegt habe, oder wie siehst du das?" Andy sollte offensichtlich auch mal etwas zum Thema beitragen, damit sich dieses Gespräch nicht zu einem Monolog entwickelte.

„Auch der Mann stellt seine Ansprüche und lässt gerne mal den Chef raushängen. Aber wenn du absolut nicht auskommst mit Frau Westerheide... Herr Salentin hat ja anfangs gesagt, es besteht die Möglichkeit, auch mal die Ausbilder zu wechseln. Vielleicht kannst du ihn mal irgendwie in einer ruhigen Minute darauf ansprechen", schlug er vor. „Ist dir das wirklich recht?" „Können wir meinetwegen so machen. Oder hau doch ganz einfach mal die Eva Schütte vom Betriebsrat darauf an!" Andy erinnerte sich plötzlich daran, wie sich unerwartet eine junge, gut gekleidete Frau mittags in der Kantine zu ihnen gesellte. Sie stellte sich als Mitglied im Betriebsrat der Firma vor und erläuterte gleichzeitig ihren Aufgabenbereich als Interessensvertreterin der Arbeitnehmerschaft. Auch oder besser noch *gerade* als Auszubildende könnten sie sich jederzeit an sie wenden, wenn es Probleme gab.

Die Kellnerin brachte jedem der beiden neben der bestellten Pizza noch ein zweites Bier. Der Spaßfaktor war mittlerweile einer gewissen Ernsthaftigkeit gewichen.

Anke trank ihr Bier jetzt etwas schneller als vorhin. Lippenstift klebte am Rand des Glases und lief mit Schaum vermischt träge nach unten. Schweigen setzte ein. Wieder einmal schien die Stimmung sprunghaft zu kippen.

Eigentlich wollte Andy schon längst wieder zu Hause sein. Zu tun gab es dort immer etwas. Nun blieb er fast schon aus Mitleid im Bistro sitzen, weil er sie in ihrem Kummer nicht alleine lassen wollte. „Ach, ich weiß nicht, ob das was bringt, mit der Frau zu reden. Die kann wahrscheinlich auch nur gut schwätzen, und wenn es drauf ankommt, passiert gar nichts." Anke wirkte nunmehr deprimiert, als wollten ihr jeden Moment die Tränen kommen. Andy blieb gelassen. „Ich denke, du solltest es einfach versuchen. Ein Betriebsrat ist letzten Endes auch dafür da, die Mitarbeiter in schwierigen Fällen zu unterstützen. Frau Schütte wird dir garantiert nichts Böses wollen."

Sie warf ihm einen betrübten Blick zu und trank einfach nur weiter. Wo blieb ihr Charme, ihre Lebhaftigkeit? „Kopf hoch, Mädchen, jetzt haben wir erst mal Wochenende!", sagte er aufmunternd und streckte ihr sein Glas entgegen. Mit schwermütigem Lächeln klopfte Anke ihr Glas dagegen. „Du hast ja recht", meinte sie. Mittlerweile war Ankes Weizenglas wieder leer und die Pizza wurde kalt. Der Stimmungseinbruch schien ihr den Appetit verdorben zu haben.

Sie bestellte noch ein Bier, während Andys Glas noch halb voll war. Nach einigen Minuten kam die Redseligkeit zurück. „Sagt dir eigentlich der Campingpark Wemding etwas?" „Nie davon gehört."

„Ist ‚ne echt coole Ecke. Wir wollen wahrscheinlich am nächsten Wochenende dahinten campen, vorausgesetzt, das Wetter bleibt so, wie es jetzt ist." "Weit von hier?" "Nee, vielleicht 25 bis 30 km. Wir sind auch schon öfters mit dem Rad dahin gefahren und haben im Zelt übernachtet. Aber es ist total geil, dort ist richtig was los!", schwärmte sie. "Viele Camper, abends Lagerfeuer mit Grillen, meistens kommen wir vor frühmorgens überhaupt nicht zum Pennen! Die Partyband ‚That's Rock' ist auch wieder zu Gast. Spitzenmäßig! Die haben voll den fetzigen Sound drauf. Dumm war beim letzten Treff Anfang Juli nur, dass gegen Mitternacht Regen einsetzte…" Andy hörte einfach nur zu und ließ sie von ihren schönen Erlebnissen erzählen. Sie war wieder voll in ihrem Element und scheinbar die Alte, die er vor Kurzem kennengelernt hatte.

"Wir fahren zu viert von Freitagabend bis Sonntag früh. Bernd, der Freund von Sandra, hat einen eigenen Wagen. Wir hätten noch einen Platz frei, im Auto wie im Zelt, falls du Bock hast mitzukommen", sagte sie augenzwinkernd. Andy zog beeindruckt die Augenbrauen hoch. "Warum nicht? Wird mit Sicherheit interessant werden. Wenn sonst keiner von deinen Freunden was dagegen einzuwenden hat, bin ich dabei!", entschied er spontan. "Mach dir da mal keine Sorgen, die sind total in Ordnung. Mit denen kannst du Pferde stehlen."

Pünktlich zu Beginn der neuen Arbeitswoche kam es Anke so vor, als wären die Wünsche vom letzten Freitagabend ihrer Zeit vorausgeeilt. Kurz nach acht Uhr erschien Herr Salentin unerwartet im Büro und erklärte eine geänderte Sitzordnung. "Frau Sievers, ich habe Ihnen einen kleinen

Vorschlag zu machen", begann er ziemlich bescheiden wirkend. „Sie sollen ab heute den Platz mit Herrn Feldmann tauschen. Er wird von nun an bis auf Weiteres seine Ausbildungszeit bei Frau Westerheide verbringen, während Sie dann mit Herrn Scharf Vorlieb nehmen müssten. Vielleicht kennen Sie sich ja bereits." Anke schaute den freundlich lächelnden Mann überrascht an. Konnte er etwa hellsehen? „Sofern Sie damit einverstanden sind, bitte ich Sie, jetzt gleich Ihre Sachen zu packen und mit mir zu kommen. Ich begleite Sie dann zum Büro des Herrn Scharf", sprach er höflich, aber bestimmend. „Meinetwegen, wenn es so sein soll", antwortete Anke freundlich mit hochgezogenen Mundwinkeln. Was hätte sie auch anderes sagen sollen? Die Sache war vermutlich längst von ganz oben beschlossen worden, was die Frage, ob sie damit einverstanden wäre, gänzlich überflüssig machte.

Im Prinzip kam es ihr ganz recht, da sie auf der einen Seite sowieso nicht mehr bei Frau Westerheide sitzen wollte und andererseits die unmittelbare Nähe zu Andy bei ihren weiteren Absichten nicht so gut wäre, kam es ihr in den Sinn. Alle Anwesenden im Raum, die die Angelegenheit einfach nur schweigend zur Kenntnis nahmen, wünschten der jungen Auszubildenden viel Glück. Andy warf ihr noch ein strahlendes Lächeln entgegen und hob ansatzweise die Hand zum Abschied, bevor die Tür von außen ins Schloss fiel.

Anke wirkte innerlich so ausgeglichen und zufrieden, dass Herr Salentin selbst sich sehr geschmeichelt gefühlt haben musste angesichts der Tatsache, der Überbringer dieser Entscheidung über den Bürowechsel gewesen sein zu dürfen, den sie ganz locker, sogar mit Freude entgegennahm. Es war ihr deutlich anzusehen.

Die Seitenblicke des Personalchefs konnte man in vielerlei Hinsicht deuten. Auf Anke wirkten sie eher lästig, daher ignorierte die junge Frau ihren Nebenmann weitestgehend auf dem Flur. Wichtig war zurzeit nur das anstehende Wochenende – Camping, Party, Geselligkeit mit allem, was dazugehörte. Und was das Wichtigste war: Der Mann, in den sie sich verliebt hatte, würde Teil der bevorstehenden Erlebnisse sein. Bislang hatte es bei ihm noch nicht richtig gefunkt, aber in wenigen Tagen würde ihr sehnlichster Wunsch in Erfüllung gehen. Ganz bestimmt!

Die Tür fiel ins Schloss, ein metallischer Klang, der noch für mehrere Sekunden nachhallte, bis er schließlich ganz aus Andys Ohren verschwunden war. Anke verließ das Arbeitsbüro, in dem sie beide eine Woche lang zusammengesessen hatten. Damit war eine Entscheidung gefallen, die mit Sicherheit Einfluss auf das künftige Geschehen für ihn oder besser gesagt für *sie und ihn* im Betrieb haben würde. Anke konnte zunächst mal zufrieden sein, sie war es wahrscheinlich auch. Nicht umsonst hatte sie ihm noch am Freitagabend im ‚Ciao Antonio' in den Ohren gelegen, sie wollte mit Gewalt weg von dieser Erbsenzählerin namens Westerheide. Diesem Wunsch kam man schneller nach als erhofft, so als wären irgendwelche Gerüchte in der Firma herumgetragen worden.

Im Grunde genommen konnte dies allerdings nicht sein. An wen sollte denn Andy in der kurzen Zeit etwas weitergetragen haben? Sie selbst hatte niemals anderen Kollegen von den betriebsinternen Problemen mit

Frau Westerheide erzählt. Entweder geschah es aus purem Zufall oder aber einigen Kollegen schien das gute Verhältnis zwischen den beiden ganz einfach ein Dorn im Auge gewesen zu sein, sodass man zum Zwecke des besseren Lerneffektes eine räumliche Trennung vorzog.

Andy war sich im ersten Moment noch nicht darüber im Klaren, wie er die Veränderung nehmen sollte. Nach Ankes Verschwinden aus dem gemeinsamen Arbeitsbüro hatte er noch eine ganze Zeit lang ihre Erscheinung vor Augen. Ein gut aussehendes 18-jähriges Mädchen, dass sich offensichtlich nach Liebe und Anerkennung sehnte, dessen Gefühle ihm gegenüber er bislang jedoch immer nur auf Abstand gehalten hatte, was sein Verstand irgendwie nicht recht zu begreifen vermochte.

Jedes Mal, wenn sie in den darauffolgenden Tagen sein Büro betrat, streiften Ankes Blicke seine Sinne in einer Weise, das ihm warm ums Herz wurde. Ein Gefühlschaos brach aus. Sollte er Ankes Charme mit diesem bezaubernd verführerischen Antlitz noch länger widerstehen? Dass sie auf ihn stand, war nun wirklich nicht zu verkennen, genau wie sie sicherlich nur auf ein Zeichen von ihm wartete, auf ein Signal, das ihr vermittelte, er fühlte doch auch wie sie und habe die gleichen Wünsche. Es schien so leicht, der Versuchung ganz einfach nachzugeben und dennoch hielt ihn irgendetwas davor zurück. Es war wie eine warnende Stimme, eine Art Schutzengel, der ihn vor Unheil bewahren wollte. Ein Gefangener zwischen Gefühl und Verstand, wo sollte das bloß enden?

Wochenende im Campingpark Wemding

Andy schloss hastig seine Wohnungstür auf und griff nach dem bepackten Rucksack auf der Couch im Wohnzimmer. Die Zeit raste. Um halb sechs sollte er am vereinbarten Treffpunkt sein, von wo aus sie mit dem Auto zum Campingpark nach Wemding fahren wollten. Aus den ursprünglich vier Freunden sollte nun ein Wochenende zu fünft werden. Er hatte es Anke versprochen. Als er sie so niedergeschlagen im Bistro sitzen sah, brachte er es nicht übers Herz, ihr diesen Wunsch abzuschlagen, um sie nicht weiterhin zu enttäuschen und am Ende vielleicht noch weinen sehen zu müssen.

‚War es wirklich die richtige Entscheidung?' fragte er sich auf dem Weg nach Nördlingen. An den Witterungsverhältnissen sollte es schon mal nicht scheitern. Der Sommer ging zwar Mitte August langsam zur Neige, konnte aber zur Zeit noch mit angenehmen Temperaturen von um die 25 Grad die Menschen ins Freie locken, so auch Andy, der unter anderem auch Kontakte in seiner neuen Heimat suchte. Allein dafür lohnte es sich doch schon, mal richtig unter Menschen zu kommen.

Vor Ankes Elternhaus angekommen traf er auf drei unbekannte Gesichter, die sich um einen dunkelblauen BMW versammelt hatten. Blicke wurden ausgetauscht, die sowohl Neugier als auch Interesse bekundeten. Von der Beschreibung her konnte es nur die kleine Gemeinschaft sein, die aufbruchbereit die noch fehlenden Personen erwarteten, um sich endlich ins Vergnügen stürzen zu können.

„Hallo!", sprach Andy die Gruppe locker freundlich an, als er vom Rad stieg. „Ich bin Andy!" „Sandra...Simone...Bernhard!", stellten sich die Gruppenmitglieder händeschüttelnd einzeln vor. Bernhard, Sandras Freund und zugleich der Fahrer, lehnte lässig mit dem Rücken an der Karosserie, bevor sich dieser gutgebaute blondhaarige Typ von etwa 20 Jahren mit zuvor ineinander verschränkten Armen nach vorne beugte, um einen kräftigen Händedruck zu verabreichen.

Einen Augenblick später kam auch schon Anke aus der Haustür geeilt. „Hi Leute!" Ihr Augenmerk galt Andy als Erstes. „Wow! Du hast es ja noch pünktlich geschafft", staunte sie mit gut gelaunter Miene." „Alles Training, ich muss in Übung bleiben!", warf er salopp ein. „Bist du im Vereinssport aktiv?", wollte Bernhard wissen. „Ich bin im Fußballverein, beim SV Bopfingen. In zwei Wochen beginnt die neue Saison." „Ein Fußballspieler!", warf Sandra lachend ein. „Genau wie unser Bernd hier, nur halt nicht bei der Eintracht!" „So nah beieinander und dennoch treffen wir niemals aufeinander", bestätigte Bernhard witzelnd, da beide Clubs in verschiedenen Bundesländern lagen. „Wer weiß, wozu es gut ist", bemerkte Andy auf ebenfalls humorvolle Weise. „Du weißt aber, welchen berühmten Mann Eintracht Nördlingen hervorgebracht hat?" Es handelte sich hierbei allem Anschein nach eher um eine rhetorische Frage von Bernd, wie Andy feststellte, der die Antwort nicht wusste. „Der Name Horst Eckmann sagt dir aber was, nehme ich an", bemerkte sein Gegenüber nun spitzbübisch. Selbstverständlich kannte

Andy den berühmten Nationalspieler und Fußballweltmeister Horst Eckmann aus vergangenen Zeiten.

Die allgemeine Belustigung in dieser Runde ließ auf ein amüsantes Wochenende hindeuten. Anke schien sympathische Freunde zu haben. „So Leute, seid ihr startbereit? Dann lasst uns loslegen!", gab Bernhard das Kommando an. „Jawoll Chef, let's go!", alberte Anke herum, als hätte sie bereits ein paar Bier intus.

‚Wieder einmal sehr ausgelassen, meine Kollegin,' dachte Andy mit Vorfreude auf das bevorstehende Camping, welches nun seinen Anfang nahm. Fenster vorne heruntergekurbelt, das Schiebedach geöffnet, so fuhren sie gut gestimmt in der warmen Abendsonne davon.

„Haben wir auch alles dabei, Bernd?", fing Sandra auf einmal an zu fragen, die einen Teil der Utensilien aus Platzmangel vorne bei sich im Fußraum verstauen musste. „Bier, Grill, Fleisch, gute Laune, alles vorhanden, Schatzi!" „Mehr brauchen wir auch gar nicht!", rief Anke von hinten. „Doch, die Zelte", bemerkte Simone, die sich die ganze Zeit über etwas zurückhaltender benahm. „Im Zweifelsfalle stehen auch noch Holzhütten zur Verfügung", meinte Anke. „Wenn du die Rechnung für uns alle übernimmst!" „Aber Sandra, wofür hast du denn deinen Göttergatten neben dir sitzen?" „Ach ja, und wer hatte gerade die Idee mit den Baracken?" „Ich will doch nur dein Bestes, Sandy! Du hast doch schon tagelang mit den Hufen geschart, bis es endlich los geht!"

So liefen die Gespräche die ganze Fahrt über, bis der Campingplatz nach einer halben Stunde in Sichtweite kam. Andy verhielt sich relativ still, fragte sich nur, wer von den Mädchen wohl in Wirklichkeit während der letzten Tage am heftigsten mit den Hufen geschart hatte.

Es herrschte buntes Treiben auf den Wiesen, die sich über hunderte von Metern entlang des Lohweihers erstreckten, der sich eingebettet zwischen den Campingparkanlagen auf der einen und dem Laubwald hinter der gegenüberliegenden Uferseite ordentlich herausgeputzt hatte. Die gesamte Grünfläche wurde massenweise von Zelten, Wohnwagen und Blockhütten an den dafür vorgesehenen Stellplätzen bedeckt. Drumherum tobten sich überall Kinder und Erwachsene mit Fuß- und Federballspielen aus. Grills dampften ihnen aus sämtlichen Richtungen entgegen, deren Betreiber oftmals mit nacktem Oberkörper davorstanden, während Frauen sich ungeniert in knappen Bikinis zeigten. Viel Gelächter schallte gleichermaßen mit lauter Musik aus tragbaren Radios über den Platz, Bierflaschen wurden prostend aneinandergeschlagen.

Dies sollte nun die große Vergnügungsmeile mitten in der bayerischen Provinz darstellen, für die Anke so schwärmte. Schwabenland nannten die Bewohner diese Region. Von Bayern sprach man hierzulande weniger, worauf Andy schon frühzeitig hingewiesen wurde.

Bevor das Vergnügen nun endgültig losgehen konnte, mussten noch die Zelte aufgebaut und sämtliche Utensilien darin verstaut werden. Drei waren vorhanden, eins für Sandra und Bernhard selbstverständlich, die anderen beiden blieben für Simone, Anke und ihn. Eine Einigung über die restliche Aufteilung wurde vorerst zurückgestellt, weil sich niemand dazu konkret äußerte.

Kaum aufgestellt, stand auch schon Andys unnachgiebige Verehrerin verschmitzt lächelnd im roten Bikini mit Händen in den Hüften vor ihm. Wahre Schönheit musste natürlich gezeigt werden, daran sparte Anke wohlweislich nicht. „Sehr schick!", musterte er ihren über ein Meter siebzig großen zierlichen Körper, der sich für das präsentierte Outfit optimal eignete.

Die beiden anderen Mädchen schienen über Ankes selbstherrlichen Auftritt weniger amüsiert zu sein. Schon seit geraumer Zeit tauschten sie alle Nase lang vielsagende Blicke aus, die Spekulationen über eine neue Paarbildung verrieten, die aller Voraussicht nach unter keinem guten Stern stand.

Bevor Andy sich gezwungen sah, weitere Komplimente abzuliefern, wandte er sich lieber Bernhard zu, der gerade dabei war, den Grill anzuwerfen. Überall flimmerte und qualmte die Luft von der brennenden Holzkohle her aufsteigend.

Ein kurzer Blick über die Uferpromenade hinweg zum See ließ verhältnismäßig wenig Menschen erkennen, die ein kühles Bad benötigten. Hauptsächlich Kinder hatten Spaß am Planschen. Als auch diese den Weiher verließen, ebbten die letzten kleinen Wellen kurze Zeit später ganz ab und ließen ein friedliches Gewässer zurück, das den Eindruck vermitteln konnte, es wäre nie ein Mensch dort hineingegangen. Farbtöne von blaugrün bis dunkelbraun wechselten sich auf der Wasseroberfläche ab, je nachdem, welche Stellen von der tief stehenden Abendsonne noch erreicht wurden und wo sich bereits lange Schatten bildeten.

„Okay Leute!", stieß Anke nach dem Grillen in bestimmerischer Manier hervor. „Lasst uns mal langsam zur Bühne rübergehen. „Gleich müsste ‚That's Rock' auftreten. Die will ich auf keinen Fall verpassen." Andy betrachtete seine Kollegin etwas nachdenklich. Wenn sie vorher noch nichts getrunken hatte, war sie zumindest jetzt nach Bier und rotem Likör schon ordentlich angeheitert.

Sara stand ganz gespannt in der Umkleidekabine und probierte eine Bluejeans an. Die Erste seit Jahren, die sie mal wieder kaufen und hoffentlich auch beim Schulbesuch tragen durfte. Der Schnitt war ihrer Meinung nach ideal, sehr eng an den Pobacken wie auch im Schritt, wobei sie den Bauch vor dem Zuknöpfen noch ein bisschen einziehen musste. Ein zufriedenes Lächeln zeichnete sich beim Anblick im Spiegel in ihrem Gesicht ab. Eine kleine Sitzprobe – jawohl, alles perfekt! Die sollte es sein. Stolz schob sie die Gardine zurück und trat mit strahlenden Augen, die unzweifelhaft Kaufabsicht ausdrückten, aus der Kabine.

„Könnte nicht besser sein", war Kathrins erster Eindruck. Hol dir am besten noch eine davon. „Geht leider nicht!", entgegnete Sara, fast schon wieder etwas zerknirscht wirkend. Dafür reicht mein Bekleidungsgeld nicht mehr, höchstens noch für ein passendes T-Shirt." „Ist doch schon mal gut, Sara, eine Zweite dieser Art findest du auch noch später in der neuen Herbstkollektion, vielleicht sogar noch günstiger." „Falls ich dann schon wieder Unterstützung von meiner Mutter bekomme. Von meinem Taschengeld kann ich mir die Klamotten in nächster Zeit nicht leisten." „Hauptsache, du hast es endlich mal geschafft, mit *uns* shoppen zu gehen, anstatt ständig deine Mutter dabei an der Backe zu haben. Das ist doch schon mal ein Fortschritt", versuchte Kathrin zu beschwichtigen. „Da gebe ich dir recht. Endlich mal wieder eine Hose am Hintern statt immer nur Kleider und Röcke tragen zu müssen!" „Komm, dann lass uns mal nach T-Shirts gucken", schlug Kathrin vor. „Mensch Sara, nimm *noch* eine Nummer enger!", lästerte Inga scherzhaft, als sie von hinten kommend geradewegs auf eine freie Umkleidekabine zusteuerte. Sie selbst konnte wegen ihrer schlanken Figur auf sehr geringe Hosengrößen zurückgreifen im Gegensatz zu Sara und Kathrin, die beide eher dem oberen Bereich des normalgewichtigen Body-Mass-Indexes zuzuordnen waren. Sara wandte Inga nur wortlos grinsend das Gesicht zu. „Sitzt super! Willst du jetzt der heiße Feger auf unserer Penne werden?", stichelte ihre Freundin weiter, erstaunt über Saras Geschmack.

Es war wirklich eine gute Wahl. Davon war sie selbst auch dann noch felsenfest überzeugt, als sie sich darin ihrer Mutter vorstellte. Ein äußerst kritischer Blick der fettleibigen Frau in schlabberigen Klamotten, den sie irgendwie auch schon erwartet hatte, fiel ihr entgegen. Begeisterung sah nun wirklich anders aus. Das weiße T-Shirt mit der Aufschrift 'LOVE' und kleinen, flachen silbernen Glitzerperlen, die in der Mitte eine Herzform bildeten, schien der vornehmen Dame des Hauses noch einigermaßen zu gefallen, aber diese eng sitzende Hose ging überhaupt nicht, glaubte Sara Gedanken lesen zu können. „Kannst du die Sachen noch zur Wäsche geben, damit ich sie am Montag anziehen kann?", kam die überraschend selbstbewusste Frage, obgleich die zumeist verunsicherte Tochter nur allzu deutlich spürte, dass ihre Mutter die ungeliebten Neuanschaffungen, vor allen Dingen die hautenge Jeans, am liebsten gleich umgetauscht hätte. „Ist gut, wirf die Sachen unten in den Wäschekorb."

Die Antwort kam trocken und muffelig aus dem Munde einer verbohrten Frau, die sich bereits wieder ohne weiteren Kommentar abgewandt hatte.

Sara ging zufrieden auf ihr Zimmer zurück und machte es sich bei leiser Musik auf dem Bett bequem. Die Hände hinterm Kopf verschränkt, ließ sie den Tag Revue passieren, einen erfolgreichen Tag und zugleich Meilenstein auf dem Weg zur Selbstbestimmung. Herrlich, so konnte oder besser gesagt so *musste* es weitergehen!

Die Band auf der Bühne gab wohl ihr Bestes, zumindest, wenn man bei der Show in Ankes glitzernde Augen sah und über den ihrerseits konsumierten Alkohol einfach mal hinwegschaute. Die Stimmung zog einige hundert, vielleicht sogar weit über tausend Menschen in ihren Bann. Zwei Generationen an Zuhörern legten sich in der schallenden Atmosphäre von Rockklängen und energischem Gesang mit zum Teil total ausgelassenen taktgesteuerten Körperbewegungen unter Verwendung der pantomimischen Luftgitarre mächtig ins Zeug.

Der Abend zog derweil kühl herauf, nachdem die Sonne längst hinter dem Horizont verschwunden war. Die einzige Lichtquelle kam jetzt aus dem Bühnenbereich, grelle Scheinwerfer, die in erster Linie die Stars des Abends auf der Empore anstrahlten.

Glücklicherweise standen Andy und seine neuen Bekannten etwas weiter entfernt auf einer kleinen Anhöhe, welche einen idealen Überblick auf das gesamte Spektakel ermöglichte. Für die Veranstalter musste es sich in jeglicher Form gelohnt haben. An den Bierständen herrschte permanent viel Betrieb, während die dauerhaft ansässige Gastronomie immer mehr Kunden mit ihrer Festlichkeit lockte, je später es wurde.

Kurz nachdem sich die Coverband ‚That's Rock', die dem Publikumswunsch nach Zugaben großzügig nachgekommen war, verabschiedet hatte, versuchte ein Discjockey, die aufgeheizte Stimmung unter dem noch immer feierfreudigen Publikum weiter zu halten. Nach und nach verließen jedoch immer mehr Partygäste den Bühnenbereich und verteilten sich wieder auf der gesamten Wiesenfläche.

Die kleine Gemeinschaft von fünf Besuchern aus Nördlingen und Bopfingen entfernte sich ebenfalls ziemlich rasch nach dem wahrhaft guten Live-Auftritt der zweiten und zugleich auch letzten Band des Abends. Ans Schlafengehen dachte noch niemand von ihnen. Sie beschlossen, in die nächstgelegene ‚Luna-Bar' zu gehen. Der Zustrom an Gästen füllte das Lokal rasend schnell, während der Einflussbereich des Discjockeys zunehmend magerer wurde. An Sitzplätze war gar nicht mehr zu denken, vielmehr machte es – wenn überhaupt – nur noch Sinn, sich der Schlängelei vor der Theke anzupassen, deren Vielzahl an Menschen keine andere Möglichkeit mehr bot, als in mehreren Reihen hintereinanderstehend seine Drinks zu sich zu nehmen. Bunte Lampions in verschiedenen Farben hingen allem Anschein nach so tief von der Decke herunter, dass große Menschen bald schon befürchten mussten, mit ihnen bei unvorsichtigem Verhalten in schmerzhafter Form Kontakt aufzunehmen. Nichtsdestotrotz vermittelten lebhafte Unterhaltungen aus jeder Ecke der heillos überfüllten Bar den Eindruck der allgemeinen Zufriedenheit mit der Situation.

Bis zur nächsten Runde an Getränken, die Bernhard spendablerweise ausgab, wurde ein Menge Geduld abverlangt. Anke, die statt Bier und Likör jetzt auch einen gemixten Cocktail mit verschiedenen Spirituosen bevorzugte, machte mehr und mehr einen betrunkenen Eindruck, während die anderen Freunde augenscheinlich ihren Alkoholpegel auf einem moderaten Level halten konnten. Für Andy war der Höhepunkt des Abends mittlerweile überschritten. Die Gespräche untereinander wurden zudem immer wortkarger. Die meiste Zeit über führte Bernhard das Wort, der viel von sich und seinem Wehrdienst erzählte, den er vor wenigen Wochen beendet hatte, abwechselnd mal von seiner Arbeit als Tischler und natürlich Andy gegenüber vom Fußball, ihrer gemeinsamen Leidenschaft.

Gegen ein Uhr nachts verließen sie schließlich die Bar und brachen auf Richtung Schlafstätte. Die Luft war merklich abgekühlt, Anke fror regelrecht in ihrem T-Shirt über dem Bikinioberteil. Lediglich die schwarze Leggins hielt unten herum noch warm. Bei den Zelten angekommen, holte sie sogleich eine Flasche Likör aus ihrem Rucksack und nahm erst mal einen kräftigen Schluck daraus. Simone und Sandra hielten sich nun in puncto Alkohol gänzlich zurück, währenddessen Andy und Bernhard ungeachtet der anderen drei noch ein letztes Bier zusammen tranken, um sich nach einem langen, abwechslungsreichen Tag auf die Nachtruhe einzustimmen.

Anke war mittlerweile von der vielen Trinkerei vollkommen benebelt. Die Frage, wer mit wem in welchem Zelt schlief, wurde durch Simones Bereitschaft, ihre Unterkunft mit Anke zu teilen, letzten Endes recht einfach gelöst. „Gute Nacht, Leute! Gute Nacht, Andy!", betonte sie noch einmal gesondert mit einem Schmatzer in seine Richtung, auf den er lediglich mit einem simplen „Schlaf gut!" reagierte.

Kurz darauf waren alle in ihren Zelten verschwunden bis auf Andy, der noch einmal den Weg zum See beschritt. Hinter ihm brannten noch einige Lagerfeuer, um die sich Leute zum mitternächtlichen Plausch versammelten. Das Wort Nachtruhe existierte hier an diesen spätsommerlichen Tagen anscheinend nicht.

Er setzte sich auf eine Bank an der Uferpromenade und sah den seichten Bewegungen des Wassers zu, soweit das fahle Licht des Halbmondes über dem See dieses ermöglichte. Seine Gedanken drehten sich dabei die ganze Zeit nur um Anke, jener jungen Frau, die ihm schon seit Tagen viel zu viel Kopfzerbrechen bereitete. Er kannte sie gerade mal seit knapp zwei Wochen, konnte jedoch nicht verneinen, dass gemeinsame Sympathien füreinander bereits seit dem Tag ihrer ersten Begegnung vorhanden waren. Unglücklicherweise wurden diese aber auch von Anfang an unterschiedlich gewichtet. Anke hatte allem Anschein nach rasch Feuer gefangen im Gegensatz zu ihm, der seine Gefühle für sie verstandesmäßig lieber erst mal auf kleiner Flamme lodern lassen wollte.

Ein Mädchen, das je nach dem, wie die Dinge standen, immerzu seine Persönlichkeit von heiß nach kalt und zurück wechselte, war genau das, was den Niedersachsen stutzig machte. Hinzu kam noch der starke Alkoholkonsum, der ihm gleich beim ersten privaten Zusammensitzen im ‚Ciao Antonio' aufgefallen war. Offenbar verstand Anke es gut, dieses Problem geschickt zu kaschieren, indem sie die meiste Zeit über nur von Trinktraditionen und gemütlichen Abenden sprach, Themen, die die Frage nach einer potenziellen Alkoholsucht erst gar nicht aufwarfen. Zu dem Zeitpunkt machte er sich darüber auch noch keinerlei Sorgen; im Gegenteil, der erste Abend hatte ihm sehr zugesagt. Aber nun?

Andy schüttelte resigniert seinen Kopf, in dem die Bilder der vergangenen Stunden wirr umherkreisten. Seine Verehrerin hinterließ seiner Ansicht nach den Eindruck, längst vor Abfahrt nach Wemding nicht mehr richtig nüchtern gewesen zu sein. Selbst für den Fall, dass er sich getäuscht haben möge, sprach ihr Trinkverhalten am gestrigen Abend für sich. Zum Schluss konnte man ihrer Lallerei kaum noch ein verständliches Wort entnehmen.

‚Bei Anke beschrieb der Begriff ‚blau' wohl eher einen Zustand als eine Farbe,' kamen ihm zynische Gedanken in den Sinn, bei denen er fast noch hätte lachen müssen. Man konnte Simones Entscheidung, freiwillig mit solch einer betrunkenen Person in einem Zelt zu übernachten, fürwahr als einen Akt von Barmherzigkeit bezeichnen.

Aus weiterem Grübeln über den nicht wirklich gelungenen Abend wurde schon beinahe Wut. Er sollte sich besser nicht noch intensiver in die Sache hineinsteigern.

„Hallo!", ertönte plötzlich und ganz unerwartet eine weibliche Stimme von hinten. Überrascht drehte Andy sich um. Die Umrisse der Gestalt konnte er in der Dunkelheit nur vage ausmachen. Aus welchem Grund auch immer war ihm Simone auf dem Weg zum Weiher gefolgt. Das Stocken in der Bewegung schrieb Andy ihrer Schüchternheit zu. Den kompletten Abend über hatte sie im Freundeskreis meistens nur interessiert zugehört, ohne sich selbst zu äußern.

Er rückte demonstrativ ein Stück zur Seite und klopfte mit einer Hand auf den freien Teil der Holzbank. Mit langsamen Schritten kam sie näher und nahm neben ihm Platz. „Grüß dich, Simone! Findest du auch noch keine Ruhe?" Sie schaute ihn wie schon so oft in den letzten Stunden einfach nur an und blieb zunächst still mit Blick auf das Wasser. Der kühle Nachtwind wehte ihr langes brünettes Haar am Scheitel leicht nach oben und ließ es sanft wieder hinabfallen.

Dann formte sie die Mundwinkel zu einem leichten Lächeln. „Meine Zeltkollegin ist im Moment ziemlich unruhig. Kaum lag sie ausgestreckt in ihrem Schlafsack, dessen Reißverschluss sie nebenbei bemerkt kaum auf, geschweige denn wieder zubekommen hatte, fing sie auch schon an zu schnarchen." Andy musste unwillkürlich lachen. „O je, das kann ja heiter werden", rutschte es ihm raus. „Mensch, die hat aber auch was weggezogen die ganze Zeit über!" Seine Worte wurden nun ernster. „Hast du sie schon öfters so erlebt, wenn ich mal fragen darf? Du kennst Anke ja schon viel länger als ich."

Simone zögerte ein wenig, wahrscheinlich aus Unsicherheit darüber, ob und was sie erzählen durfte und was nicht. Schließlich fasste sie sich doch ein Herz.

„Ich erinnere mich noch zu genau an letztes Jahr Ende Juni, als wir zum alljährlichen Musikfestival am Nördlinger Marktplatz gehen wollten. Anke sprach damals vom ‚Vorglühen' bei ihr zu Hause…" „Vorglühen?" „Vorglühen bedeutet so viel wie ‚Vorweg noch was zusammen trinken, bevor man zu irgendeiner Party oder Ähnlichem geht. Nun ja, jedenfalls aus dem ‚Vorglühen' in Anführungszeichen wurde ihrerseits ein derbes Besäufnis und eine Peinlichkeit für alle obendrein!" Andy spitzte die Ohren in Erwartung einer durchaus interessanten Story. „Ihre Eltern waren übers Wochenende verreist. Somit war ‚sturmfreie Bude' angesagt mit ordentlich Bier, Sekt, ‚blauem Engel' und was sonst noch so geboten wurde. Wir wollten um 20 Uhr beim Festival sein..." „Und daraus wurde letztendlich nichts", bemerkte er, halb als Frage, halb als Antwort.

Simone redete sich zunehmend in eine emotionale Gemütslage, die er bei diesem in sich verschlossenen Mädchen kaum für möglich gehalten hätte. „Erraten, Andy! Als Sandra und ich zusammen mit einer anderen Freundin von uns wie verabredet um 19 Uhr bei ihr eintrafen, war eine Sektflasche bereits halb leer." „Hm, sozusagen das ‚Vorglühen vor dem Vorglühen', wenn man es so nennen darf", unterbrach er sie. Nach kurzem Seufzer fuhr Simone fort. „Aus 20 Uhr wurde schließlich 21 Uhr, während Anke alles querbeet durcheinander trank. Sie schien überhaupt kein Interesse mehr an dem Fest zu haben, obwohl sich auch ‚That's Rock' angekündigt hatte, die sie unbedingt sehen wollte. Ihr damaliger Freund Georg und sein Kumpel Frank warteten vergebens auf uns..."

Andy hörte weiterhin gespannt zu. Die Geschichte wurde immer besser, wobei ‚besser' hier wirklich nicht wörtlich zu nehmen war. „Die beiden wussten nur zu gut, wem sie das zu verdanken hatten. Es war nicht das erste Mal, dass sie eine Verabredung platzen ließ, weil sie entweder keinen Bock hatte oder einfach mal wieder zu besoffen war. Als Georg dann gegen kurz nach neun schellte und ihr berechtigterweise eine Szene machen wollte, pöbelte sie ihn so zwischen Tür und Angel an, dass wir anderen schleunigst zum Schlichten nach unten rannten, damit die Situation nicht völlig eskalierte. Anke hatte total die Kontrolle verloren. Die nächsten

Nachbarn mischten sich dann auch gleich mit ein und drohten schon mit Konsequenzen, falls sie nicht mit der Keiferei aufhörte." Simones Gesprächspartner verschlug es fast die Sprache angesichts dessen, was sie ihm soeben berichtet hatte. ‚Eine äußerst temperamentvolle Frau, meine Kollegin', dachte er nur. „Nun ja, und die Quintessenz von dem ganzen Drama war, dass Georg noch am gleichen Abend mit ihr Schluss gemacht hat." Für wenige Augenblicke trat bekümmertes Schweigen ein. „Viel daraus gelernt scheint sie nicht zu haben!", fügte Simone abschließend hinzu.

Andy konnte ihr nur dankbar sein für dieses vertrauliche Gespräch. Es half ihm einen großen Schritt weiter. Nun war er dran mit seiner Geschichte und seinen Erfahrungen mit Anke, womit er nicht hinterm Berg halten wollte. Simones Reaktionen drückten keine Überraschung aus, das Mosaik nahm mehr und mehr Gestalt an.

Die beiden hätten gut und gern noch bis zum Sonnenaufgang miteinander reden können, wäre da nicht die spürbar kühler werdende Nachtluft, die ihnen zu späterer Stunde genauso zu schaffen machte wie die aufkommende Müdigkeit, um nicht zu sagen, das Limit war erreicht für zwei Menschen, die sich erst wenige Stunden zuvor zum ersten Mal begegnet waren und dafür schon eine ausgesprochen persönliche Unterhaltung geführt hatten. „Danke, Sandra, schlaf gut", waren seine letzten Worte, bevor er im Zelt verschwand. Das Zeitgefühl ging im Laufe der Nacht verloren, während es um ihn herum absolut ruhig geworden war. Die großartige Partymeile hatte sich quasi zu einem Kurort entwickelt.

Hoppla! Fast wäre Andy beim Stoppen eines kräftig geschossenen Balles über seine eigenen Füße gestolpert. Bernhard hatte die Szene aus ungefähr zehn Metern Entfernung amüsiert beobachtet, ein beinahe schon hämisches Grinsen lag auf seinen Lippen. Der Niedersachse ging emotionslos darüber hinweg, schaltete gewohnheitsgemäß Antipathien im Spielverlauf aus, wenn ihm etwas nicht behagte, um sich ganz allein dem Geschehen auf dem Rasen zu widmen. Wenigstens versuchte er dies.

Der Morgen begann nach einer guten Stärkung mit Frühsport auf dem Fußballplatz. Es war kein gewöhnlicher Rasenplatz. Die Spielfläche wie auch die Tore entsprachen mehr oder weniger den Normen vom Handballfeld. Aber egal, nun wurde mit zwei Mannschaften von je sieben Leuten Fußball gespielt.

Die Mädels gaben ebenso ihren sportlichen Teil dazu, indem sie eine Runde um den Lohweiher joggten.

Die Runde war geschafft, auf dem Kieselfeld zwischen der Konzertbühne und den sanitären Anlagen konnte Andy durch eine Reihe von Wohnwagen erhaschen, wie sich ihre Wege trennten. Während Simone gemeinsam mit Anke, bei der man annehmen musste, dass sie nach dem Highlife der letzten Nacht noch nicht wieder ganz im Bilde war, im Spaziergang den Weg zum Campingplatz nahm, bewegte sich Sandra im Dauerlauf auf den Sportplatz zu; neben ein paar Kindern die einzige Zuschauerin, die neugierig war, wie sich ihre beiden männlichen Reisebegleiter beim Spielen so schlugen.

Andy spielte seinem Mannschaftskameraden Bernhard den schwer zu stoppenden Ball direkt zu. Ein kurzer Sprint nach rechts außen, dann der Doppelpass und ab ging's nahe der Seitenauslinie in Richtung gegnerisches Tor mit anschließender Hereingabe auf den Stürmer in der optimalen Kopfball- oder Schussposition. ‚Kick and rush' gemäß einer alten englischen Fußballtradition, das war Andys Spezialität, die bislang in vielen Spielen den gewünschten Erfolg brachte, wenn auch nicht in dieser Szene.

Bernhard hingegen versuchte sich mehr als Techniker, fiel jedoch manches Mal mit einer bolzerischen, ruppigen Spielweise auf, einer für ein Spiel auf rein freundschaftlichem Niveau eher unangebrachten Härte in mehreren Zweikämpfen.

Seine Freundin Sandra blieb bis zum Spielende und kam mit zwei völlig ausgepowerten Jungs zurück zum Zelt. Kritiken oder Fazits untereinander auszutauschen, hatten sie sich gespart, was man durchaus als Zeichen gegenseitigen Respekts werten konnte. Womöglich sah auch keiner der beiden einen Anlass, an der Spielweise des anderen etwas auszusetzen. Sie wollten Kameraden sein, keine Konkurrenten. Die Gemeinschaft stand im Vordergrund, nunmehr mit der Frage, wie die weitere Tagesgestaltung aussehen sollte.

Großartige Ideen waren Fehlanzeige, worüber sich auch niemand wunderte. Der vergangene Abend hatte es in sich, somit kam ein Tag, den man ruhig anging, allen entgegen. Anke kündigte als Erste ihren Rückzug an, mit der Bemerkung, sie wollte mal so richtig relaxen. Die Art und Weise, wie sie Andy dabei anschaute, erweckte glatt den Eindruck einer Einladung zur gemeinsamen Entspannung, den Fantasien über anderweitige Absichten keine Grenzen gesetzt. „Komm Andy, lass uns mal ein paar Vorräte besorgen. In Wemding gibt's ‚ne Einkaufsmöglichkeit, schlug Bernhard auf einmal vor. „Kein

Problem, machen wir!" Die Idee nahm ihm sozusagen die Entscheidung über das weitere Vorgehen ab.

Anke lag allein im Zelt und versuchte zu entspannen. Es gelang ihr nicht wirklich, dazu fehlte eine bestimmte Person, an den sie sich jetzt gerne angekuschelt hätte. Bernd war irgendwie gemein, wieso hatte er nicht seine Sandra wegen des Einkaufens gefragt? In jedem Fall hatte sie sich vorgenommen, diesmal auf Alkohol in größeren Mengen zu verzichten. Der gestrige Tag war einfach zu heftig, so etwas sollte nicht noch einmal passieren, schwor sie sich. Ab heute würde alles anders werden. Einfach alles ...

Eine gute Stunde später kamen die jungen Männer vom Einkauf zurück. Ihre Wahl, was die Getränke betraf, deckte sich erstaunlich genau mit Ankes neuer Zielvorstellung. Ein Kasten Bier, zwei Flaschen Sekt, keine Spirituosen, von denen man ziemlich schnell betrunken wurde. Insgesamt eine moderate Menge an alkoholischen Getränken, bei denen man davon ausging, dass die ein oder andere Flasche am Ende noch übrig blieb. Stattdessen haben sich die Einkäufer verstärkt auf Sachen wie Cola, Orangensaft und Mineralwasser konzentriert. Anke, deretwegen die beiden Jungs so handelten, hielt sich zunächst nur an Softdrinks. Die anderen taten es ihr nach. Bernhard war der Einzige unter ihnen, der kurz danach am Badestrand des Lohweihers mal eine Flasche Bier trank, bevor die Gruppe gemeinsam ins kühle Nass eintauchte.

Gewissermaßen machten sie den Freizeitspaß zu einem sportlichen Unterfangen, wobei es immer wieder Bernhard war, der sich als Vorreiter der Aktivitäten profilieren wollte und die Freunde zum Mitmachen animierte. Anke nutzte bei dem Badespaß zudem jede kleine Gelegenheit, Andy gegenüber ihre Reize auszuspielen. Eine sexy Figur im roten Bikini, darauf musste er als Mann einfach anspringen.

Am späten Nachmittag kehrten alle mit einer angenehmen Art von Erschöpfung zum Camp zurück, die zunächst mal dem Ruf nach Erholung in jeder Hinsicht gerecht wurde. Und als ob das jetzt nicht wirklich schon genug Aktivität für den Tag war, drängte Anke gleich weiter zum Waldspaziergang, kaum dass alle verschnaufend im Gras vor ihren Zelten saßen. Wo nahm die Frau mit einem Mal diese Energie her? fragten sich wohl die anderen Vier. Man sah sie nur noch mit einem Glas Cola oder Orangensaft in der Hand, weder Bier noch Sekt wurden angerührt. Andy war in gewisser Hinsicht positiv beeindruckt. Die Partymaus konnte anscheinend auch anders, als immer nur alkoholhaltige Sachen in sich hineinzukippen.

Somit ließ er sich auch dazu breitschlagen, mit ihr nach kurzer Ruhepause einen Spaziergang in dem Waldgebiet hinter der gegenüberliegenden Seeseite zu machen. Bis Sonnenuntergang dauerte es noch ein paar Stunden, danach war Geselligkeit mit anderen Campern am Lagerfeuer angesagt. Genug Zeit also, noch ein wenig über holprige, teils von Pfützen übersäte Waldwege zu schlendern, die sich an manchen Stellen zum wahren Slalomparcours entwickelt hatten. „Achtung, Rutschgefahr!", warnte Andy mit Verweis auf die zahlreichen matschigen Stellen. Mehrere Male nahm er sicherheitshalber Ankes Hand zum Geleit. Beide hatten trotz oder eher noch *wegen* der ganzen Umstände Spaß bei der Sache, besonders Anke, die seine Hand gar nicht mehr loslassen wollte. Sie erreichten eine Lichtung am Ende des Waldes, dessen u-förmige Gestaltung den Blick auf die fernere Umgebung nur in eine Richtung freigab. Anke ließ sich auf einem Baumstamm nieder, das Gesicht der Abendsonne zugewandt. „Ach, ist das herrlich heute!" Andy betrachtete sie eingehend von der Seite, entdeckte niedliche runde Pausbäckchen, während ihre Augen geschlossen blieben. Sie war von jetzt auf gleich so anders als sonst, viel natürlicher.

Eine Zeit lang verweilte sie in der Position eines frühlingsfrischen Mädchens, das in sich selbst zu ruhen versuchte, um Kraft zu tanken, Kraft vielleicht für ein neues Leben, einen neuen Anfang ohne Selbsttäuschung, ohne das unangenehme Gefühl zu haben, von ihrer Umwelt längst mit tausend Zweifeln angeschaut zu werden. Das irgendetwas mit ihr nicht stimmte, dessen war sie sich bestimmt selbst auch bewusst. Versuchte sie nun, ein ganz anderer Mensch zu werden in der Hoffnung, so einen Weg zu ihm zu finden oder machte die scheinbar Neugeborene ihrem Schwarm und vielleicht auch sich selbst nur etwas vor?

Jedenfalls blieb Anke bis auf ein kleines Gläschen Sekt auch in der anschließenden fröhlichen Runde am nächtlichen Lagerfeuer dem Alkohol fern, obgleich die Verführung in ihrem Fall groß gewesen sein musste. Verwunderte Blicke schien Anke als Kompliment zu nehmen, sie strahlte es zumindest aus. Dieser Abend verlief ohne den

Trubel von Konzertbesuchern und überfüllten Bars mit lauter Musik zudem vergleichsweise ruhig. Im Bann der lodernden Flammen kam man auch mit vielen anderen Leuten ins Gespräch, Fremde, die sich begegneten und untereinander vollkommen unbefangen mal ein Stück ihrer Lebensgeschichte austauschten oder sich einfach nur über Themen wie Sport, anderenfalls auch Politik ausließen.

Andy unterhielt sich ebenfalls ziemlich rege. Ein dumpfes, lautes ‚Plopp' ertönte beim Öffnen seiner Bügelflasche. "Great!" lautete die Reaktion eines in Leder gekleideten Mannes, der in einer Gruppe gleichartiger Typen grinsend an ihm vorüberging, Männer mit zumeist ungewöhnlich langem Haar und Bärten, die zudem Lederjacken mit verschiedenen Aufnähern trugen, wobei der größte davon mit der Bezeichnung ‚Hells Angels Denmark' hervorstach. Die Camper kamen also auch aus größeren Entfernungen angereist. So viel Rummel in dieser Gegend ging ein wenig über Andys Vorstellungen hinaus. Die Zeit verflog rasend schnell, bis der Platzwart überraschend auftauchte und die trinkende wie zugleich auch mitunter grölende Menge bat, ein wenig leiser zu werden. Kurz darauf beschlossen die Fünf, sich in ihre dünnwandigen Gemächer zurückzuziehen.

Andy lag erneut für sich allein im Zelt, alles wie gehabt. Im Nebenzelt hörte er Simone und Anke flüstern, Stimmen, deren Worte auf dem noch immer durch den Halligalli belasteten Wiesenplatz untergingen. Das Geräusch eines Reißverschlusses erklang kurz danach. Jemand trat leise flüsternd hinaus, eine dunkle Silhouette, die seine Aufmerksamkeit erweckte. Der Schatten kam nah bis an seinen Zelteingang heran und öffnete jetzt den Verschluss. „Hallöchen!", wisperte Anke mit lieblicher Stimme, als wäre sie die Einzigartige schlechthin, deren Erscheinung für ihn das Schönste auf der Welt sein musste. Nur in Unterwäsche bekleidet mit einer Decke unter dem linken Arm schlüpfte sie durch die Öffnung und schloss sie sogleich wieder. Andy war gespannt, nicht wirklich überrascht. „Na, nimmst du mich so bei dir auf?" Ihr drolliges Smilen wirkte anziehend, die ganze Aufführung schlichtweg provokativ. ‚Wenn es unbedingt sein muss!' wäre Andy um ein Haar herausgerutscht. „Mach's dir bequem!" Er rückte ein Stück weiter zur Wand hin, damit sie sich ausbreiten konnte. Beide legten sich so in die Seitenlage, dass ihre Gesichter einander zugewandt waren. Sie roch angenehm, von einer Alkoholfahne keine Spur. „Und wie gefällt es dir hier, habe ich zu viel versprochen?" „Auf keinen Fall, ich finde es klasse! Wir können gerne öfter hierhin fahren." Mit Sicherheit war Anke nicht zwecks einer Unterhaltung zu ihm ins Zelt gekommen, soviel stand fest. Wie weit wollte sie in dieser Nacht gehen? Worte fanden auch schon ziemlich schnell ein Ende, nur noch die Klänge des Campingplatzes waren zu vernehmen. Der ferne Fackelschein des Lagerfeuers projizierte schwache Lichtpunkte auf die Zeltwände, die zusammen mit dem Widerschein durch die Beleuchtung des Sanitärbereiches verhinderten, dass völlige Dunkelheit eintrat.

Anke täuschte ziemlich rasch die Schlafende vor, ehe sie sich nach einer Weile Zentimeter für Zentimeter beinahe unauffällig an ihn heranrobbte. Andy registrierte es ganz genau, hüllte sich aber ins Schweigen, abwartend, was jeden Augenblick passieren würde. „Mir ist kalt, kannst du mich nicht ein bisschen wärmen?" Zwei Hände, die unmissverständlich Körperkontakt suchten, griffen nach ihm, berührten ihn sanft an der Wange und oberhalb seiner Hüfte. Schnaufend bewegte nun auch er sich ein klein wenig näher zu ihr, damit sie in seinen wärmenden Armen angenehm liegen konnte.

Was war schon dabei? Wenn auch das Wort ‚Verliebtsein' etwas vermessen war, mögen tat er das Mädchen, welches ihm ohne Frage bislang so viel Kopfzerbrechen bereitet hatte, auf gewisse Weise schon.

Eine schier unendliche Anzahl an Gedanken raste ungebremst durch das Gehirn eines Menschen, der längst abschalten wollte, aber keinen Knopf dafür fand. Neue Freundin, neuer Betrieb, in dem beides zusammenkam, konnte das wirklich gut gehen? Krisen, Spannungen, alles, was eine Beziehung müsste aushalten können, würde doch auch am Arbeitsplatz zur Zerreißprobe. Wie war es möglich, alle Faktoren in Einklang zu bringen, ohne Gefahr zu laufen, dass irgendwann mal etwas aus dem Ruder lief? Und lag in diesem Augenblick überhaupt die Frau an seiner Seite, für die es sich lohnte, enorme Schwierigkeiten unter Umständen in Kauf zu nehmen? Schönheit allein war weiß Gott nicht alles …

Er grübelte noch lange, während der zunehmende Wind regelmäßig an die Nylonwände peitschte. Anke, die lange Zeit ruhig in seinem Arm gelegen hatte, ließ mit einem Mal ihre Hand gemächlich seinen Körper hinabgleiten, bis sie ihn im Schritt berührte. Sein Blut pulsierte, Erregung kam auf. Jetzt überschlugen sich die Gedanken regelrecht. Der Verstand versuchte geradezu mit Lichtgeschwindigkeit zu begreifen, was sein Gefühl nicht zu verarbeiten imstande war. Er wurde unruhig, zappelte mit seinen Oberschenkeln, brauchte unbedingt eine rasche Entscheidung, die er am Ende nicht bereuen sollte. In jenem Augenblick hatte er allein die Wahl, das ganze Zeltgelage schließlich zu einem atemberaubenden Abenteuer werden zu lassen, wie es ihm im Leben bislang noch nie widerfahren war. Was hinderte Andy daran? Lustgefühle schienen ihn zu übermannen. War sein Kopf in diesem Moment noch in der Lage, die richtige Entscheidung zu fällen? Welche sollte das denn sein ...?

Schließlich widerstand er der Versuchung, nahm ihre Hand und führte sie sachte wieder dorthin zurück, wo sie vorher lag. Anke zeigte keine weitere Regung, ließ es einfach geschehen.

Ein bleigrauer Himmel begrüßte die Camper am nächsten Morgen. Das Wetter war über Nacht umgeschlagen. Die feuchtkalte Morgenluft formte massenweise graue Wolkenschleier, deren Dickicht die fernen Berghänge bis in die Täler hinab umnebelte und den Horizont auf bedrohliche Art nah erscheinen ließ. Andy machte sich eilends auf den Weg zum Tante-Emma-Laden, immerzu die regenschweren Wolken im Blick. Das Geschäft im Campingpark bot sogar Sonntagsbrötchen an, knusprig frisch und dampfend warm in die Tüten eingefüllt. Ein exklusiver Service, den man nicht alle Tage bekommt, war er der Meinung. Kaum zurück, trommelten gewaltige Regentropfen auf die Zeltplanen nieder.

„Gerade noch rechtzeitig geschafft", bemerkte Anke, aus deren Stimme ein Hauch von Schwermut eindeutig herauszuhören war. Andreas stand gerade nicht der Kopf danach, auf ihren Kummer näher einzugehen. „Leute, wer frühstücken will, muss zu mir kommen!" Ein nicht ernst gemeintes süffisantes Lächeln hätte man sich dabei denken müssen.

Anke war einfach nur bedient von Andys Faxen. ‚Leute, wer frühstücken will, muss zu *mir* kommen,' nicht zu *uns*! Sie haben zusammen die Nacht verbracht, zudem lagen sie noch immer im selben Zelt. Tat er jetzt den anderen gegenüber so, als würde sie gar nicht existieren, als wäre sie Luft für ihn? Sie war enttäuscht, geknickt, schon allein wegen der vergangenen Nacht. Über solch einen ‚Scherz' konnte Anke nicht wirklich von Herzen lachen, gerade mal gekünstelt, um ihr Gesicht jetzt nicht zu verlieren. „Ich muss mal raus", sagte sie bloß und verschwand, ohne ihn noch einmal dabei anzuschauen. Am liebsten hätte sie dem Mistkerl einen kräftigen Tritt in den Hintern verabreicht.

Sie ging zurück in ihr Zelt, um sich etwas Warmes gegen das nasskalte Wetter anzuziehen. Für irgendwelche Blicke und Fragen von Simone hatte die junge Frau keine Nerven, nur ein kühles ‚Morgen' kam ihrerseits über. Ihre Freundin konnte nur noch verdutzt erkennen, wie Anke etwas aus der Seitentasche des Rucksacks nahm und postwendend wieder das Weite suchte.

Auf dem Weg zu den Toiletten war kaum mehr zu unterscheiden, ob das Wasser in Ankes Augen von den dicken Regentropfen kamen, die ihr gnadenlos entgegenpeitschten oder von ihr selbst, einer desillusionierten jungen Frau, deren tiefste Zuneigung und innigsten Gefühle zurückgewiesen und mit Füßen getreten wurden. Der Schmerz ging tief unter die Haut.

Mit Nachdruck landete das Päckchen Kondome im Hygieneeimer, Klappe zu, Ende, aus, vorbei! Fast hätte sie es vergessen; die beiden Kondome, die noch von letzter Nacht in ihrem Slip steckten, gehörten auch noch in den Mülleimer! Ein tiefes Schluchzen, sie fuhr mit der rechten Hand durch ihr offenes Haar. Jetzt musste etwas zur Beruhigung her, auf zum Kaufladen!

Die kleine Flasche Wodka im Kassenbereich kam wie gerufen. Gott sei Dank hatte sie Geld dabei, damit blieb ihr der Weg zurück zu den Zelten erspart. Der Schnaps, den sie sogleich an der überdachten Hinterseite des Ladens unbemerkt zu sich nahm, brannte zuerst ekelhaft, als er innerhalb kürzester Zeit die Kehle herunterlief. In Sekundenschnelle trat jedoch das herbeigesehnte Erleichterungsgefühl ein. ‚Nun aber schleunigst zurück zu meinen Freunden, bevor unangenehme Fragen auftauchen!' ging es ihr durch den Kopf.

Das Frühstücksbuffet lag bereits ausgebreitet auf einer Decke im Zelt von Sandra und Bernhard, als Anke ziemlich durchnässt dort eintraf. Die anderen Gruppenmitglieder hatten sich während ihrer Abwesenheit darauf verständigt, praktischerweise das geräumigste Zelt für das letzte gemütliche Beisammensein des Ausflugs zu nehmen, während der Regen draußen mittlerweile annähernd sintflutartige Ausmaße angenommen hatte. Die Stimmung war wegen des Unwetters keineswegs gedrückt. Sie ließen sich Zeit bei angeregter Unterhaltung, abgesehen von Anke, die ungewöhnlicherweise die Verschlossenheit bevorzugte. Sie fand keine Worte, keine Themen, wozu sie einen Beitrag leisten konnte. Aber was machte das letztendlich? Viel wichtiger war es, jetzt nicht irgendwie unangenehm aufzufallen, auch niemandem im Zelt zu nahe zu kommen. „Frischkäse mit Paprikageschmack, das ist ja wirklich scharf in jeder Hinsicht!", scherzte Andy, als er Anke beim Brötchenschmieren zusah. Wollte er sie nun ärgern oder einfach nur ein bisschen aufmuntern?

Sie schaute kurz auf, verzog nur schmunzelnd ihre Lippen und senkte nachdenklich den Blick wieder nach unten auf ihren Frühstücksteller. Sie liebte diesen Mann, nein, sie hasste Ihn! Er hatte ihren Stolz verletzt, sie behandelt wie eine billige Prostituierte, die man kommen lassen und wegschicken kann, wie es einem gerade passte! Andy war ein hundsgemeiner Kerl ... und trotzdem liebte sie ihn!

Die wiedergefundene Redseligkeit von Anke musste wohl auf den Alkoholgenuss zurückzuführen sein. Egal, wie sehr Anke auch darum bemüht war, den Geruch von Wodka zu vertuschen, spätestens beim Zusammensitzen mit drei Leuten auf der Rückbank im Auto hatte sie schlechte Karten. Andy, der in der Mitte saß, nahm die Fahne sehr früh wahr, wobei der Verdacht nahe lag, dass es auch die anderen gemerkt hatten, nur niemand sich traute, sie darauf anzusprechen.

Langsam kamen ihm Zweifel an seinem Verhalten während der letzten Nacht auf. Die Schönheit mit dem ansonsten betörenden Lächeln hatte ihr Verlangen nur allzu deutlich offenbart, stellte eine sinnliche Verführung dar, die er auf Abstand gehalten hatte. Eine Reaktion seinerseits, die eindeutig am Scheideweg zwischen Herz und Verstand dem Kopf gehorcht hatte. Sicherlich hatte er zumindest vorerst die richtige Entscheidung getroffen. Es klang mysteriös, aber immerzu schien eine unsichtbare Fassade vor dem schönen Antlitz zu stehen, die ihr wahres Wesen partout nicht preisgeben wollte wie in einem makaberen Spiel, in dem er der Gefangene war, unfähig, hinter die Mauer zu sehen. Was Andy ebenfalls verborgen blieb, waren ihre Blicke – kalte blauen Augen, die ihn urplötzlich von der Seite anblitzten. Augen, in denen das Wort ‚Rache' stand!

Begegnung

„Sara, du musst aufstehen!", rief ihre Mutter mit kräftiger Stimme übers Treppenhaus ins Obergeschoss, deren schrillen Worte wie ein Dutzend kleiner Nadeln Mark und Bein durchdrangen. Es war wieder einmal soweit. Das neue Schuljahr hatte begonnen. ‚Könnte man nicht am ersten Tag ein wenig später mit dem Unterricht beginnen, wenigstens zur 2. Schulstunde?' fiel ihr zuallererst ein, aufgeschreckt aus ihrem Dämmerschlaf. Sie rekelte sich noch eine Weile im Bett, bis die Müdigkeit soweit abgeklungen war, dass sie endlich aufstehen konnte. Gemächlich trottete sie ins Bad, um sich frisch zu machen. Die Dusche tat gut, lauwarmes Wasser und ein langer tiefer Atemzug trieben ihr die Trägheit zu einer fast schon ungewohnten frühen Morgenstunde allmählich aus dem Körper.

Ein Hauch von Vorfreude kam auf, denn das neue Schuljahr bedeutete auch gleichzeitig ein Wiedersehen mit den Klassenkameraden, die ihr wochenlang nicht begegnet waren, der Austausch von Erlebnissen während der Zeit der Sommerferien und was das Allerbeste war: Endlich konnte sie mal schicke Klamotten vorführen, die sie seit geraumer Zeit nicht mehr besessen hatte. Eigentlich noch nie, wenn sie ehrlich darüber nachdachte.

Sara trocknete sich ab, föhnte ihr halblanges rotbraunes Haar, welches sie anschließend mit zwei Spangen auf beiden Seiten so weit nach hinten steckte, dass der obere Teil der Ohren noch leicht bedeckt blieb. Sie ging zurück ins Zimmer, öffnete die Tür vom Kleiderschrank und wollte gerade ihre neue Jeans hervorholen, als sie nach eingehendem Suchen feststellen musste, dass dort keine vorhanden war. Das durfte jetzt nicht wahr sein! Genau die Hose, die sie zu Schuljahresbeginn anziehen wollte, lag nicht im Fach. Ansonsten besaß Sara kein angemessenes Kleidungsstück für Beine und Po, womit sie sich bei ihren Mitschülern sehen lassen wollte.

,Mutter!' kam es ihr in den Sinn. Sofort kochte die Wut in ihr hoch. Sie warf heftig die Schranktüre zu und eilte nach unten. Der letzte Treppenabsatz war kaum erreicht, als es schon aus ihr herausplatzte. „Mensch Mutter! Wieso ist meine neue Jeanshose noch nicht im Schrank?! Du hast mir versprochen, sie rechtzeitig zum Schulbeginn zu waschen! Ich wollte sie heute tragen!"

Die Eltern schauten ihre Tochter nur noch entgeistert an, als sie so in Unterwäsche dastand und völlig entrüstet losbölkte. Für einen Moment hatte Sara den Eindruck, es hätte beiden die Sprache verschlagen. Sie überlegte, in den Keller zu rennen und ihre stolze Errungenschaft aus Denim einfach aus dem Wäschekorb zu ziehen, wo sie vermutlich noch mit samt der Schmutzwäsche lag, als zwei immer zorniger werdende Augen, die das böse Kind fixierten, zum Stehenbleiben aufforderten.

„Was ist denn das für ein Ton, junges Fräulein, und wie läufst du hier überhaupt ‚rum?! Sind wir hier vielleicht im Freudenhaus?!", kam prompt die Reaktion der Mutter mit abfälligen Blicken, als der erste Schock überwunden zu sein schien. Nun gab sie allein den Ton an, Sara wirkte zu eingeschüchtert, um dem Streit Stand zu halten. Erst jetzt realisierte sie, dass sie neben ihrer leichten Bekleidung namens Unterwäsche auch noch kess die Hände in die Hüften gestützt und die Beine etwas abgespreizt hatte. „Du hast genügend Kleider im Schrank hängen, die du heute anziehen kannst. Mach hier nicht so ein Theater wegen der blöden Jeanshose! Und jetzt ab nach oben, anziehen!", endete der Streit in einem Befehlston, dass ein Salutieren in satirischer Form der Szene den verdienten Spott als Antwort aufs Auge gedrückt hätte. Der Vater hatte sich schon abgewandt und schlurfte ohne Kommentar ins Wohnzimmer. Sara jedoch schüttelte nur noch ungläubig mit frustriertem Blick den Kopf und lief zurück auf ihr Zimmer.

Dort angekommen warf sie sich direkt mit dem Gesicht nach unten aufs Bett und donnerte ein paarmal mit ihren Fäusten gegen die Matratze. Am liebsten hätte sie sofort losgeheult vor Kummer und Schmerz. So groß war die Begeisterung seit der Shopping-Tour mit Kathrin und Inga, endlich mal nicht in einem altmodisch wirkenden Kleid, sondern wie alle anderen Mädchen auch in Hosen auf dem Schulhof zu erscheinen. Und nun diese bittere Enttäuschung, zu früh gefreut! Typisch Mutter, dieser dominanten Frau fiel immer irgendwas ein, um sie zu demütigen. Es war einfach nur noch zum Flennen!

Sara nahm irgendein Kleid aus dem Schrank und zog es über, ohne großartig auf Schnitt oder Farbe zu achten. Darauf kam es nun auch nicht mehr an, genauso wenig wie auf die Gewissheit, ob wenigstens das neue T-Shirt gewaschen bei den anderen Kleidern lag.

Der Wecker zeigte fünf nach sieben. Um halb acht traf der Bus an der in 150 Metern Entfernung gelegenen Haltestelle ein, der für die Fahrt bis zur Schule je nach Verkehrslage etwa eine Viertelstunde bis 20 Minuten brauchte. Wäre das Fahrrad in diesem Falle nicht praktischer? Der Appetit aufs Frühstück war ihr eh schon vergangen. Sara spielte mit dem Gedanken, kurzerhand die Haustür hinter sich zuzuschlagen und direkt zur Schule zu radeln, damit ihr die Gegenwart des Hausdrachens wenigstens für die nächsten paar Stunden erspart bliebe. Schwermütig nahm sie auf ihrem Schreibtischstuhl Platz, unfähig eine Entscheidung zu treffen.

„Sara, dein Frühstück wartet!", meldete sich ihr größter Angstgegner zurück. ‚Schieb es dir irgendwo hin!' lag ihr in dem Moment auf den Lippen. Stattdessen leitete ein tiefes, genervtes Schnaufen die Antwort ein: „Ja, ich komme!" Wieder einmal fehlte der Mut, was nicht zur Verbesserung ihrer Lage beitrug.

Mit einem Gesicht wie sieben Tage Regenwetter saß das Mädchen im Sommerkleid schmollend im Bus und schaute lieber während der ganzen Zeit nur zum Fenster heraus, bevor noch jemand auf die Idee kommen würde, ihm ein Gespräch aufzuzwingen. Was sollte Sara auch erzählen, wenn es sich dabei nicht um eine altbackene, starrköpfige Mutti handelte, die ganz offensichtlich in den letzten drei Jahrzehnten keinen kulturellen Wandel mehr miterlebt und deretwegen ihre Laune nun einen unzumutbaren Tiefpunkt erreicht hatte?

Alle Mädchen in ihrer Klasse, wenn nicht auch auf der ganzen Schule, durften Jeans tragen, aber nein, sie sollte unbedingt eine feine Dame aus vornehmem Hause darstellen. Ihr Vater wäre schließlich der Bürgermeister von Bopfingen, folglich müsste sie auch ordentlich aussehen, blah, blah, blah...

Andy nahm an diesem Montagmorgen in aller Gemütlichkeit seinen Kaffee samt Frühstücksbrot ein. Musik ertönte aus dem Radio, während er seine Arbeitstasche überprüfte, ob auch alles für den ersten Berufsschultag vorhanden war, was wichtig sein könnte. An dem Inhalt der Tasche gab es soweit nichts auszusetzen, wobei er sich selbst die Frage stellte, was eigentlich wichtig wäre?

Aufregung machte sich in seinem Inneren breit, ein wenig Nervosität wie jedes Mal, wenn etwas Neues auf ihn zukam. Die Berufsschulklasse – viele fremde Leute mit gleichem Ausbildungsziel, nur aus unterschiedlichen Betrieben, würden sich nun kennenlernen und zwei Jahre lang regelmäßig auf engstem Raum stundenlang zusammensitzen, wie es sich für eine Klassengemeinschaft gehörte.

Anke würde womöglich schon auf ihn warten, vielleicht aber auch nicht. Nach dem Wochenende im Campingpark Wemding fühlte er sich im Hinblick auf Ankes notorische Stimmungsschwankungen außerstande, die Lage einzuschätzen. Er hatte in der Nacht zuvor ihre Annäherungsversuche deutlich zurückgewiesen und sie damit sicherlich schwer enttäuscht. Ihr Kummer am nächsten Morgen, den sie allem Anschein nach mit Alkohol zu bekämpfen versucht hatte, war nicht zu verkennen. Es tat ihm leid, er wollte sie keineswegs verletzen, ihr nicht das Herz brechen, konnte es jedoch andererseits auch nicht vermeiden, wenn er ehrlich zu sich war. Wie würde seine Kollegin fortan mit den neuen Gegebenheiten zwischen ihnen umgehen?

Der Kampf um die besten Sitzplätze hatte begonnen, nachdem der Lehrer die Klassenzimmertüre geöffnet hatte. Kathrin schaute Sara als Zeichen der Übereinstimmung, sich nach Möglichkeit wie abgesprochen die dritte Bank in der linken Reihe direkt an der Wand zum Flur zu angeln, entschlossenen in die Augen. Die Reaktion fiel äußerst mau aus. Dass das angestrebte Ziel dennoch erreicht wurde, ging in erster Linie auf Kathrins Initiative zurück. Sara setzte sich mit nachdenklichem Blick neben sie und ließ dem Ausdruck ihrer Trübseligkeit freien Lauf.

Ganze zehn Schuljahre waren geschafft, die Zeiten der Mittelstufe somit vorbei. Mit Beginn der Untersekunda begann der gleichzeitige Einstieg in die Oberstufe. Noch existierte die seit der fünften Klasse bestehende Gemeinschaft, in der in den vergangenen sechs Jahren nur minimale Veränderungen stattgefunden hatten, wie zum Beispiel durch Neuzugänge von Wiederholern aus der nächsthöheren Jahrgangsstufe beziehungsweise Abgänge von Sitzenbleibern. Weiter vorne saß Inga wie üblich neben ihrer besten Freundin Petra. Hinter Sara saß Elke, eine ziemlich korpulente Person mit langem zum Dutt aufgewickelten mittelblondem Haar, die ihrer Meinung nach für diese Jahreszeit einen viel zu dicken Pullover trug.

Alle altbekannten Freunde drückten noch gemeinsam die Schulbank. Allerdings befanden sich die kommenden Veränderungen auf dem Immanuel-Kant-Gymnasium nach den Halbjahreszeugnissen bereits in greifbarer Nähe.

Ab der zweiten Hälfte wurden jeweils die Klassen, wie sie einst bestanden, praktisch aufgelöst mit der Folge, dass alle Schüler zu sogenannten Kursen zusammengewürfelt wurden, wobei in jedem einzelnen Kurs auch wieder andere Gesichter auftauchten, die zuvor meistens nur vom Sehen bekannt waren. Nichts von dem, was Sara vertraut war, konnte ihrer Ansicht nach darüber hinwegtäuschen, dass durch die Neuformierung der Unterrichtsstruktur vorhandene Kontakte zu Mitschülern gegebenenfalls verlorengehen würden. Der Pessimismus schien seit dem frühen Morgen ihr ständiger Begleiter zu sein.

Herr Heinze, der allem Anschein nach am heutigen Tage sein Debüt als Deutschlehrer an dieser Schule gab, erweckte den Eindruck eines sehr sympathischen Menschen mit erfrischenden Unterrichtsmethoden, jemand, der auch nicht zum Lachen in den Keller ging. Verglichen mit den vielen älteren, konservativen Paukern an diesem Gymnasium, von denen – dem Himmel sei Dank – in den letzten Jahren einige pensioniert und durch jüngere Lehrkräfte ersetzt wurden, waren Lehrer solchen Schlages ein wahrer Gewinn für die Gesellschaft. Daran bestand kein Zweifel.

„Vielleicht kann die junge Dame in dem hübschen Kleid uns mehr dazu erzählen?", bekam Sara gerade noch mit, als sie auch schon drangenommen wurde. Ein freundliches Gesicht mit Schnäuzer stand vorne an der Tafel und wartete lächelnd auf eine Antwort. Dummerweise war die ‚junge Dame in dem hübschen Kleid' kurzzeitig dem Unterricht nicht gefolgt. „Äh...", kam nur aus offenem Munde einer Schülerin, die völlig überrascht Herrn Heinze wie ein achtes Weltwunder ansah. „‚Äh' ist schon mal gut, könnte beim nächsten Mal vielleicht ein Satz werden!" Sein lockeres Gescherze ähnelte eher der Artikulierung eines Quizmasters einer Unterhaltungssendung als der eines Gymnasiallehrers im Bereich der Oberstufe. Die Lache der Klassengemeinschaft hatte er damit ohne Frage auf seiner Seite, abgesehen von Saras, der das Lachen schon am frühen Morgen vergangen war. Etwas zerknirscht schaute sie an den anderen vorbei auf die Wandseite, um deren Blicken auszuweichen. ‚Ganz toll,‘ dachte sie, ‚und meine Kleidermode musste unbedingt auch noch vor der ganzen Klasse erwähnt werden! *Vielen Dank, Blödmann!*‘

Die frische Brise am frühen Morgen empfand Andy als äußerst angenehm. Er ließ sich Zeit, radelte in aller Seelenruhe durch die Straßen von Bopfingen, ließ Menschen überholen, die meinten, schneller sein zu müssen. Weit konnte es nicht mehr sein bis zum Immanuel-Kant-Gymnasium, das zusätzlich noch einigen Berufsschulklassen Räumlichkeiten zur Verfügung stellte, damit Auszubildenden aus Bopfingen und Umgebung die weite Fahrt bis zur kaufmännischen Berufsschule in der Kreishauptstadt Ahlen erspart blieb. Anke aus Nördlingen wurde der gleichen Schule zugeteilt, weil ihr Betrieb in Bopfingen lag. Ob dies nun gut oder schlecht war, ließ Andy einfach dahingestellt. Er konnte es ohnehin nicht ändern, höchstens ihren Blicken auf dem Schulhof vor Unterrichtsbeginn aus dem Weg gehen. Das war auch der Grund für seine Gemütlichkeit.

Die Armbanduhr stand auf zehn vor acht. Nun wurde es doch langsam Zeit. Andy verschloss sein Stahlross in dem Fahrradständer auf dem Schulgelände und bewegte sich flotten Fußes auf den Haupteingang zu. Die Räume für Berufsschüler befanden sich in der zweiten Etage. ‚Ob noch ein guter Platz frei ist und nicht gerade der Stuhl neben Anke?', schoss ihm als Gedanke treppaufwärts durch den Kopf.

Als er durch die offenstehende Tür den Klassenraum betrat, bot sich ihm nach flüchtigem Umschauen ein einigermaßen zufriedener Anblick. Anke saß am zweiten Tisch der Bankreihe, die gleich links neben dem Eingang lag. Der Stuhl neben ihr war besetzt, wie fast alle anderen auch, darauf war er vorbereitet. Der beste Platz, der noch zu vergeben war, lag diagonal versetzt einen Tisch hinter ihr, sofern er nicht in der allerletzten Reihe sitzen wollte.

Andy nahm möglichst wenig Notiz davon, wer ihn beim Erscheinen im Klassenzimmer musterte und wer nicht. Dass Anke ihn nicht beachtete, sondern lieber beschäftigt tat, störte ihn nicht, ganz im Gegenteil. Wahrgenommen hatte sie ihn unter Garantie. Er schaute ebenso an ihr vorbei, richtete beim Gehen sein Augenmerk einzig und allein auf das Mädchen dahinter mit dem spitzen, schmalen Gesicht, das ihn beim Näherkommen verunsichert anschaute. Ein trüber, starrer Blick, den Andy mit einem freundlichen Lächeln aufzuheitern versuchte. Fehlanzeige ... An seinem gewünschten Platz angekommen, beugte er sich nun von der Seite zu ihr herunter. „Morgen!", sagte er zunächst nur und zog den Stuhl zurück. Jetzt schaute seine neue Sitznachbarin schon fröhlicher drein. „Morgen!", erwiderte sie und hielt seinem Blick noch für einige Sekunden stand, bevor sie wieder nur stur geradeaus starrte.

Die Gemeinschaft der Auszubildenden bestand aus etwa zwei Dutzend Schülern, Mädchen und Jungs jeweils zur Hälfte. Man betrachtete einander in dezenter Art und Weise, sprach aber nur wenig miteinander. Ein Typ mit dunkelbraunem lockigem Haar, etwas größer als er, sah zu ihm herüber und hob freundlich die Hand zum Gruß, den Andy gleichermaßen erwiderte, als auch schon ein Lehrer um die Ecke kam. Die Aufmerksamkeit richtete sich nun auf einen korpulenten, dunkel gekleideten Mann im Alter von geschätzt 50 Jahren, der sich mit 'Herr Mendel' als neuer Klassenlehrer vorstellte.

Nach einer allgemeinen Einführung mit der Vergabe des Stundenplans für das kommende Halbjahr ließ ihr Klassenlehrer im hinteren Bereich des Raumes Bänke und Stühle so zur Seite schaffen, dass alle Schüler sich um einen leeren Kreis herum versammeln konnten.

„So, meine Damen und Herren, jetzt lernen wir uns mal alle etwas näher kennen." Jeder war wohl gespannt, was nun passieren sollte. „Sie wissen ja sicherlich, dass jeder Name auch eine Melodie hat", fuhr er fort. „Jetzt gehen Sie bitte einer nach dem anderen in die Mitte und stellen sich mit einer bestimmten Gestik unter Nennung Ihres Namens vor. Ich fange mal einfach damit an."

Der füllige Mann schritt in den Kreis, verbeugte sich und sagte mit wuchtiger Betonung: „Mendel!" Er verließ den Kreis wieder. „Nun wiederholen Sie bitte alle zusammen die gerade gezeigte Aktion so, wie ich mich dargestellt habe. Nennen Sie dabei meinen Namen." Alle gingen einen Schritt nach vorne und riefen in kräftiger Manier „Mendel!" „Und nun der Nächste bitte! Bleiben Sie einfach bei Ihren Vornamen, das reicht."

Nach und nach gingen alle Schüler in den Kreis, um sich sozusagen melodisch vorzustellen. „Kurt!", erscholl eine laute Stimme, als der Bursche, der ihn vor Unterrichtsbeginn freundlich gegrüßt hatte, den Kreis betrat. Unterstützt wurde die heftige Betonung durch einen nach oben gestreckten Arm, die Hand zur Faust geballt. Allgemeines Lachen ging durch das Klassenzimmer bei dem machohaften Auftritt. Seine Banknachbarin hingegen schien genau das krasse Gegenteil zu sein. Leises Gelächter war aus einigen Richtungen zu entnehmen, nachdem eine dumpfe schwache Stimme ‚Renate' sagte.

„Halt, meine Herrschaften! Wer hat da gerade gelacht von Ihnen?" Es wurde schlagartig still im Raum. „Okay, ich will es auch gar nicht wissen. Aber ich bitte Sie für die Zukunft, sich gegenseitig zu respektieren! Bedenken Sie immerzu, dass wir Menschen alle unterschiedlich sind. Wir sind auch nicht hier, weil wir uns gegenseitig besonders toll finden, sondern um gemeinsam etwas zu lernen."

Herr Mendel gehörte offensichtlich zu denjenigen, die es als Lehrer verstanden, sich von Anfang Respekt zu verschaffen und diesen auch ihren Schülern zu vermitteln. ‚Der Mann ist nicht von schlechten Eltern! Respekt gegenüber anderen, erste Mendelsche Regel!', dachte er beinahe spöttisch in Bezug auf einen alten Wissenschaftler mit gleichem Namen. Es laut auszusprechen hätte er nicht gewagt.

Auf dem Weg in die Pause wurde im Treppenhaus gerne noch mal die Namensvorstellung nachgeäfft, als man sich sicher war, außer Reichweite des Herrn Mendel zu sein. Auf dem Schulhof fand sich dann etwa die Hälfte der Klasse zu einem Kreis zusammen, sodass jeder jeden beim Sprechen gut erkennen konnte. Neben den Themen der ersten beiden Stunden, die ihren Klassenlehrer zu einem Menschen deklarierten, über den man geteilter Meinung sein konnte, unterhielten sich die Leute hauptsächlich über banale Dinge, die vergangene Schulzeiten, Freizeitinteressen und dergleichen betrafen. Etwas abgewandt vom Kreis stand Anke und unterhielt sich mit zwei anderen Schülerinnen aus ihrer Klasse. Andy, der von Natur aus ein ziemlich ruhiger, verschlossener Typ war und bislang nur den anderen in der Gruppe zugehört hatte, ohne selbst etwas von sich preiszugeben, beachtete sie bei ihrer eher angeregten Unterhaltung überhaupt nicht. Wahrscheinlich wollte sie das auch gar nicht. Die Wunde war noch zu frisch, Anke musste sich davon anscheinend erst mal erholen und würde in kommender Zeit Ablenkung gut brauchen können.

Das Zuhören traf auch nur in beschränktem Maße bei Andy zu, der zuweilen immer mal den gesamten Schulkomplex, bestehend aus einem Hauptgebäude, einem Pavillon nebenan sowie einer Turnhalle betrachtete, dann zur Abwechslung wieder die Menschenmenge auf dem Pausenhof in Augenschein nahm und das Treiben um sich herum dabei weitgehend ausblendete.

Seit einigen Minuten war er überhaupt nicht mehr bei der Sache. Die Gesamtheit seiner Aufmerksamkeit galt einzig und allein einem bestimmten Gesicht in der Menge, welches er bei seinem Rundumblick entdeckt hatte. Das Mädchen stand etwa sieben, acht Meter von ihm entfernt in einer kleineren Gruppe von insgesamt sechs weiblichen Personen so positioniert, dass es ihm ziemlich genau die rechte Seite zudrehte. In regelmäßigen Abständen von etwa einer Viertelminute wanderten Andys Augen immer wieder zu der jungen Dame hinüber. Auffällig an ihr war, dass sie ein türkisfarbenes Kleid trug, während alle anderen Mädchen in der Gruppe Hosen anhatten. Aber es stand ihr nicht schlecht. Viel interessanter jedoch war ihr hübsches Gesicht und ihr süßer Blick neben den schulterlangen, mit einem Rotstich versehenen braunen Haaren, die sie erkennbar mit jeweils einer Spange an beiden Seiten zurückgesteckt hatte.

Andy wäre jetzt am liebsten direkt auf diese Augenweide zugegangen und hätte sie angesprochen, hatte jedoch keine Ahnung, wie er das anstellen sollte. Sein Herz schlug schneller, die Aufregung stieg.

Jetzt hatte das Mädchen ihn auch bemerkt. Augenblicklich durchfuhr es ihn wie ein Blitz. Beschämt angesichts der Tatsache, sie die ganze Zeit beobachtet zu haben, blieb sein Blick dennoch für einen Wimpernschlag weiterhin an dem anziehenden weiblichen Wesen haften. Zwei haselnussbraune Augen, in denen Verwunderung stand, schauten ihn unentwegt an. Sein Herz pochte zunehmend lauter und schneller, es musste ihm jede Sekunde aus der Brust springen in solch einem Zustand innerer Erregung. Wie viel Zeit war vergangen, seit ihm dieses Gefühl das letzte Mal widerfahren war? Und war es damals auch so intensiv? Vor lauter Nervosität wandte Andy sich wieder seinen Klassenkameraden zu, unfähig, diesem bezaubernden Antlitz länger in die Augen zu sehen. Fühlte sich das Mädchen vielleicht belästigt oder fand es ihn möglicherweise genauso anziehend? Er konnte es nicht einschätzen, dafür ging alles viel zu schnell und kam zudem auch noch urplötzlich.

„Andy, sag mal, du spielst doch auch beim SV Bopfingen, stimmt's?" Andy schaute verwirrt in die Gruppe. „Ö was?" Wer hatte ihn da gerade angesprochen? Sein Augenmerk fiel auf Kurt, er musste es gewesen sein. „Nicht träumen hier, Meister!", stieß dieser höhnisch hervor, was den Leuten drumherum Anlass zum Lachen gab. Andy, der es mit Humor nahm, musste zwangsläufig mitlachen. „SV Bopfingen, sagtest du gerade? Ja, richtig, da spiele ich ab nächster Saison. Wie kommst du jetzt darauf?" „Ich hab' dich am vergangenen Donnerstag auf dem Platz trainieren sehen. Ich war nur kurz da, sozusagen als Zaungast, musste wegen meiner Knieverletzung noch pausieren. Ab morgen geht's erst wieder los für mich", erklärte Kurt. „Alles klar, dann sehen wir uns ja morgen Abend wieder beim Training."

Die Gespräche unter den Schülern liefen allgemein weiter. Andy jedoch riskierte so wie vorhin immer wieder einen Blick über die linke Schulter auf die unbekannte Schönheit. Sekunden später drehte auch sie ihren Kopf zur Seite und nahm Sichtkontakt auf. Jetzt wollte er diesen ansehnlichen Augen, in denen diesmal weniger Überraschung denn Verzückung zu lesen waren, unbedingt standhalten. Ihre Lippen verformten sich zu einem wärmenden Lächeln, das Andy erwiderte. Für einen Atemzug lang schien die Welt still zu stehen.

Ein lärmender Schall unterbrach die geheimnisvolle Stille zwischen ihnen, der das Ende der Pause ankündigte. Der Kontakt brach schlagartig ab, als die ersten Schüler auf die Eingangstreppe zuliefen. Auf einmal war wieder alles so, als wäre nie etwas gewesen.

Sara stand am Ende der Pause noch kurz wie festgewachsen auf der Stelle und sah dem gut aussehenden, netten

Jungen hinterher, während sich alle anderen um sie herum langsam in Bewegung setzten. Dieses Gesicht, seine Augen, die sie verliebt anstarrten, Sara hielt das Bild noch eine Weile im Gedanken fest. „Die junge Dame in dem hübschen Kleid, bitte zurück in die Klasse kommen", machte sich Inga spitzzüngig bemerkbar, als sie Sara geistesabwesend herumstehen sah. Sara grinste äußerst bescheiden, mehr ironisch. „Was ist eigentlich mit deinen neuen Klamotten, die du heute anziehen wolltest?", setzte Inga noch obendrauf. „Gut, dass du wenigstens noch Spaß an den Backen hast. Mir ist der heute Morgen beim Disput mit meiner alten Dame gründlich vergangen!", reagierte Sara gereizt. „O je, tut mir leid!", entschuldigte sich ihre Freundin. Die Probleme mit jener ‚Alten Dame' waren nur allzu bekannt und brauchten nicht weiter erörtert zu werden. „Nicht locker lassen, Mädle! Du bekommst sie schon noch rum, glaub mir!" Sie gingen langsam zurück, während Sara von einem finsteren Blick fixiert wurde. Die junge, schlanke Frau mit den langen blonden Haaren musterte sie abschätzig, strahlte demonstrativ Missgunst ihr gegenüber aus. Sara empfand es als beängstigend, drehte ihre Augen deshalb weg. Auf Eingangshöhe nahm die andere leichten Körperkontakt auf, drückte sie ein wenig zur Seite, um vor ihr den Flur zu betreten. Es war eindeutig ein Machtspiel, ein Affront. Aber weshalb, und was sollte dieses gehässige Verhalten ihr gegenüber von einer Person, die sie nie zuvor gesehen hatte?

Zu Beginn der zweiten großen Pause machte sich Andy auf den Weg zum Kiosk, der sich im Keller des Hauptgebäudes befand. Eiligen Schrittes marschierte er dorthin, etwas aufgeregt bei dem Gedanken, was ihn anschließend auf dem Schulhof erwarten könnte. Vielleicht eine angenehme Überraschung!

Sein Herz blieb fast stehen, als er die beiden Schlangen vor dem Verkaufsstand sah. Die ersehnte Überraschung war ihrer Zeit ein wenig vorausgeeilt. Den Abschluss der wartenden Menge bei der hinteren Schlange bildete der Stoff, aus dem seine Träume der letzten beiden Schulstunden bestanden. Er zögerte keine Sekunde, um sich dort als Letzter anzustellen. Das Mädchen hatte ihn anscheinend noch gar nicht wahrgenommen oder es tat vielleicht auch nur so als ob.

Kaum bildete er das Ende der Reihe, drehte sich die bezaubernde Schönheit auch schon bedächtig zu ihm um. Ihre scheuen Augen wurden immer größer, spiegelten die Verwirrtheit eines jungen Menschen wider, dass noch nicht verstand, was an diesem Tag geschah. Sogleich wandte sie den Blick wieder von ihm ab.

Andy bekam wieder dieses seltsame Herzrasen vor lauter Aufregung. Ein schwindelerregendes Gefühl überkam ihn, durchströmte sekundenlang seinen ganzen Körper, während das Sichtfeld an den Rändern schwammig wurde. Diese entzückende Erscheinung stand so nah vor ihm, dass er sie berühren könnte, am liebsten gleich umarmen würde. Dem Mädchen musste es genauso gehen, sein Gesichtsausdruck hatte es längst verraten. Emotionswelten schienen in dieser Phase enormster Anspannung zu explodieren, wobei nur ein einziges Wort fehlte, das so vieles hätte bedeuten können, um der Verkrampfung endlich ein Ende zu bereiten. ‚Hab' keine Angst vor deinen Gefühlen,' brach es stumm aus ihm heraus, als hätte er zu sprechen verlernt und versuchte auf diese Weise, Signale zu vermitteln.

Sie drehte ihren Kopf nach rechts in Richtung Ausgang, dann noch ein klein wenig weiter nach hinten mit Unterstützung ihres gesamten Oberkörpers, sodass sich ihre Blicke nochmals für einen kurzen Augenblick trafen. Andy spürte, wie er in Hilflosigkeit versank.

Nun war sie auch schon an der Reihe und würde jeden Moment davonschreiten. Allerdings zitterten ihre Hände ein wenig, wodurch beim Bezahlen einige Münzen zu Boden fielen. Ohne zu zögern bückte er sich und hob die Geldstücke auf, während sich die junge Dame vor ihm noch umschaute, wohin diese alle gerollt sein könnten. Er überreichte ihr die Münzen mit einem freundlichen ‚Bitte schön,' während das Blut in seinen Adern so stark pulsierte, dass er sich fragte, ob sie diese Schwingungen nicht vernehmen müsste. Vernehmen in einem Moment, wo zwei Hände sich berührten, einander so nah waren, dass der letzte Schritt eine Leichtigkeit sein sollte. „Vielen Dank", gab sie mit einem spärlichen Lächeln zurück, als würde sie geradezu in Schüchternheit versinken.

Andy wurde ganz schwach, das Beben in seinem Körper wollte einfach keine Ruhe geben, wobei es ihm auf geheimnisvolle Weise auch angenehm erschien. Einen Moment später verschwand sie auch schon mit einem leisen ‚Tschüss' in seine Richtung gehaucht. Er sah ihr wie in Trance hinterher, fühlte sich gegenwärtig nicht mehr in der Lage, sein Augenmerk woandershin zu lenken.

„Junger Mann, Sie sind an der Reihe, sprach ihn die Kioskverkäuferin an. Wie schon in der Pause zuvor von Kurt aus seinem Tagtraum gerissen, schüttelte Andy kurz desorientiert seinen Kopf, bis ihm einfiel, was er kaufen wollte. Die Verkäuferin, eine ältere Frau von geschätzt Ende 50, die den Stand offensichtlich mit ihrem Mann betrieb, konnte sich als Beobachterin des kleinen Intermezzos ein Schmunzeln nicht verkneifen.

Den Rest des Tages verbrachte Andy größtenteils mit Träumereien, zu geblendet vom Anblick eines jungen Mädchens, dessen Namen er noch nicht einmal kannte, um sich auf irgendetwas anderes zu konzentrieren. Es spielte auch keine Rolle, wer die Dame in dem türkisfarbenen Kleid war und woher sie kam, nur dass ein faszinierendes Wesen ihm total die Sinne benebelt hatte. So tief bewegend konnte sich nur Verliebtsein anfühlen. Er musste sie unbedingt wiedersehen.

Stundenlang bis spät in die Nacht hinein lag er auf der Wohnzimmercouch, hörte Musik, schaltete abwechselnd mal den Fernseher ein oder las in einem Sportjournal. Alles Dinge, die ihm nicht unbedingt wichtig erschienen. Mitternacht war längst vorbei, er brauchte endlich Ruhe. Die kommenden Tage würden ihn auch weiterhin ziemlich beanspruchen. Am nächsten Freitag stand erst wieder Berufsschule auf dem Programm; die Chance, jenem hübschen Antlitz gegenüberzustehen, das ihm so sehr den Kopf verdreht hatte. Bis Freitag warten..., eine gefühlte halbe Ewigkeit!

Auch Sara lag in der folgenden Nacht noch lange wach. In ihrem Kopf kreisten Gedanken, die sie einfach nicht schlafen ließen. Wer war dieser Junge, der ihr Herz mit einem Mal schneller schlagen ließ, dessen Erscheinung ihre Gefühlswelt auf schwindelerregende Weise so dermaßen durcheinanderwirbelte? Hatte sie ihn nicht schon einmal irgendwo gesehen?

Der Traum in Venedig, der junge Mann, welcher auf der Heimfahrt von der Italienreise in ihrer Wunschvorstellung auf dem Rücksitz im Auto neben ihr gesessen und sie angehimmelt hatte... Die Erinnerungen waren zwar ein wenig verblasst, aber keineswegs gelöscht. Die Ähnlichkeiten mit dem Jungen vom vergangenen Tag waren verblüffend. Gab es eine Vorbestimmung für die Menschen, eine Art unausweichliches Schicksal?

Sie grübelte solange, bis ihr einleuchtete, dass die Überlegungen im Moment auf keinen fruchtbaren Boden trafen. Andererseits waren viele Fragen davon auch nicht wirklich von Belang. Wichtig war eigentlich nur, was sie entdeckt und dabei empfunden hatte. Er besaß so eine angenehme Ausstrahlung, dass ihr allein bei dem Gedanken schon warm ums Herz wurde. Und dann dieser Blick! Der junge Mann begehrte sie, seine Augen konnten es nicht verbergen.

Sara atmete tief durch und spürte eine innere Erregung, die sie ins Schwitzen brachte. Die Hände streiften von den Brüsten ihren Bauch hinab bis zu den Oberschenkeln, berührten jede erreichbare Stelle ihres Körpers mehrmals hintereinander. Wilde Fantasien nahm mit jeder Bewegung eindringlicher ihren Lauf. Waren das wirklich noch *ihre* Hände? Endlos viele Bilder voller Leidenschaft und Sinnlichkeit zogen vorüber, bis der Schlaf sich ihrer mit einer ungewöhnlichen Sanftheit bemächtigte.

❖❖❖

Ein Verkehrsstau in Bopfingen war recht selten, aber an jenem Dienstagmorgen trat er ein. Zwei Busse standen bereits hinter einer Reihe PKWs, von denen die vorderen beiden mit Warnblicklicht halb auf dem Bürgersteig parkten. Ein Polizeiwagen schlängelte sich von hinten kommend bis zur Unfallstelle durch. Leichte Blechschäden waren zu erkennen, ebenso wie Glassplitter auf dem Asphalt, während die Unfallbeteiligten zusammen mit den Verkehrspolizisten halbwegs friedlich diskutierten. Sara stieg einfach vom Rad und schob es an dem Ort des Geschehens vorbei. Mit dem Bus hätte sie mehr Zeit bis zur Schule gebraucht. Daher fand sie es selbst einmal mehr als eine gute Idee, mobil zu sein mit dem Drahtesel. Kathrin und Elke standen schon vor dem Eingang des Schulgebäudes, als sie dort eintraf. Inga kam meistens etwas später.

Unauffällig warf Sara einen Rundblick über den Schulhof. Der Junge vom Vortag war nirgendwo zu entdecken. Möglicherweise würde er später eintreffen oder befand sich schon in seinem Klassenzimmer. Er schien etwas älter zu sein, möglicherweise ein Schüler der 13. Klasse, die im kommenden Sommer endlich ihr Abitur feiern konnten. Der Junge musste anscheinend auch neu zugezogen sein, das Gesicht ließ sich jedenfalls nicht mit der ihr vertrauten Schuleinrichtung in Verbindung bringen.

Die innere Aufregung zog sich den ganzen Vormittag wie ein roter Faden durch die Unterrichtsstunden. Sie steigerte sich enorm beim Gang auf den Pausenhof und ebbte beim Betreten des Klassenzimmers wieder ab. Kathrin musterte Sara so manches Mal von der Seite wie mit einer Art Vorahnung versehen, blieb aber letztendlich stumm.

Etwas enttäuscht fuhr Sara in der Mittagssonne heimwärts. Ihre Hoffnung, einem bestimmten Menschen tief in die Augen sehen und auch ansprechen zu können, wurde bedauerlicherweise nicht erfüllt. Dem Anschein nach fehlten heute mehrere Schüler, die ihr gestern noch aufgefallen waren. Somit lag die Vermutung nahe, dass der vermisste junge Mann zu einer der Berufsschulklassen im zweiten Obergeschoss gehörte. Der Gedanke stimmte sie etwas ruhiger. Dann würde er halt an einem der kommenden Wochentage wieder auftauchen, vielleicht schon morgen oder übermorgen. Ganz bestimmt war es so…

Sie schloss die Haustür auf und marschierte mit einem einfachen ‚Hallo' direkt nach oben auf ihr Zimmer. Auf ein Echo aus der Küche oder dem Wohnzimmer wartete sie erst gar nicht. Sie zog ihr türkisfarbenes Kleid aus, welches sie bereits am Vortag angezogen hatte, wollte es gerade an einen der seitlichen Haken am Schrank hängen, als ihr bewusst wurde, dass sie dieses Teil eigentlich überhaupt nicht mehr tragen wollte. ‚Mode von vorgestern, was will ich noch damit?' fragte Sara sich ernsthaft.

Plötzlich fiel ihr wieder der smarte Junge ein, an den sie in den vergangenen Stunden so oft gedacht hatte. Würden Hose und ein entsprechendes Oberteil nicht auch bei Jungs noch besser ankommen als solche Dinge? Ihr Blick fiel auf eine weiße Sommerhose aus dünnem Stoff, die man derzeit noch anziehen konnte. Im Schrank lag zudem frisch gewaschen das neu gekaufte T-Shirt. Wenigstens musste sie dieses Oberteil nicht auch noch vermissen. Beides übergezogen, schlüpfte sie in dazu passende weiße Pumps und ging treppab in den unteren Wohnbereich. Die Mutter saß dort, mit Lockenwicklern im Haar, lesend in ihrem bequemen Wohnzimmersessel. Sara fasste sich ein Herz, die Zeit dafür war endgültig gekommen.

„Mama, können wir mal vernünftig miteinander reden?", begann sie vorsichtig. Die ‚Alte Dame' sah nur kurz zu ihr auf und sofort wieder auf ihre Frauenzeitschrift. „Worüber willst du denn reden, Kind?" „Über gestern Morgen. Ich wollte meine neue Jeans gerne angezogen haben, wegen der ich extra noch letzten Mittwoch mit Kathrin und Inga Shoppen gewesen bin." „Shoppen! Was ist denn das überhaupt für ein Wort?", kam als abfällige Frage. „Mutter, bleib bitte beim Thema! Ich hatte dich gebeten, die Hose zu waschen!" „Fängst du schon wieder mit deiner blöden Jeanshose an? Hast du eigentlich keine anderen Sorgen?!" Die Frau des Hauses wurde garstiger, wobei sie immerzu in ihrer Zeitschrift herumschmökerte. „Ich finde außerdem, dass die neue Hose viel zu eng sitzt, genau wie die, die du gerade am Leib trägst. Dein Hintern ist in letzter Zeit ein wenig dicker geworden, mein Mädchen!" Sara platzte langsam der Kragen bei dieser zynischen Person. „Erzähl *du* mir nichts von einem dicken Hintern, Mutter!"

„Wie bitte!! Sara, ich warne dich, so redest du nicht mit mir, Fräulein!!" Die übergewichtige Frau geriet nun richtig in Rage, wobei ihr die Aufregung schlagartig Zornesröte ins rundliche Gesicht trieb. Sie holte mit ihrem rechten Arm weit aus und warf zähnefletschend mit voller Wucht das Journal ihrer Tochter entgegen. Sara konnte es soeben noch zur Seite lenken, da kam die ‚Alte Dame' auch schon vom Sessel hochgeschossen und baute sich erbost vor ihr auf. Das verängstigte Mädchen wollte am liebsten zurückweichen, hielt jedoch der Bedrohung stand. „Wo liegt eigentlich dein Problem, Mutter? Ich möchte einfach nur wie alle anderen endlich selbst bestimmen, was ich anziehe oder auch mal mit Gleichaltrigen in ein Urlaubscamp fahren dürfen! Warum gönnst du mir das nicht!" Aus Reden wurde Schreien, derweil die Frau gegenüber ein sarkastisches Lachen aufsetzte. „Du und Selbstbestimmung?! Dass ich nicht lache! Wie soll das denn bitte schön aussehen? Rennst Du dann auch in deinem sogenannten 'Urlaubscamp' mit aufreizend engen Hosen herum oder vielleicht gleich in Unterwäsche wie gestern früh und lässt dich vor Ort noch von irgendeinem Kerl schwängern?!" Der Ton ihrer Mutter wurde wieder bissig. Sara kochte jetzt das Blut in den Adern bei so viel Gemeinheit. „Sag mal, spinnst du jetzt total?! Hältst du mich etwa für eine Nutte?!" Mittlerweile standen ihr die Tränen in den Augen, während sie so außer sich war. „Du bist echt das Allerletzte! Geh am besten ins Kloster mit deiner Einstellung, dann brauche ich wenigstens deine Gegenwart nicht mehr zu ertragen!!"

Das Gesicht der korpulenten Frau nahm immer mehr die Gestalt einer hässlichen Fratze an, zeigte die Niedertracht einer Furie, die sich mit Worten nicht mehr durchzusetzen vermochte und bereit war, rohe Gewalt als letztes Mittel einzusetzen, als sie auch schon ohne zu zögern auf ihr Opfer zustürmte, es fest an den Haaren zog und ihm eine heftige Ohrfeige verpasste. Sara wich reflexiv unter einem schmerzenden Aufschrei nach hinten aus. „Und jetzt ab auf dein Zimmer, du verdammte, widerspenstige Göre!", brüllte die Mutter laut. „Hau ab! Ich hasse Dich, Du alte Hexe!", kreischte die geprügelte

Tochter zurück und rannte dabei schleunigst mit ihrem Schlüsselset zur Haustür hinaus in die Garage. Sogleich schwang sie sich auf ihr Rad und düste davon, ließ das Garagentor einfach offen stehen.

Tränen in den Augen nahmen ihr die Sicht. Immer wieder rieb sie diese mit der rechten Hand fort. Kathrin wohnte etwas über zwei Kilometer entfernt. Dort wollte sie hin, bei den Frankes würde sie ganz bestimmt auf Verständnis für ihre miserable Lage stoßen.

Nach wenigen Minuten kam das Haus von Kathrins Familie in Sichtweite. Gott sei Dank, ihr Fahrrad stand vorm Gartenzaun, dann musste auch sie zu Hause sein.

Als Frau Franke die Türe öffnete, erschrak sie sprichwörtlich bei dem verweinten Häufchen Elend, welches mit zerzausten Haaren und blutender Nase vor ihrem Hauseingang stand. Bevor Sara überhaupt einen Ton über die Lippen brachte, nahm Kathrins Mutter sie schon in den Arm und strich ihr liebevoll übers Haar. „Um Himmels willen, was ist denn mit dir passiert? Komm erst mal rein." Langsam trottete das Mädchen über die Türschwelle. Kathrin hatte die Situation bereits vernommen und eilte herbei. Auch sie wurde bleich bei dem Anblick. „Mensch Sara, was ist los, Ärger zu Hause?" Ein bemitleidenswerter Gesichtsausdruck antwortete durch ein mit dem Kopf nach unten gesenktem Nicken.

„Komm, mein Mädel, mach dich erst einmal im Bad ein wenig frisch. Danach setzen wir uns am besten ins Wohnzimmer und dann erzählst du mal, was gerade eben passiert ist, wenn du möchtest", schlug Kathrins

Mutter vor. „Ich hole schon mal etwas zu trinken für uns alle." „Für mich eine Limo, Mutti", rief klein Peter, der sogleich herbeigeeilt kam, als er Saras überraschendes Erscheinen mitbekam. „Ja, mein Peterle, du bekommst selbstverständlich auch deine geliebte Limo, aber dann musst du leider zurück auf dein Zimmer. Deine Schwester und ich haben mit der Sara etwas Wichtiges zu besprechen", machte Frau Franke ihrem siebenjährigen Sohn auf liebevolle Art klar. „Och Mann", äußerte das Kind, das sich im Besonderen jedes Mal speziell auf Saras Besuch freute, mit enttäuschter Schnute. „Später kannst du auch hinzukommen, ich sage dir dann Bescheid, kleiner Mann", tröste ihn die Mutter, indem sie mit einer Hand über seinen Kopf streichelte.

Die zu Tode Betrübte konnte in diesen Momenten nicht begreifen, ob ihr Schluchzen immer noch das Resultat des Konfliktes mit ihrer Mutter oder vielmehr auf das Gerührtsein über die Herzlichkeit zurückzuführen war, die von Menschen in jenen vier Wänden ausgestrahlt wurde, bei denen sie für ihr Leben gern geblieben wäre. Kathrin war einfach nur zu beneiden.

Melancholie schwebte allgemein durch den Raum, als sie die ganze Tragödie unter Tränen vortrug. So lieb und verständnisvoll Frau Franke und ihre Tochter als Zuhörer auch waren, mehr als ihr Mitgefühl konnten sie zunächst nicht ausdrücken. Sara fühlte sich dennoch erleichtert, hatte aufgehört zu weinen. Aber wie sollte es nun weitergehen? Stunden vergingen, langsam musste eine Entscheidung her.

„Am besten wäre es, wenn du eine Nacht hierbleiben würdest, damit sich die Gemüter zunächst mal wieder beruhigen können", schlug Frau Franke vor. „Du kannst bei Kathrin im Zimmer schlafen, eine Matratze und Bettzeug hätten wir noch für dich. Was hältst du davon?" Sara gefiel die Vorstellung, bei ihrer besten Freundin zu übernachten, konnte in ihrer momentanen Verfassung jedoch nur verhaltene Freude zeigen.

Frau Franke ging prompt zum Telefon, rief bei Saras Eltern an und klärte sie über den Stand der Dinge auf. Aus der Distanz konnten die Mädchen eine aufgeregte weibliche Stimme am anderen Ende der Leitung deutlich heraushören, das Meckern einer unbelehrbaren, verstockten Frau, dem Kathrins Mutter jedoch couragiert entgegentrat. Sara schaute dennoch hilflos drein, verlor bereits jedwede Hoffnung. Einige Minuten später schien sich die dicke Luft erstaunlich schnell aufzulösen, sobald der andere Elternteil als Gesprächspartner zu entnehmen war.

„Herr Woltershausen, bei so einer Gewalt hört die Toleranz auf! Sie hätten ihre Tochter mal sehen sollen, als sie vor unserer Haustür stand. Ich dachte zuerst, sie sei unterwegs überfallen worden! In diesem Zustand werde ich die Sara heute nicht mehr zu ihnen nach Hause schicken. Sie wird erst Mal für eine Nacht bei uns bleiben."

Zum Glück war der Vater einsichtiger als die Dame des Hauses. Dem misshandelten Mädchen war die Erleichterung deutlich anzusehen, als ihm gewahr wurde, dass Frau Franke ihren Willen durchgesetzt hatte. Sie wäre so gern wie Kathrins Mutter.

„So, dann lege ich dir gleich mal die Matratze und das Bettzeug in Kathrins Zimmer", sagte die Gastgeberin, nachdem sie den Hörer aufgelegt hatte. Sara stand vom Stuhl auf und bedankte sich umarmend bei Frau Franke. Wiederum strömten Tränen in ihre Augen, die nun unmissverständlich Erleichterung zum Ausdruck brachten.

Kathrins kleiner Bruder kam angeflitzt, als er sah, wie seine Mutter mit Saras Hilfe die Vorbereitungen für die Übernachtung traf. „Schläft Sara heute Nacht bei uns, Mama?", wollte er wissen. „Ja, die kommende Nacht verbringt sie in Kathrins Zimmer." „Cool!", rief der Junge begeistert. „Sollen wir alle was zusammen spielen?" „Gleich kommt Papa heim, Peterle. Aber nach dem Abendbrot können wir irgendwas gemeinsam spielen." „Okay", murmelte der Junge und ging zurück in sein Kinderzimmer.

Gegen Abend kehrte der Mann der Familie von der Arbeit heim. Auch ihm war es ganz recht, Sara für eine Nacht als Gast aufzunehmen, als er die Umstände erfuhr. Beide Elternteile waren 40 Jahre alt, noch um einiges jünger als das Ehepaar Woltershausen. Sara verlor sich häufig in Grübeleien, sobald sie über beide Elternteile nachdachte. Wahrscheinlich trug dieser Altersunterschied wesentlich zu einem guten Verhältnis zwischen den beiden Generationen bei. Die Ansichten der Frankes klangen doch eindeutig progressiver als jene aus dem Munde ihrer Eltern. Mit dem Vater konnte man zur Not noch reden, mit dessen Gattin war es schon ewig ein Desaster, wie an diesem Tag besonders deutlich wurde. Wie gut, dass sie wenigstens für die kommende Nacht von der bedrückenden Atmosphäre daheim verschont blieb.

„Es wäre reichlich ungeschickt von deinem Vater gewesen, mich weiter herauszufordern", erklärte Frau Franke beim gemeinsamen Abendessen. „Würde ich das Jugendamt einschalten, wozu ich in so einem Fall durchaus berechtigt wäre, würde das kein gutes Licht auf deinen Vater als Bürgermeister werfen, obgleich deine Mutter die Übeltäterin ist. Darüber ist er sich hoffentlich im Klaren!"

Sara behagte dieser Gedanke überhaupt nicht, könnte doch letztendlich alles dazu führen, die jetzt schon miserable Lebenslage noch schwieriger zu machen. Kathrins Mutter, die ihr gegenübersaß, legte behutsam ihre Hand auf Saras Unterarm. „Keine Angst, ich werde es nicht tun, aber diesen Trumpf hätte ich zur Not noch im Ärmel gehabt", verriet sie augenzwinkernd.

Die beiden Freundinnen plapperten noch bis spät in die Nacht hinein, als die Welt um sie herum schon längst im Schweigen versunken war. „Sag mal Sara, bist du eigentlich mal so richtig verknallt gewesen?", fing Kathrin auf einmal an zu fragen. Die Frage kam wie aus dem Nichts. Gut, dass sie bei der Dunkelheit nicht in Saras Augen sehen konnte. Bei dem Ärger des vergangenen Tages wäre ihr dieser geheimnisvolle Fremde mit dem smarten Lächeln beinah noch aus dem Gedächtnis verloren gegangen. „Wie kommst du jetzt darauf?", lautete die mehr oder weniger verlegene Gegenfrage. „Na, du hast doch gestern während der ersten großen Pause ständig Blickkontakt mit einem Typen aufgenommen oder irre ich mich etwa?" Sara hätte es sich denken können. Kathrin empfand wahre Freude dabei, ihrer besten Freundin ein so wichtiges Geheimnis zu entlocken.

„Vielleicht habe ich mich verliebt." *Vielleicht? Ganz bestimmt ...*

Leise schloss Sara am Mittag des darauffolgenden Tages die Haustür auf und betrat mit klopfendem Herzen die elterliche Wohnstätte, geplagt von dem Gedanken, was nun auf sie zukäme. Ein vorsichtiger Blick ins Wohnzimmer – die Bedrohung saß genau wie am Vortag Zeitschrift lesend im Wohnzimmersessel, nur diesmal ohne Lockenwickler im Haar. „Tag Mutter", kam es Sara leise und trocken über die Lippen. Die Frau des Hauses erwiderte herzlos die Begrüßung, wobei sie es nicht für nötig hielt, von ihrer Illustrierten, in die sie so sehr vertieft zu sein schien, aufzusehen. Von Reue oder gar einer aufrichtigen Entschuldigung fehlte jegliche Spur.

Das Mädchen drehte sich, ohne ein weiteres Wort zu verlieren, ab und war schon im Begriff zu gehen, als sie die monoton ausgesprochenen Worte vernahm: „Deine neue Hose habe ich übrigens gewaschen und mit den anderen Sachen im Garten aufgehängt. Nimm sie dir meinetwegen herunter, wenn sie trocken ist." Sara traute zunächst ihren Ohren nicht, dachte vielmehr, sich gerade verhört zu haben. Sollte sich ihre Mutter nach dem Drama von vor zwei Tagen etwa geändert haben? Möglicherweise gab es noch eine anständige Auseinandersetzung mit dem Vater. Es wäre zumindest denkbar gewesen.

Sie schaute an ihr vorbei aus dem Wohnzimmerfenster. Tatsächlich, die hautenge Jeans, ihr neuer Stolz, hang mitsamt der Buntwäsche auf der Trockenspinne. Kurzerhand eilte sie freudestrahlend durch die Balkontüre in den Garten und befühlte prompt den Denimstoff, der jedoch zum Tragen noch viel zu nass war. ‚Egal,' dachte das stolze Mädel optimistisch. ‚Bis zum Wochenende ist das gute Stück trocken. Das reicht allemal!'

❖❖❖

„Andy, wo bist du mit deinen Gedanken?! Konzentrier' dich mal, Menschenskind!", meckerte Werner, als seine zweite Hereingabe genau wie die erste im Nirwana landete. Wahrlich, sein Trainer hatte recht, er war nicht wirklich bei der Sache an jenem Donnerstagabend. In weniger als zwölf Stunden befand er sich wieder in den Räumlichkeiten des Immanuel-Kant-Gymnasiums. Er brannte nahezu sprichwörtlich darauf, endlich wieder dieses junge Mädchen in dem türkisfarbenen Kleid, welches ihm am vergangenen Montag so sehr den Kopf verdreht hatte, anschauen zu können und nicht *nur* ihre Schönheit zu betrachten. Es musste mehr geschehen, bedeutend mehr ... Gedanken, die eigentlich auf dem Fußballplatz nichts zu suchen hatten, rasten durch sein Gehirn.

Mit einem krönenden Torabschluss seinerseits ging es dann in die Kabine zum Duschen. Der Coach spendierte im Anschluss eine Kiste Bier, sodass die Spieler danach noch in gemütlicher Runde zusammensaßen, um beim Trinken ein lockeres Schwätzchen abzuhalten. Meistens ging es um belanglose Themen für Andy, dem alles an diesem Abend weitreichend unwichtig erschien.

Wiedersehen

Der Himmel an diesem Freitagmorgen bestand ausschließlich aus einem mehrlagigen weißgrauen Wolkenband, bei dem die unteren Schichten vor den höher gelagerten in einzelnen Nebelschwaden herzogen. Eigentlich stellte er damit keinen Kontrast zum Alltag dar.

Sara störte das äußerst wenig, war doch in diesem Moment jenes seltsame Kribbeln im Bauch für ihren emotionalen Zustand verantwortlich. Der Junge, der diese Gefühle in ihr ausgelöst hatte, sollte endlich mal wieder in Erscheinung treten. Ihre erste Begegnung ging Sara nicht aus dem Sinn. Diese Geschichte durfte jetzt nicht einfach enden, sie musste weitergehen!

Hoppla! Fast hätte sie es versäumt, an der roten Ampel anzuhalten. Einige Fußgänger auf dem Überweg warfen ihr missbilligende Blicke zu. Etwas nervös versuchte sie, diesen auszuweichen. Sie schaute an sich herunter, als plötzlich ein weiteres Glücksgefühl Körper und Seele durchströmte. Endlich mal kein altbackenes Kleid oder Rock an ihrem Leib, vergessen war der Konflikt der letzten Tage, während ein frischer Wind um ihre Nase wehte. In wenigen hundert Metern Entfernung warteten Gemäuer, denen sie bislang noch nie so sehr entgegenfieberte wie an diesem Morgen.

Die erste Stunde galt wiederum dem Deutschunterricht bei Herrn Heinze, dem Sara bereits am vergangenen

Montag durch Träumerei in den frühen Morgenstunden auffiel, als ob dieser Lehrer dazu auserkoren wurde, die verbliebenen müden Geister der vergangenen Nacht bei den Schülern zu verscheuchen. ‚Bleib dieses Mal mit den Gedanken bei der Sache,‘ ermahnte sich die jung Verliebte selbst. Besser nicht noch einmal dieser Welt durch Tagträumerei entfliehen, um sich am Ende noch zum Gespött der Klasse zu machen. Sie riss sich zusammen, auch wenn es ihr schwerfiel.

„Junger Mann, nicht träumen!", erklang plötzlich eine Stimme, die ihn sozusagen vom Mond in die Räumlichkeiten der Berufsschule zurückholte. Etwas erschrocken schaute er Anke an, die sich prächtig darüber mit ihrer Sitznachbarin amüsierte, ihn ein wenig aufgezogen zu haben. In seiner momentanen Verlegenheit musste er zwangsläufig grinsen, ohne ihrem Blick lange standhalten zu wollen. Es waren seit Tagen ihre einzigen Worte zu ihm, abgesehen von einem simplen ‚Hallo‘ oder ‚Hab gerade keine Zeit‘ wenn er sie im Betrieb ansprach.

Andy fragte sich ernsthaft, wie das Verhältnis zwischen ihnen in Zukunft verlaufen sollte. Beabsichtigte Anke etwa, ihn entweder links liegen zu lassen beziehungsweise sich nur noch über ihn lustig machen zu wollen? Dass die Zurückweisung beim Zelten vor einigen Tagen weh getan hatte, stand außer Frage. Er wollte auch schon längst mit ihr darüber gesprochen haben, fand jedoch bislang weder die passende Gelegenheit dazu noch einen Zugang zu dieser Person. Außerdem waren seine Gedanken bei einem anderen Mädchen.

Die Pausenklingel ertönte. Hektisch strömten die Schüler auf den Schulhof, Cliquenbildung wie immer. Dabei scharten sie sich in Gruppen zusammen mit einer Ordnung, die meistens der Zugehörigkeit einer bestimmten Klassengemeinschaft entsprach. Kurt schlug Andy kumpelhaft auf die Schulter. „Alles klar, Alter?", fragte er in lässiger Gemütslaune. „Mach' unserem Werner keinen Kummer, er braucht frische neue Leute im Team." Der gesamte Inhalt der Pausenunterhaltung bestand wie gewöhnlich hauptsächlich aus knappen Sätzen mit viel Witz und Plauderei über aktuelle Ereignisse, an der sich Andy wiederum nur spärlich beteiligte. Seine Augen wanderten in regelmäßigen Abständen prüfend nach links in Richtung Hauptgebäude, bis sie ca. 50 Meter weiter entfernt ein Mädchen entdeckten, das schon am vergangenen Montag seine Aufmerksamkeit erweckt hatte. Nun trug die Hübsche einen Pulli und enge Hosen statt ein langes Kleid wie beim letzten Mal. ‚Steht ihr irgendwie noch besser,' dachte er so für sich. Einen Wimpernschlag später drehte sie ihren Kopf leicht nach rechts und betrachtete ihn eingehend.

Venus in Bluejeans! Sie war tatsächlich eine Augenweide, was sich auch auf die Entfernung erkennen ließ. Sein Herz begann wieder schneller zu schlagen, sprichwörtlich zu rasen, während der eingefangene Blick des hinreißend schönen Mädchens sprachlos machte.

Sara stand auf dem Schulgelände während der ersten großen Pause mit ihren altbekannten Freundinnen, die sie seit der fünften Klasse oder sogar schon vom Kindergarten her kannte. Ein Gesicht jedoch – wenn nicht das wichtigste überhaupt – vermisste sie im Moment noch. Ein kurzer Rundblick über den Hof ... nichts! Die Aufmerksamkeit galt wieder den Mitschülern. Eine Minute später wiederholte sie möglichst unauffällig diesen Vorgang – wieder nichts. Das Mädchen, welches längst Feuer gefangen hatte, fühlte sich verunsichert. ‚Nein, er muss heute da sein!' redete sie sich fest ein und versuchte es fortlaufend, indem sie zur Abwechslung auch mal an dem Schulgebäude hoch- und entlangschaute. Erst ein dritter, diesmal intensiver Rundumblick brachte endlich den gewünschten Erfolg. Weit hinten, fast am Eingang zur Sporthalle und teilweise durch andere Schüler verdeckt, stand der Mensch, der ihr nächtelang den Schlaf geraubt hatte! Seine smarten Gesichtszüge waren aufgrund der Distanz nicht so gut auszumachen wie beim letzten Aufeinandertreffen vorm Kiosk, aber selbst jetzt wirkte er noch sehr attraktiv in ihren Augen. Aus dieser Entfernung betrachtet hatte Sara plötzlich das Gefühl, ihm irgendwo schon mal begegnet zu sein, nicht nur im Traum.

‚Schau mich an!' dachte die verliebte junge Frau angestrengt, ihn intensiv fixierend, als wollte sie geradezu mit der Kraft ihrer Gedanken einen Blickkontakt herbeizwingen. Am liebsten hätte sie ihren Wunsch laut kundgetan, stattdessen schrie alles nur stumm aus ihr heraus. ‚Wer bist du, an den ich in letzter Zeit so oft gedacht habe?'

Quälend lange Minuten vergingen, bis ihre Blicke sich doch noch trafen.

Die Pause ging zu Ende. Alle schritten Richtung Haupteingang, die einen schneller, andere ließen sich mehr Zeit. Zum Erstaunen seiner Mitschüler setzte sich Andy rasch in Bewegung. Sein Augenmerk galt nur einer bestimmten Person. Diese schien auch ihn beim Gehen mit vorsichtigen Seitenblicken ins Visier zu nehmen. Am Eingang standen beide nah beieinander, so nah, dass er sie hätte berühren können. Alles Zögern half nichts, jetzt war der Zeitpunkt gekommen, ein Wort über die Lippen zu bringen, welches die Situation entspannte. Das altbekannte schwindelerregende Gefühl mit dem hämmernden Pochen in der Brust meldete sich zurück.

Ein schüchterner Blick und ein leises ‚Hallo', von einem Lächeln begleitet, das aus tiefstem Herzen kam. ‚So muss Verliebtheit aussehen,' dachte Andy, als er ihren Gruß erwiderte. „Auf zur nächsten Runde!", sprach eine wohlklingende Stimme. Zwei strahlende Augen schauten sie dabei verzückt an. „Ach ja, jetzt Mathe und danach Geschichte", erklärte Sara. „Schaffe ich auch noch heute!" „Wir haben gleich eine Doppelstunde Rechnungswesen." Das Eis schien gebrochen, jede Hemmschwelle überwunden. „Und was liegt nach der Schule noch so an?", fragte Andy interessiert. „Noch keine Ahnung", gab sie zurück. „Wir schreiben am Montag einen Vokabeltest in Latein. Dafür muss ich noch büffeln." „Jetzt schon?" Es kam ihm seltsam vor. „Unser Pauker will wissen, auf welchem Stand der Einzelne von uns ist, da er bislang noch keine Schüler aus der Oberstufe unterrichtet hat."

Andy überlegte einen Moment lang. „Dann gehst du jetzt in die elfte Klasse, nehme ich an." „Richtig!", sagte sie mit begeistertem Blick. „Und bei dir tippe ich auf eine kaufmännische Ausbildung!" „Du liegst ebenfalls richtig", stimmte er zu. „Ich bin Auszubildender im Groß- und Außenhandel bei ‚Riesweite'", erzählte er, natürlich, ohne dabei den regional üblichen Dialekt zu verwenden. „Sag mal, du kommst nicht aus dieser Gegend?", stellte Sara fragend fest. „Ich komme aus Diepholz in Niedersachsen. „Okay!", grinste Sara. Der Ort schien ihr unbekannt zu sein. Als könnte Andy Gedanken lesen, sagte er: „Macht nichts! Ich habe bis vor Kurzem auch noch nichts von Bopfingen gehört!" Beide lachten frei heraus und in diesem Moment konnte man den Eindruck gewinnen, die an ihnen vorbeiziehenden Menschen würden gar nicht mehr existieren, als sie Hochparterre so dastanden. Wenige Augenblicke später waren alle anderen verschwunden. Sie standen allein auf dem Flur und sahen einander liebreizend an. Als Letzte drehte sich Anke noch kurz zu ihnen um, deren Gesichtsausdruck Andy bewusst nicht zur Kenntnis nehmen wollte. Eigenartigerweise schaute das Mädchen noch einen Moment lang in ihre Richtung, als gäbe es einen Bezug zwischen den beiden. „Sehen wir uns in der nächsten großen Pause?", fragte Andy abschließend. „Ja klar!" Das bildhübsche Mädel war bereits im Fortgehen, als es sich noch mal zu ihm umkehrte. „Ich bin übrigens Sara", sagte die Augenweide mit einem süßen Lächeln. „Andreas oder einfach Andy!", erwiderte er und wartete, bis sie in ihrer eng sitzenden Jeans quer über den Flur gehend im Klassenzimmer verschwunden war. Mit der Türklinke in der rechten Hand schaute die junge Dame noch einmal zurück in seine Richtung und wirkte gar nicht verwundert, dass Andy noch wie angewurzelt an der gleichen Stelle stand. Sara hielt kurz inne und winkte ihm noch mal zu, bevor sie die Tür hinter sich schloss.

Andy verweilte noch ein wenig im Gedanken, dann setzte auch er sich in Bewegung. Rechnungswesen war wichtig für ihn.

Renates Blicke während der folgenden zwei Unterrichtsstunden verrieten eindeutig, dass er seine Hibbeligkeit nicht wie gewollt kaschieren konnte, derweil er ständig auf seine Armbanduhr schaute, um festzustellen, dass die Zeit viel zu langsam verging, bis schließlich doch das erlösende Pausensignal ertönte. Anke schaute ihn missbilligend an, als er sich ziemlich schnell von den anderen absetzte. Sara würde sich hoffentlich ebenso beeilen, damit mehr Zeit zum näheren Kennenlernen blieb.

Unten auf dem Hof angekommen stand sie auch schon mit zwei anderen Schülerinnen an der gewohnten Stelle. Ohne zu überlegen ging er auf sie zu. Sara, das Gesicht der Pforte zugewandt, erkannte ihn zuallererst; leuchtende Augen, die ihn einluden, herzukommen. Mit einem allgemeinen ‚Moin' stellte er sich mit dazu. Sara musste grinsen. „Wie war das gerade? Morgen?" „Nein, ‚Moin' sagte ich", betonte Andy etwas deutlicher. „Das sagt man bei uns im Norden als Begrüßung." Die anderen Mädchen stimmten amüsiert mit ein. „Auch noch abends?", wollte Sara wissen. „Den Begriff kannst du zu jeder Tages- und Nachtzeit verwenden." „Witzig!" „Wie ich sehe, hast du die letzten beiden Stunden gut überstanden." Zwei glänzende Augen antworteten ohne Worte. „Sag mal, Andy, warst du schon mal im Nördlinger Ries?"

An wen sollte ihn diese Frage nun erinnern? „Ja! Am vergangenen Freitag habe ich mich mit einigen Leuten aus Nördlingen getroffen. Wir sind von dort gemeinsam übers Wochenende zum Campingpark nach Wemding gefahren." „Interessant!", meinte eine der beiden Mädels neben Sara. „Ich war ebenfalls mit einigen Freunden dort. Wir wollten uns ‚That's Rock' anhören, eine echt coole Band!", schwärmte sie. „Die haben wir auch erlebt, war eine super Stimmung an dem Abend. Wir haben bis Sonntagmorgen gezeltet." „Interessant! Wir sind allerdings gegen ein Uhr wieder zurückgefahren. Ich bin übrigens Kathrin." Andys Blick fiel auf die Person rechts von ihm. „Elke", stelle diese sich vor. „Ich bin der Andy!", sagte er mit einem leichten Handzeichen. Nach und nach gesellten sich noch weitere Schülerinnen zu dem kleinen Kreis.

„Das Wetter soll gut werden an diesem Wochenende", übernahm Sara wieder das Wort. „Hättest du Lust, einfach mal mit dem Fahrrad ins Ries hineinzufahren. Wie du wahrscheinlich schon festgestellt hast, kann man die Gegend wegen der vielen Radwege optimal durchwandern." Andy wäre jeder andere Vorschlag recht gewesen. „Können wir gerne tun. Samstag oder besser am Sonntag?" „Ist mir gleich, ich habe Zeit. Die Sache mit dem Vokabeltest ist halb so wild", sprudelte es spontan aus ihr heraus. „Moment! Am Sonntag sind meine Eltern und ich zu einer Gartenparty eingeladen", fiel ihr kurz darauf ein. „Ein Onkel von mir wird 50." Andy vernahm einen leichten Seufzer. „Und du sollst unbedingt anwesend sein …", spöttelte er leicht. ‚Ein wenig zu euphorisch, die junge Dame!' Er musste allerdings zugeben, dass es ihm mit seinen Emotionen nicht viel besser ging.

Einige herumstehende Schülerinnen in der Gesprächsrunde nahmen respektvollerweise ihre eigenen Gespräche wieder auf und achteten nicht weiter auf die beiden Flirtenden. „Dann lass uns doch einfach morgen ins Ries fahren", schlug er vor. „Morgen Nachmittag um 15.00 Uhr am Marktbrunnen vor dem Rathaus? Weißt du, wo der liegt?" „Sicherlich, der ist mir bereits aufgefallen." Worte wie ‚Ich freu' mich schon drauf!' waren gänzlich überflüssig in diesen Sekunden. Ihre Augen sagten alles.

Neuland

„Morgen Mama, morgen Papa!", erklang eine fröhliche, gut gelaunte Stimme beim Erscheinen am Frühstückstisch. „Sara!", rief die Mutter total verdutzt über ihr Verhalten, als sie just die frischen Brötchen aus der Küche brachte. „Na, hier hat aber jemand besonders gute Laune, wie man sieht!" Herr Woltershausen, das Gesicht hinter der Tageszeitung versteckt, sagte nichts weiter als ‚Morgen Sara!' „Schatz, hast du denn was Schönes vor am Wochenende?" Sara wurde ein wenig unsicher, ließ es sich aber nicht anmerken. „Ich treffe mich mit ein paar Freunden heute Nachmittag um drei am Marktbrunnen. Wir ziehen ein wenig mit den Rädern umher", log Sara. Das von Amors Pfeil getroffene Mädchen hatte keineswegs die Absicht, etwas von seinem ersten Rendezvous zu erwähnen, das nun bevorstand, zumal die Mutter geradeso tat, als wäre nicht noch vor kurzer Zeit Schlimmes in diesem Hause geschehen. Ihre innere Freude wie auch die Schmetterlinge im Bauch teilte Sara ganz mit sich allein.

Dieses angenehme Kribbeln verstärkte sich zunehmend, als sie am frühen Nachmittag Richtung Innenstadt aufbrach. Nur ein kleines Stück Fahrtweg, als der Marktbrunnen vor dem rotfarbenen historischen Rathaus in Sichtweite kam. Völlig aufgeregt nahm sie diesen in Augenschein, als ihr plötzlich richtig warm ums Herz wurde. Andy stand bereits davor und wartete, herausstechend aus einer Gruppe von mehreren Dutzend Menschen, anscheinend Touristen, die zum Bummeln angereist waren. Er bekam große strahlende Augen, als er sie ankommen sah.

„Hi, hast ja ideales Wetter zum Radfahren mitgebracht", scherzte er. „Regnen tut's vermutlich gerade in Niedersachsen!", entgegnete Sara gut gelaunt. Andy schüttelte grinsend den Kopf nach links und nach rechts. „Okay, stimmt so!" Zur Begrüßung streichelte er sanft ihren linken Oberarm. „Dann zeig mir mal, wo es hier lang geht, Sara." Sie steckte ein Bündel Haare hinters rechte Ohr und zeigte mit einem Nicken die Richtung an.

Auf der Fahrt ins Nördlinger Ries sprachen sie nur wenig miteinander. Meistens schauten sie sich einfach nur lächelnd an, so als wollte keiner von beiden ein Gespräch beginnen, weil man möglicherweise nicht die richtigen Worte fand, die der lieblichen, harmonischen Zweisamkeit würdig wären. So blieben sie lieber schweigsam.

Die meiste Zeit über beobachtete Andy ergriffen, wie der warme Sommerwind verspielt durch ihr halblanges rotbraunes Haar wehte. Ihn überkam mit einem Mal ein unwiderstehlicher Berührungsdrang, eine Art Sehnsucht danach, dieses wunderbare Wesen in Jeans und schickem weißen T-Shirt endlich mal ganz fest in seine Arme zu schließen.

„Wie weit ist es noch deiner Schätzung nach?", unterbrach Andy die Stille. „Wir sind im Prinzip schon da. Das Ries beginnt hier langsam."

Das Land stieg stetig an, während sie eine Zeit lang durch ein Waldgebiet fuhren, um schließlich eine Talsenke zwischen Gebirgszügen vorzufinden, welche eine kilometerweite Fernsicht eröffnete. Etwa 200 Meter entfernt stand eine leere Sitzbank mit idealem Blick auf die Landschaft. „Das nehmen wir mal genauer in Augenschein", meinte Andy mit Verweis auf seine Spiegelreflexkamera, die er eingepackt hatte. Sara schaute ihn an, als wollte sie sagen: ‚Du willst jetzt nicht tatsächlich den ganzen Tag nur fotografieren!'

An der Bank angekommen holte er zunächst seine Kamera heraus und setzte ein Teleobjektiv davor. Saras interessierten Blick begegnete er mit einem freundlichen Lächeln, bevor er zur ersten Aufnahme ansetzte. „Wie ist denn dieses Ries hier entstanden", wollte er wissen. Das Mädchen neben ihm fragte sich ernsthaft, ob sein unerwartet distanziertes Verhalten lediglich das Resultat von Verlegenheit war oder er wirklich nur das Knipsen im Sinn hatte. „Das Nördlinger Ries entstand vor ungefähr 15 Millionen Jahren durch einen Meteoriteneinschlag. Verwitterungen haben dann im Laufe der Zeit die Landschaft fortschreitend geprägt. Ganz präzise kann ich es auch nicht erklären", antwortete sie zögerlich, beinahe genervt.

Der junge Mann schaute sie mit einem schelmischen Grinsen von der Seite an. „Nun ja, es ist natürlich auch schon eine Weile her, als alles hier begann!" Ein verdutzter Blick, dann prustete Sara laut aus vor Lachen, wobei sie ihren Kopf nach hinten warf. „Der Herr neben mir scheint wohl ein richtiger Witzbold zu sein", neckte sie ihn. Andreas legte seine Kamera zur Seite und lehnte sich ebenfalls mit dem Rücken an. „Ich wollte mal ein paar Bilder für Freunde und Verwandte in meiner Heimat machen", entschuldigte er sich. „Ich hab's ihnen versprochen." Sara schloss schmunzelnd für einen kurzen Moment die Augen. Nun wusste sie, weshalb ihr das

Gesicht bekannt vorkam, dass Ende Juli nur für wenige Sekunden aus der Distanz auszumachen war.

„Ach ja, es ist doch herrlich hier, Andy!" Sie neigte sich zu ihm herüber, bis ihr Kopf an seiner Schulter lag. „Finde ich auch", meinte er und legte seinen Arm um sie. Sara rückte noch etwas näher zu ihm. Langsam tastete ihre linke Hand vor und ließ sich zart streichelnd auf seinem Bein nieder. ‚Zeit bleib stehen,' wünschten sich wohl beide in dem Augenblick, wo sich ihre Körper zum ersten Mal aneinanderschmiegten.

Eine ganze Weile saßen sie noch so träumerisch selbstvergessen da und ließen sich von der milden Nachmittagssonne über der schwäbischen Alb anstrahlen. Keine Worte, keine Fragen, nur zwei Herzen, die im Einklang schlugen; vergessen waren Raum und Zeit.

„Komm, lass uns noch ein bisschen weiter ins Tal hineinfahren!", holte Andreas seine Freundin mit leiser Stimme langsam aus ihrem Tagtraum heraus. Sara schaute kurz zu ihm auf und lehnte sich erst mal wieder mit einem glücklich entspannten Schnaufer an seine Schulter zurück. Er wartete geduldig, bis sie schließlich munter genug war, sich von der Sitzbank zu erheben.

Die Fahrt ging weiter mit einem leichten bergab. Der Wind hatte sich nahezu vollständig gelegt, bedauerlicherweise, konnte man sagen. Sie überquerten einen kleinen Bach auf einem sandigen Pfad, der das Weiterkommen im gemäßigten Tempo gewissermaßen erheblich erschwerte. Weit fuhren sie nicht, der Hügel, der beim Ersteigen eine sich lohnende Aussicht versprach, kam gerade recht. Ganz gelassen, Hand in Hand, wanderten sie in aller Gemütsamkeit bis zur Kuppe hinauf.

Oben angekommen wandten sie ihre Gesichter einander zu, nah genug, um den Atem des anderen zu spüren. Saras schüchterne Augen schweiften für einen Augenblick in die Ferne, ehe sie wieder die ihres Schwarmes fanden. Dann beugte Andy sich herunter und küsste sie. Erst ein zartes Berühren ihrer Lippen, danach schlang er fest beide Arme um sie und drückte seine Brust an die ihre. Der Kuss wurde intensiver. Sara überkam eine wohlige Wärme, wobei sie ihn selbst kraftvoll an sich heranzog, als wollte sie förmlich mit ihm verschmelzen. Ihr ganzer Körper zitterte so sehr vor Erregung, dass sie sich beinahe in Andys Zähnen verfangen hätte bei einem Kuss, der vor Intensität tief unter die Haut ging.

Sinnlich berührt, gar atemlos vor Glücksgefühlen, neigte sie den Kopf zur Seite und legte ihn auf seine Schulter. Schweißperlen auf ihren Lippen, was war gerade geschehen? Diese Art von Empfindungen machten kopfscheu, waren gänzlich unbekannt. Dennoch glänzten sie so herrlich schön in einem neuen Licht.

Der Tag zog langsam westwärts, viel zu schnell für zwei Menschen, die sich nichts mehr auf der Welt wünschten, als dass er ewig bliebe. Die Sonne näherte sich bereits den Bergspitzen am Horizont, während eine Dunstglocke gemächlich mit den länger werdenden Schatten weiter ins Tal zog und die Luft staubig wirken ließ. Der Wind nahm wieder zu, brachte die erste Abendkühle mit sich. Sara und Andy lagen noch immer eng umschlungen im Gras, dem Rhythmus ihrer Herzen ergeben. Worte schienen sinnlos zu sein in einer Welt, in der nur ihre tiefsten

Sinneswahrnehmungen jenes auszudrücken vermochten, was wirklich wichtig war. Beide mussten leider begreifen, was sie eigentlich gar nicht begreifen wollten; es wurde langsam Zeit umzukehren. Träge erhoben sich ihre noch immer schläfrig müden Leiber. Ein letzter zarter Kuss, dann gingen sie den Hügel hinab zu ihren Fahrrädern. Ein wenig geschafft, aber in endorphiner Verfassung machten sie sich auf den Heimweg.

Zurück am Marktbrunnen in Bopfingen trennten sich ihre Wege wieder, da Andy mehr oder weniger in der entgegengesetzten Richtung wohnte. Sara hätte schon vorher abbiegen müssen, aber irgendwie zog es beide an den Punkt zurück, wo dieser wundervolle Tag seinen Anfang genommen hatte. Ein liebevoller Abschiedskuss mit den Worten: „Mach's gut, bis nächste Woche", damit endete der wohl bislang schönste Tag ihres jungen Lebens.

Auf dem Heimweg war Sara noch ganz außer sich vor Freude. Ihr schien, die Stadt, durch die sie fuhr wie auch die Menschen, die sie passierte, stellten überhaupt keinen Bezug zur Realität da. Ein Himmel voller Geigenklänge in Moll spielte ein Lied für sie allein. Wohin das verliebte Mädchen auch sah, überall entstand nur Andys Gesicht vor seinen inneren Augen. Viele Menschen warfen Sara verwunderte Blicke zu. Sie schenkte ihnen keine weitere Beachtung. Wozu auch? Die meisten hätten ihre eigene kleine Welt wahrscheinlich auch gar nicht verstanden.

„Andy! Woher die gute Laune?!", rief ihm sein Nachbar entgegen, der in der tief stehenden Abendsonne immer noch damit beschäftigt war, seine Hecke zurechtzuschneiden. Der vor lauter Verliebtheit unachtsame junge Mann zuckte erschrocken zusammen. In jenem Moment wurde ihm erst bewusst, dass er anscheinend die ganze Zeit mit einem verträumten Lächeln den Weg von der Dorfmitte bis zu seiner Wohnung geradelt sein musste. Natürlich gab es einen triftigen Grund dazu. „Soll ich dir was von meiner Laune abgeben, Heinz?", wendete er schlagfertig die Situation. „Kann ich immer gut brauchen, Junge!" Andreas ging ohne weitere Worte zurück in seine vier Wände und ließ sich entspannt auf dem Sofa nieder. ‚Was für ein Tag!' dachte er. ‚Die Erde hätte aufhören dürfen sich zu drehen!' Aber es kamen noch mehr davon, war er der felsenfesten Überzeugung. Was für ein herrliches Gefühl, schwerelos Hand in Hand mit Sara über allen Gipfeln zu schweben!

Oft schon hatte er auf Partys hauteng geschwoft, geküsst, aber alles kein Vergleich zum heutigen Tag. Andy legte Musik auf und glitt weiterhin durch ungetrübte Glückseligkeit. ‚Viel zu süß und verführerisch, geheime Wünsche werden wahr, nur mit dir …' erklang aus den Boxen. Ihm war, als könnte in seiner Wohnung eine Bombe einschlagen, wobei er lediglich fragen würde: ‚Sara, bist du es, die hier so Knall auf Fall erscheint?'

Bestens gelaunt drehte Sara den Haustürschlüssel um und trat ein. Über den feinen Marmorboden lief sie weiter durch eine Glastür, die den Eingangsbereich vom Essensraum trennte und begrüßte ihre Eltern mit einem ‚Hallo, bin zurück!' „War's schön mit deinen Freunden,

Liebes?", fragte ihre Mutter beim Vorbereiten des Abendessens. „Klar doch, Mama!" Sogleich half sie beim Anrichten. Der Vater machte es sich währenddessen vor dem Fernseher bei der Sportschau gemütlich.

Sara konnte sich so viel Mühe geben, wie sie wollte, die innere Freude zu verbergen. Ihre Blicke verrieten doch irgendetwas, woran noch niemand zuvor gedacht hatte. Neben den üblichen Abendbrotgesprächen tauchte alsbald aus Mutters Munde die Frage auf, was denn der Anlass für solch gute Laune wäre. Das Mädchen wurde verlegen. Es schaute seine Mutter einfach nur verdutzt an, spürte dabei ganz genau, dass sie eine Vorahnung hatte. Frau Woltershausen grinste erst ihren Gatten und anschließend wieder Sara an. „Ich glaube, unsere Tochter hat sich verliebt, Albert!", lachte sie freudig in die Runde. „Nun ja, Gisela, mit 16 Jahren ist das ja eine vollkommen normale Sache." Sara erlebte in dem Moment ein Wechselbad der Gefühle. Schwang beim Lachen der Mutter nicht doch subtil ein wenig Spott mit?

„Erfahren wir denn Genaueres, meine liebe Sara?", hakte die häufig verbitterte Frau nun amüsiert nach. Die junge Tochter fühlte sich etwas überfordert, die Reaktionen ihrer Mutter, welche sich mit dem Thema bisher noch nie auseinandersetzen musste, richtig einzuschätzen. Häufig erschien es ihr, als bliebe sie ein Leben lang eine Art Nesthäkchen, jenes kleine Mädchen, das immer ein Teil des ach so glücklichen familiären Zusammenlebens sein sollte.

„Er kommt aus Niedersachsen und macht eine Ausbildung zum Groß- und Außenhandelskaufmann bei ‚Riesweite'." „Ach so", stimmte der Vater mit ein, „dein Freund ist sozusagen ein frischer Mitarbeiter von unserem Herbert Grüner, der sich so sehr für unsere Gemeindeinteressen einsetzt. Interessant!" ‚O Gott, wie klein die Welt doch wieder mal ist. Jeder kennt hier jeden!' dachte sie leise stöhnend. „Und hat er auch einen Namen?", wollte die Frau des Hauses neugierigerweise wissen. „Andreas..., Andreas Debus, ich nenne ihn einfach Andy." „Wie kommt es denn, dass dieser Andy von Niedersachsen bis zu uns reisen musste, um eine Ausbildung zu absolvieren?" „Soweit ich ihn verstanden habe, ist die Wirtschaftslage im Norden nicht so gut wie hier. Dort hat er keine Stelle gefunden." „Ist es wirklich richtig... Hätte er denn nicht besser..."

Sara wäre jetzt doch lieber unsichtbar geworden oder hätte sich am besten gleich in Luft aufgelöst. Die Szene war ihr alles andere als geheuer. Seit geraumer Zeit wurde dem mächtig verunsicherten Mädchen immer wieder seitens der Mutter von gewissen Jungen vorgeschwärmt, Jungs aus ‚gutem Hause', wie dabei jedes Mal herauszuhören war. Wie würde sie denn Andy als Fremden einschätzen? Ihre anfänglich gute Verfassung geriet nun immer weiter aus den Fugen, je mehr die 'AlteDame' zu dem ganzen Thema wissen wollte. Gerade noch auf Wolke sieben geschwebt und so postwendend auf dem Boden der Tatsachen angekommen.

„Ich würde ihn gerne mal kennenlernen, diesen Andy", meinte ihre Mutter, in deren Stimme nun wirklich keine Begeisterung mehr zu vernehmen war. Herr Woltershausen hatte das ganze Gespräch über hauptsächlich nur zugehört. „Das eilt ja nicht Gisela. Sie hat ihn ja vermutlich erst selbst vor wenigen Tagen kennengelernt." Damit hatte sich das Thema erst einmal erledigt.

Aufatmen! ‚Danke, Papa!'

❖❖❖

Genau wie letzte Woche war am Montag für Andy Berufsschule angesagt. Dem Himmel sei Dank im Immanuel-Kant-Gymnasium, das den Menschen zu ihm geführt hatte, um den sich derzeit seine ganze Welt drehte. Einen Wochenanfang mit so viel Freude zu erleben, da konnte eigentlich nichts mehr schiefgehen, sofern auch das Klingelzeichen hinter ihm nichts Böses zu bedeuten hatte. Er rückte noch ein wenig weiter nach rechts, um Platz zu machen. „Hi!", ertönte eine weibliche Stimme neben ihm. „Ach, morgen Anke, so flott unterwegs?", fragte er aus der Verlegenheit heraus und dachte gleichzeitig: ‚Bitte keine Annäherungsversuche, Mädel!' „Die Pflicht ruft wieder, wenn ich dich mal zitieren darf", sagte sie lapidar daher, diesmal mit einem verhaltenen Lächeln. Wenigstens brachte sie mal zur Abwechslung wieder ein Lächeln über ihre Lippen, fiel ihm spontan dazu ein.

Als sie den Hofeingang zum Schulgebäude erreichten, winkte ihm Sara schon freudestrahlend zu. Offensichtlich hatte sie schon auf diesen Augenblick gewartet. Andy erwiderte den Gruß und schaute zu Anke hinüber, die noch immer neben ihm fuhr. Ihr Blick verfinsterte sich mit einem Mal, eine Reaktion, die zu erwarten war.

Andreas stellte sein Fahrrad in den dafür vorgesehenen Ständer, lief direkt auf Sara zu und gab ihr ohne lang zu überlegen einen Kuss, die Arme dabei sanft auf ihren Schulterblättern ruhend. „Morgen Schatz!" Saras verschämter Blick war für Inga und Kathrin nicht zu übersehen. Ihre Gesichtsfarbe nahm zunehmend Gestalt an. Erstaunt sahen sich die Mädels an. „Bist du fit für den heutigen Tag? Soll ich mal gerade die Lateinvokabeln abhören?", flachste er. "Wollen wir mal testen, wer von uns beiden mehr Ahnung hat, mein Lieber!", konterte sie geschickt. "Okay, du hast gewonnen. So, ich geh jetzt mal nach oben in den Klassenraum. Bis später!" Ein Abschiedskuss auf die Wange, danach verschwand er im Schulgebäude.

Kurz darauf gingen auch Sara und ihre Freundinnen ins Klassenzimmer. Inga hockte sich sogleich auf die gegenüberliegende Schulbank und eröffnete das Feuerwerk aller Fragen, die das brandneue Thema ‚Sara und Freund' betrafen. "Sieht gut aus, dein Macker! Habt ihr euch hier kennengelernt? Wo arbeitet er? Woher kommt der Typ…?
‚Macker, Typ, "Danke", Inga, sehr feinfühlige Beschreibung für meinen Freund,' dachte sie zwischen den Zeilen lesend während des Gespräches. Im Vergleich zu Kathrin, die sich etwas zurückhielt, hatte Inga bereits einige Erfahrungen mit Jungen gesammelt. Endlich konnte auch mal Sara etwas in dieser Sache beitragen, war sie anscheinend der Auffassung. Als ihre Englischlehrerin durch die Tür kam, fühlte sich Sara, der die Fragerei in der jetzigen Phase etwas zu weit ging, sichtlich erleichtert.

Es war Mittwochabend gegen halb sieben, als der lang ersehnte Klingelton erscholl. Hitzig öffnete Andy die Wohnungstür und fand vor, was er vorzufinden erhofft hatte, als eine junge Dame in knalliger Jeans, welche ihre Figur auf sexy Art und Weise betonte, im Treppenhaus erschien. Sie war nicht so schlank wie ein Model, eher normalgewichtig mit altersgemäß gut entwickeltem Busen. Ihre haselnussbraunen Augen glänzten hell vor Verliebtheit. „Komm rein!" Sie trat ohne Worte ein, nur mit einem entzückenden Lächeln, wie es schon so oft in den letzten Tagen auf ihrem süßen Antlitz stand.

Andy schloss die Tür und nahm sie fest in die Arme. Ein wilder, intensiver Kuss folgte. „Ach Sara, wie sehr hat mir das gefehlt!" Sara zog ihn ganz eng an sich. „Mir auch, Liebster!" Ohne viel zu fragen, setzten sie sich erst mal auf das Sofa vor dem Fernseher, das in dem Ambiente der kleinen Wohnung eine Art Wohnzimmerbereich darstellte, um dort weiterzuschmusen. „Wie war eigentlich der Geburtstag deines Onkels am Sonntag?", wollte Andreas einfach mal wissen. „Sagen wir's mal so: Meine Cousine Esther aus Heidelberg, die ich vielleicht drei, wenn's hoch kommt, vier mal im Jahr sehe, befand sich auch unter den Gästen. Wir verstehen uns von klein auf super." „Dann kann es ja auch nicht so langweilig gewesen sein", warf er ein. „War es auch nicht, nur das mir meine Mutter mit ihrer ständigen Fragerei, ‚Möchtest du denn nicht noch etwas essen, mein Schatz, ein Würstchen vielleicht?', irgendwann mal gewaltig auf die Nerven gefallen ist. Am liebsten hätte ich geantwortet, sie solle sich ihr Würstchen oder was auch immer an den Hut stecken!" Sara staunte selbst nicht schlecht, dass sie nun darüber lachen konnte.

„Hmm!", grinste Andy amüsiert. „Davon hätte ich gerne ein Foto gesehen." Bei dem Gedanken, wie ihre Mutter mit einem altmodischen Damenhut aussehen würde, an dem eine Bratwurst klebte, konnte sie sogar herzhaft kichern.

Sekunden später flachte das Gelächter der beiden abrupt ab. Wie bei einem Szenenwechsel im Film stand mit einem Mal ein ungeahntes Verlangen in ihren Augen. Der Atem wurde heftiger, die Intervalle kürzer. Die Lippen berührten einander, Zungen verschmolzen, wild, unbändig, die Hände fuhren Karussell auf ihren Rücken. Unwissend, was nun geschehen sollte, standen sie vom Sofa auf und warfen sich unmittelbar danach auf das französische Bett, welches Gott sei Dank etwas mehr Platz bot als ein Einzelbett. Andy legte sich auf seine Freundin. Heftige Erregung machte sich in Saras Unterleib breit, als er ihre Brüste über dem T-Shirt berührte. Auch sie schien stärker in Wallung zu geraten. Fieberhaft atmend warf sie ihren Kopf mehrmals von links nach rechts. Eine leidenschaftliche Küsserei entwickelte sich. Andys Hände fanden den Weg unter Saras Hemd, spürten diese unwiderstehliche heiße Haut beim Vortasten zu den erotischen Hügeln ihrer Weiblichkeit, bis zwei vor Aufregung glühende Augen ihn mahnten nicht weiter zu gehen. Sein Verstand begriff sofort, vorsichtig wanderten die noch zittrigen Hände zurück und umspannten ihre Schultern. Der Sturm ließ nach, die Küsse wurden sanfter ohne jedoch die innige Zuneigung vermissen zu lassen. Langsam beruhigten sich ihre erhitzten, schwitzenden Körper wieder. Andy fiel auf den Rücken, Sara legte ihren Kopf auf seine Brust. Er hielt sie fest in seinen Armen, während ihr träge werdender Atem beide in einen seelenruhigen Schlaf hinübergleiten ließ...

Die Mittagshitze trieb Sara Schweißperlen auf die Stirn, als sie in der Ferne die imposanten, apricotfarbenen Dünen der Namib-Wüste bestaunte, die sich im blendend hellen Sonnenschein glasklar in starkem Kontrast von einem endlos erscheinenden tiefblauen Himmel hervorhoben. Andy berührte mit seiner Wange zärtlich die ihre und sah in die gleiche Richtung. Ein trockener warmer Wind wehte leicht durch ihr Haar in der ansonsten schweigenden Landschaft. Sie legte ihren Arm um ihn und ließ sich einfach treiben am Wendekreis des Lebens...

Sara schreckte plötzlich auf und suchte eilig nach Licht in der dunklen Kammer. Andy, der ebenfalls in einen entspannten Schlaf gefallen war, hob orientierungslos den Kopf und musste erst mal realisieren, dass sie sich beide für Stunden vom Lauf der Welt verabschiedet hatten. Das Licht ging an und Sara stellte mit bangem Gefühl fest, dass die Weckuhr neben seinem Bett kurz nach neun anzeigte. „O je!" Sie wurde hibbelig. „Ich sollte spätestens um neun Uhr wieder zu Hause sein!" Langsam, noch etwas schlaftrunken, erhob sich Andreas von der Matratze. „Ist es wirklich schon so spät?", fragte er völlig perplex. „Wie du selbst erkennst, ist es längst dunkel geworden." „Kein Problem, mein Liebes, ich begleite dich selbstverständlich noch ein Stück", versuchte er sie zu beruhigen.

Aus dem ‚Stück' wurde schließlich die ganze Heimfahrt bis vor ihre Haustür, die sie bei flottem Tempo in einer knappen Viertelstunde erreichten. Die Zeit für eine Umarmung und einen liebevollen Abschiedskuss, den ihre Mutter vom Küchenfenster aus beobachtete, musste noch sein.

Kaum hatte sie den Schlüssel herumgedreht und erschien im Flur, wurde ihr von der Dame des Hauses schon ein Empfang bereitet. „Hatten wir nicht neun Uhr gesagt?", kam die grämige Frage an Sara gerichtet. „Ach Mutter, bitte, ich bin kein kleines Kind mehr!", verteidigte sie sich." „Aber du bist auch noch nicht erwachsen und musst außerdem morgen früh wieder zur Schule, mein Fräulein!" „Es tut mir leid, Mama." Sie setzte eine bemitleidenswerte Miene auf. „Wir haben versehentlich die Zeit verschlafen, aber so spät ist es doch auch wieder nicht." „So, so, darf ich das mit dem ‚Verschlafen' vielleicht wörtlich nehmen?", brachte die Mutter mit einer Mischung aus Sarkasmus und Ernsthaftigkeit hervor. „Nein, darfst du nicht!", erwiderte Sara, die nun ziemlich aufgebracht war.

Stampfend vor Frust ging sie die Treppe hoch auf ihr Zimmer und knallte die Tür. „Hier wird man wie ein Kleinkind behandelt!", schrie sie lauthals vor sich hin, wobei vier Wände schweigend antworteten. Kurz darauf ging die Diskussion unten im Wohnzimmer weiter. Nun sollte ihr Vater Stellung beziehen. Den Stimmen nach zu urteilen gab der weibliche Teil der Regierung eindeutig den Ton an. Bruchstückhaft waren Worte zu verstehen wie z. B. ‚Herbert', womit höchstwahrscheinlich Andys Boss von ‚Riesweite' gemeint war. ‚Frag ihn doch mal!' „Das kann ich nicht machen, Gisela!", wurde nun Vaters Stimme deutlich hörbar. Sara wurde schwach, traute ihren eigenen Ohren nicht. Hatte Mutter tatsächlich den Vorschlag unterbreitet, Vater solle sich bei ‚Riesweite' nach ihrem Freund erkundigen? Das konnte nicht wahr sein! Sie war außer sich, kochte vor Wut. Am liebsten wäre sie jetzt ins Wohnzimmer gerannt und hätte lauthals protestiert. Besorgt sein in allen Ehren, aber das würde eindeutig zu weit gehen.

Wut wandelte sich in Traurigkeit, Tränen liefen über ihre Wangen. Wie konnte die Mutter der eigenen Tochter so etwas antun, sich nach allem, was geschehen war, auch noch zwischen ihre Tochter und Andreas stellen? Was zum Teufel hatte sie denn bloß gegen das eigene Kind? Warum hasste diese Frau ihr eigen Fleisch und Blut?

Am nächsten Morgen sprachen sie nicht viel miteinander. Dafür war Sara noch viel zu zornig, wie ihr auch klar und deutlich anzusehen war. Sie verließ frühzeitig das Haus und fuhr deprimiert zur Schule. Der einsetzende Regen passte optimal zu ihrer Stimmungslage. Erst im siebten Himmel geschwebt und dann aus allen Wolken gefallen! Welcher Mensch konnte solch ein Wechselbad der Gefühle aushalten?

Ihren Freundinnen fiel die krasse Veränderung sofort auf. „He, was ist los? Du ziehst ein Gesicht wie sieben Tage Regenwetter", sagte Inga spöttisch. Sara jedoch gab es die Möglichkeit, ihrem Kummer ein wenig Luft zu verschaffen. Freunde, die verstehen, waren so unwahrscheinlich wichtig, obgleich ihr bei Inga allmählich Zweifel aufkamen. Ihre Freundin stand zurzeit nicht in einer Beziehung. Machte sich deshalb vielleicht Eifersucht breit? Kathrin und Elke hingegen konnten ein wenig feinfühliger mit dem Problem umgehen.

Zu guter Letzt gaben alle drei Mädels Sara den guten Rat, die Probleme im elterlichen Haus unbedingt auszuräumen. Sie nahm es sich fest vor, wissend, dass sie im Fall der Fälle immer auf Kathrins Familie zählen konnte. Diese Erkenntnis sollte ihr Mut geben.

Der Regen wurde stärker. Die vielen Pfützen auf dem Asphalt deuteten darauf hin, dass es in der Nacht wohl bereits einen Wolkenbruch gegeben haben musste. Andreas beeilte sich so gut wie möglich, ohne einen Sturz wegen der nassen Straßenverhältnisse zu riskieren. Gerade hatte er die Auffahrt zum Fahrradständer erreicht, als Anke in Sichtweite kam. Ein paar Minuten Zeit verblieben noch bis zum Arbeitsbeginn. Da seine Azubi-Kollegin ihm bis auf wenige Ausnahmen seit einigen Tagen aus dem Weg ging, sah er es an der Zeit, einige Dinge einfach mal klarzustellen. Er empfing sie in der Tür stehend. „Morgen Anke, halbwegs trocken übergekommen?", begann er dezent das Gespräch. Es kam keine Antwort, lediglich ein mürrischer Blick. „Du Anke, ich kann verstehen, dass du auf mich im Moment nicht so gut zu sprechen bist. Ich würde dennoch gerne mal mit dir in Ruhe über gewisse Sachen reden." Anke zog ein Gesicht, das offenbar Gleichgültigkeit ausdrücken sollte. „Was soll es denn deiner Meinung nach zu bereden geben?", fragte sie rein rhetorisch und schob sich an ihm vorbei. „Können wir nicht mal in Ruhe irgendwo miteinander reden?", rief er in gedämpfter Lautstärke hinter ihr her. Genervt blieb Anke auf dem Treppenabsatz stehen, wobei es nun so aussah, als würde sie jeden Moment in Tränen ausbrechen. „Weißt du was, Andy, du bist mir keine Rechenschaft schuldig. Popp doch mit der naiven Tussi rum, wie du willst, aber lass mich in Frieden!" Frustriert lief sie weiter. Oben angekommen gab es einen lauten Rums, so als ob die Glastür, mit ordentlich Schwung aufgerissen, heftig gegen den Türstopper knallte.

Andreas schüttelte sprachlos den Kopf, woraufhin auch er in Richtung Bürozimmer marschierte. Er bekam noch so eben mit, wie die ziemlich geladene Azubine wortlos an Claudia, einer behinderten Mitarbeiterin, vorbeiging und dabei noch deren Schulter berührte, sodass die Akten auf ihrem Arm zu Boden purzelten. Kein Umdrehen, keine Entschuldigung, sie latschte stur geradeaus weiter auf ihr Bürozimmer zu. Verblüfft sah Claudia Andy an, der sogleich zur Stelle war, um ihr beim Aufheben behilflich zu sein. Die junge Frau von Anfang 20 lächelte ihn aufs Höchste verunsichert an. Ein leises ‚Dankeschön' kam über ihre Lippen. „Keine Ursache, und nimm es nicht persönlich bei Anke."

Andy, der dieses Verhalten absolut daneben fand, sah sich irgendwie gezwungen, mit dieser zickigen Person mal ein ernstes Wort zu reden. ‚Vielleicht nach Ende des Arbeitstages,' dachte er, bemüht, das Thema erst mal bis zum Nachmittag auszublenden.

Das Abendessen duftete schon vor der Haustür, als Sara vom Lernen mit Kathrin und Elke heimkam. Es gab Spätzle, eine Spezialität aus Schwaben. Ihre Mutter besaß trotz aller Kritiken in dem Fall wirklich das Talent, der Familie damit einen Gaumenschmaus zu bereiten.

„Und – habt ihr Mädels fleißig geübt?", fragte die Dame des Hauses nach dem Dinner auf eine Art, die den Eindruck hinterließ, man wollte prüfen, ob auch tatsächlich ein Lernnachmittag stattgefunden hatte. Die Tochter, noch knatschig vom vergangenen Abend, sah nun die große Chance auf eine Revanche gekommen. „Ja Mutter", fing sie an, „und wir waren auch nur unter Mädels, falls du es genau wissen willst", grinste sie ironischerweise. „Also Sara!" Wiederum stand der ‚Alten Dame' der Zorn im Gesicht geschrieben. „Kannst du nicht verstehen, dass wir uns Sorgen machen, wenn du spätabends noch bei einem fremden Mann bist, den wir noch nicht mal kennen!" „Mutter, zu deiner Information, dieser ‚fremde Mann' ist mein Freund!", gab Sara garstig zurück.

„Also meine lieben Leute, lasst uns doch bitte vernünftig in gesitteter Lautstärke miteinander reden", versuchte der Vater die beiden Streithähne zu besänftigen. „Du nimmst sie aber auch immer in Schutz, Albert!", beschwerte sich seine Gattin. „Ich nehme niemanden in Schutz, ich möchte lediglich, dass wir als Familie Konflikte anständig austragen und zwar ohne Streit", verteidigte Herr Woltershausen seinen Standpunkt. „Ich finde, das Fräulein ist in letzter Zeit ziemlich aufmüpfig!", wetterte die Mutter weiterführend. „Sehr freundlich ausgedrückt, ehrlich!", moserte Sara.

„Gisela, du hast Saras Freund doch gestern Abend durch das Küchenfenster beobachtet. Welchen Eindruck hat er denn auf dich gemacht?" „Dazu kann ich nichts sagen", kam die schnippische Antwort. „Ich schlage vor, wir sollten jetzt nicht in Panik verfallen. Unsere Sara hat mit Sicherheit einen guten Geschmack. Warten wir doch einfach ab, bis wir ihn mal kennengelernt haben." Mutter und Tochter hörten besonnen zu. „Wie schon gesagt, es eilt nicht, aber wenn er Zeit und Lust hat, nächsten Sonntag, also in 10 Tagen, zu Kaffee und Kuchen zu erscheinen, würde ich mich freuen." Er legte den Arm um die Schultern seiner Tochter: „Ich muss ehrlich gesagt zugeben, dass auch ich etwas neugierig bin." Ein erleichterndes Lächeln zeichnete sich auf ihren Lippen ab. „Ich werde ihn gleich morgen in der Schule fragen. Ab dem kommenden Sonntag spielt er zwar vormittags immer Fußball, aber wenn er am Nachmittag Zeit hat, wird er bestimmt auch kommen", war sie sich sicher. „Wie alt ist denn dein Andy, wenn ich fragen darf?" „Er ist 19!" „Ist er nicht ein bisschen zu alt für dich?", klinkte sich die Dame des Hauses in das Gespräch ein. „Gisela, eines Mädchens Verehrer ist oftmals etwas älter als seine Angebetete", übte sich der Vater in Poesie.

„Danke, Papa!" Mit einem Kuss auf seine Wange verließ sie ungeachtet der griesgrämigen Mutter den Essbereich und stolzierte gut gelaunt in ihre Kammer zurück.

Das Archiv der Firma Riesweite wirkte dunkel, zusammen mit der Stille in diesem Raum beinahe schon unheimlich. Claudia machte es mittlerweile nichts mehr aus, hatte sie sich doch längst an die bedrückende Ausstrahlung jener Stube gewöhnt, in dem sie in Stoßzeiten schon ganze Tage verbracht hatte, ohne während der Dienstzeit mal andere Büros zu sehen.

Anke stand ungeduldig vor ihrem Schreibtisch, nachdem sie um Herausgabe einer alten Akte gebeten hatte. Die Tatsache, dass Andy dort ebenfalls gerade anwesend war, stimmte sie keineswegs besser. „He komm, mach hin, ich habe auch noch andere Sachen zu erledigen!", bedrängte sie Claudia, die sich augenblicklich unter Druck gesetzt fühlte. „M.M.Moment bitte, gleich m.müsste das Geschäftszeichen hier im B.Buch auftauchen", fing sie vor Unsicherheit an zu stottern. „Das wird auch langsam mal Zeit!", pampte die Auszubildende sie an.

„Sag mal Anke, kannst du dich vielleicht mal ein klein wenig mehr in Geduld üben?" Andreas sah nun die passende Gelegenheit, seine ungeliebte Verehrerin endlich mal ins Gebet zu nehmen. Diese drehte ihm weiter den Rücken zu, als wäre er gar nicht vorhanden. „Frau Sievers, Sie sind gemeint!", betonte er nun mit Nachdruck auf etwas sarkastische Weise. Diesmal schaute sie ihn an, wenn auch grimmig. „Sag mal, was mischst du dich hier eigentlich ein!" Der Aktenordner in seiner Hand knallte auf den Tisch weiter hinten im Raum. „Wenn du mit mir ein Problem hast, dann lass gefälligst deine miese Laune nicht an Claudia aus!", herrschte Andy sie an. „Ich und ein Problem mit dir, dass ich nicht lache!", kam in überheblicher Manier zurück. „Genau dieses Lachen scheint dir in letzter Zeit abhandengekommen zu sein, und tu jetzt nicht so, als ob wir beide den Grund dafür nicht kennen."

Sie schwieg, wartete, bis Claudia die angeforderten Unterlagen herausgesucht hatte und schwirrte sprichwörtlich auf dem Absatz umdrehend davon. Die Registratorin schaute ihn zum wiederholten Male bemitleidenswert an. Der junge Kollege wusste nicht, was er weiterhin sagen sollte, nahm einfach seinen gefundenen Aktenordner und verließ mit einem freundlichen ‚Bis später' das Archiv.

Arm in Arm stand das junge Liebespaar auf dem Balkon und betrachtete die Sonne auf ihrem Weg zum Horizont, deren rötliche Strahlung an dem kühlen Septemberabend keinen Zweifel daran erkennen ließ, dass der Sommer zur Neige gegangen war. Ebenso ließ das Leben in den Gärten rings um sie herum zunehmend nach. Sara schob sich näher an Andy heran und streckte ihm ihren schmachtenden Kussmund entgegen. Ihre Lippen berührten sich. „Ach Andy!", stöhnte Sara leidenschaftlich. „Ich liebe dich!" „Ich dich auch, mein Schatz!" Fest schloss er seine Arme um sie. „Sag mal, irgendetwas bedrückt dich doch", überkam ihn das Gefühl. „Ich weiß ehrlich gesagt nicht, ob es richtig für dich ist, meine Eltern jetzt schon kennenzulernen." Andys Freundin bekam eine Gänsehaut.

Sie gingen zurück in die Wohnung und machten es sich auf dem Sofa bequem. „Ich denke mal, es ist in jedem Fall in Ordnung, wenn wir uns am kommenden Sonntag bei euch zum Kaffeetrinken treffen." „Meinst du wirklich?" Sara wirkte skeptisch. „Nur Mut, Liebling, du weißt doch, wie überzeugend ich sein kann!", sagte er scherzhaft, klang jedoch gleichzeitig auch selbstbewusst. Saras bezauberndes Lachen kehrte zurück. „Siehst du, was habe ich gesagt", foppte er. „O ha, hier ist aber jemand sehr von sich überzeugt!", ulkte sie. Ihr Freund stützte die Hände in seine Hüften. „Ich glaube fast, hier will mich jemand veräppeln." „Klug erkannt, Junge!", neckte sie ihn nach wie vor. Ein breites Grinsen stand in seinem Gesicht, als er seine Hände spielerisch nach ihr ausstreckte. „Jetzt pack' ich mir meine kleine Sara mal so richtig!" Im ersten Augenblick zuckte Sara mit gequältem Blick ängstlich zusammen. Andreas ließ sofort von ihr ab. „Was ist passiert, Schatz? Es war doch nur Scherzerei", sagte er total verblüfft. Das verschreckte Mädchen seufzte leise und lehnte sich an ihn. „Tut mir leid." „Was tut dir leid, Sara? Ich verstehe nicht ganz."

Ein leises Winseln erklang, das nun immer mehr zu einem echten Weinen anschwoll. Andreas kuschelte sie sanft ein, während er geduldig darauf wartete, was sie ihm möglicherweise noch zu erzählen hatte. Er spürte ganz genau, dass sein Verhalten nicht der Auslöser für Saras ungewöhnliche Reaktion war.

Das Flennen ebbte ab, leise schniefend zog sie ein paarmal ihre Nase hoch und begann sich zu öffnen. „Gestern vor zwei Wochen war ein schreckliches Erlebnis für mich, verstehst du?" „Na klar, du kannst mir ruhig alles erzählen, Liebes. Vertrau mir bitte." Sara berichtete ziemlich ausführlich, angefangen bei dem Theater mit der neuen Jeans bis zu dem Punkt, an dem Frau Franke beschlossen hatte, sie in Kathrins Zimmer übernachten zu lassen. Andy blickte entgeistert drein, während er ohne zu unterbrechen zuhörte. Die Dämmerung war bereits hereingebrochen und tauchte das Zimmer ins Halbdunkel. Die Wärme ihrer eng umschlungenen Körper gab vor allen Dingen Sara in diesen Momenten die Liebe und Geborgenheit, die sie nun brauchte, um das Trauma mit ihrer Mutter zu verarbeiten. „Komm Sara, du hast trotz aller Umstände schon eine Menge erreicht, und du hast Menschen um dich herum, die dir helfen, wenn du nicht weiterweißt. Und vor allen Dingen: Du hast mich!" Er beugte sich ein wenig nach hinten, um in ihr Gesicht zu schauen. Die Erleichterung, in seiner Gegenwart ihr Herz ausgeschüttet zu haben, war seiner Freundin deutlich anzusehen. Einigermaßen entspannt legten sie sich im Schlafzimmer ein wenig zur Ruhe, diesmal mit der Zeit im Hinterkopf. Andys zärtliche Streicheleien sorgten wiederum für eine Gänsehaut, und sie waren so wohltuend.

„Meintest du das mit dem ‚Du hast mich' vorhin tatsächlich ernst, Andy?" „Darauf kannst du dich felsenfest verlassen, meine Liebe. Ich stehe auf alle Fälle hinter dir, egal was passiert."

Bei Familie Woltershausen

Der Schiedsrichter eröffnete per Anpfiff die Partie. Andy stand als Rechtsaußen auf seinem Posten und lief sofort in die gegnerische Feldhälfte, um sich für einen Querpass anzubieten. Dieser kam auch ziemlich direkt. Elegant nahm er den Ball an, lief ein paar Schritte an der Rechtsaußenlinie entlang, bis er das Leder an einen günstig stehenden Mitspieler weiterreichte. Sara stand rechts neben der kleinen überdachten Zuschauertribüne direkt neben der Sporthalle im Halbschatten einer großen Buche, die sich imposant ausbreitete. Er hatte ihr zwar kurz vor Spielbeginn noch zugewunken, aber nichtsdestotrotz musste er sich nun voll und ganz auf das Spiel konzentrieren.

Es fing gut an für den SV Bopfingen. Bereits nach wenigen Minuten gab Andreas die entscheidende Vorlage, die zum 1:0 für seinen Verein führte. Saras niedliches Lächeln hinterm Spielfeldrand drückte eine sehr individuelle Form der Begeisterung aus.

Danach ließ die Stärke seiner Mannschaft Stück für Stück nach, sodass der Gegner aus Tannhausen immer mehr Oberwasser bekam. Noch vor der Halbzeitpause schafften die Kontrahenten den Ausgleich.

In der zweiten Spielhälfte beschränkten sich die Bopfinger fast ausschließlich auf das Verteidigen in der Nähe des eigenen Strafraums. Auch Andy fing langsam an zu schwimmen. Die anderen spielten ihn und seine Mannschaftskameraden langsam regelrecht schwindelig. Er selbst konnte es nicht fassen. ‚Wieso kippt die Partie immer mehr zu Gunsten des Gegners?' dachte er schwer atmend, während er gemächlich den Ball hinter der Seitenauslinie aufnahm und zum Mitspieler einwarf.

Doch plötzlich war die Gelegenheit zum Kontern da. Andy bekam den Ball zurückgespielt, zögerte ein kleines bisschen, um im Anschluss den heranstürmenden Gegenspieler mit einem geschickten Haken auszutricksen. Nun war der Weg zum Tor des VfL Tannhausen frei, jedoch noch ziemlich lang. Er sprintete nach vorne, lief so schnell er konnte über die Mittellinie hinweg, wobei er immer weiter nach innen zog. Ein Verteidiger kam von der Seite herbeigerannt, schnitt ihm den Weg ab. Nur noch wenige Meter waren bis zur Strafraumgrenze zu überwinden. Der Gegenspieler drängte ihn wieder etwas nach außen. In Sekundenschnelle musste er sich entscheiden, ob er diesen auszuspielen versuchte, um dann mit seinem schwächeren linken Fuß abzuziehen oder besser direkt schießen sollte. Er entschied sich zu Letzterem und zog ab, bevor der von links herankommende Gegner den Angriff abwehren konnte. Der Ball flatterte mit einem leichten Rechtsbogen auf den oberen Torwinkel zu. Der Torwart reckte sich mit aller Kraft und ausgestrecktem Arm nach der Kugel, hatte dabei Glück, das diese nur leicht an den Aluminiumpfosten klopfend ins Toraus flog. An diesen Ball wäre er niemals herangekommen. Ein Rumoren auf den Zuschauerrängen drang in Andys Ohren, der selbst enttäuscht den Kopf nach oben warf.

Das Spiel ging in die Schlussphase, jeden Augenblick musste aus Sicht des SV Bopfingen der erlösende Pfiff des Unparteiischen erfolgen. Die Beine wurden schwerer, die Atemzüge heftiger, während Andreas und seine Spielkameraden die reinste Abwehrschlacht darboten, um wenigstens das Unentschieden über die Zeit zu retten. Ein hoher Ball kam auf ihn zu, als er den Atem des zu deckenden Stürmers wortwörtlich im Nacken spürte. Im richtigen Moment sprang er hoch in der Absicht, die Kopfballchance für seinen Gegenspieler zu vereiteln. Unglücklicherweise streifte das runde Leder seine Stirn so an der Seite, dass es dabei seine Flugbahn leicht in Richtung Tor änderte und zum eigenen Entsetzen sowie dem seiner Mannschaft unhaltbar in dem vom Torhüter aus betrachtet rechten oberen Toreck einschlug. Ein Ball, der ohne sein Zutun das Ziel verfehlt hätte! Sekunden später erfolgte der Schlusspfiff. Andy mied die Blicke seiner Mitspieler, schaute lieber nur auf den Rasen und schüttelte ungläubig seinen Kopf.

Sara, die alles genaustens beobachtet hatte, kam auf ihn zu, um Trost zu spenden, indem sie den Geschlagenen liebevoll umarmte. „Kopf hoch, Liebster, du warst trotzdem gut!" Andy starrte zunächst wortlos drein, schaute sie nur bruchstückhaft an. „Danke Schatz, ich muss jetzt in die Kabine, bis gleich." Schwermütig trottete er von dannen.

Im Umkleideraum war man bereits heftig darüber am Diskutieren, was besser hätte laufen müssen. Andy setzte sich teilnahmslos auf einen freien Platz. „Du müsstest dir eigentlich das Bier selbst mitbringen", meinte Werner, wobei Ernst oder Spaß in dieser Aussage nicht ganz deutlich herauszuhören war. „Alles gut, ich verzichte freiwillig", kam aus bescheidenem Munde. Kurt ging lachend ein paar Schritte nach vorne, nahm zwei Flaschen, wovon er Andy eine vor die Nase hielt. „Komm her, Alter", sagte er auf seine typisch lässige Art und Weise. „Scheiß was drauf, so was kann jedem mal passieren." Andreas verweigerte. „Nein, wirklich nicht, ich bin heute Nachmittag noch bei Saras Eltern zu Gast. Eine Bierfahne kommt da garantiert nicht unbedingt gut an und passt wahrscheinlich auch nicht so recht zu Kaffee und Kuchen", fügte er noch hinzu.

„Hauptsache, du triffst bei deiner Perle wenigstens ins richtige Loch!", lautete der Kommentar des Mannschaftskapitäns. Allgemeines Gelächter kam auf, man trug die Pleite doch mehr oder weniger mit Fassung. Nun kehrte die Freude auch in Andys Gesicht zurück. „Man muss auch verlieren können im Leben", warf er lapidar mit einer nach unten führenden Handbewegung ein. „Na super, Philosophen und Fußballromantiker, die haben mir gerade noch im Team gefehlt", sagte Werner grinsend. „Klar doch, deshalb ist er ja jetzt auch bei uns." Kurt verlor anscheinend niemals seinen Humor.

Pünktlich um 15 Uhr stand Andy frisch geduscht mit gescheitelten Haaren bei Familie Woltershausen auf der Matte. Ordentlich in Schale geworfen hielt er Schnittblumen in der Hand. Diese überreichte er der Frau des Hauses mit einem freundlichen „Guten Tag, Andreas Debus, mein Name!" Sara musste sich bei der Begrüßung mit einer knappen Umarmung und einem Kuss auf die rechte Wange zufriedengeben. „Guten Tag, junger Mann! Setzen Sie sich doch noch ein wenig ins Wohnzimmer, ich bin noch nicht ganz fertig mit dem Eindecken." Der Empfang war wie erwartet etwas kühl, konnte ihn jedoch nicht aus der Ruhe bringen.

Herr Woltershausen kam ihm derweil ein paar Schritte entgegen und begrüßte ihn mit einem festen Händedruck. „Treten Sie ruhig ein und setzen Sie sich." Über den in der ganzen unteren Etage vorhandenen weißen Marmorboden schritt Andy durch eine Glastür ins Wohnzimmer. Die dunkelbraunen, für seinen Geschmack viel zu spießigen Möbel raubten seiner Ansicht dem Raum viel zu viel Licht. Anderenfalls hätte man die Gemälde von Landschaften noch detaillierter erkennen können.

„Wenn ich richtig informiert bin, sind Sie der neue Auszubildende meines langjährigen Freundes Herbert Grüner, interessant!" Saras Vater schien ihm gegenüber im Vergleich zur Mutter aufgeschlossener zu sein. „Hm, der Name hört sich ganz nach meinem Chef an." Beide mussten gleichzeitig lachen angesichts seines Humors. Während sie sich weiter unterhielten, half Sara beim Auftischen. Die Mutter legte zumindest am Wochenende Wert auf ihre Hilfe bei der Hausarbeit.

Das Mädchen versuchte dabei ständig, mit halbem Ohr wenigstens Teile des Gespräches im Wohnzimmer mitzubekommen. Alles, was es jedoch vernehmen konnte, war die Tatsache, dass die beiden völlig ungezwungen, geradezu locker miteinander sprachen. Frau Woltershausen hingegen wirkte am Tisch schon etwas unangenehmer mit ihrer Fragerei. „Was hat Sie denn so weit nach Süden verschlagen, wenn ich mal fragen darf, Herr Debus?" Diese Frage kam Sara irgendwie bekannt vor. Mutter wollte anscheinend alles Wissenswerte nochmals aus erster Hand hören.

„Die Arbeit! Bei uns in Niedersachsen ist die Wirtschaftslage nicht so berauschend. Nach meinem Schulabschluss musste ich ein ganzes Jahr warten, bis ich eine

Lehrstelle im kaufmännischen Bereich gefunden habe." „Konnten Sie sich denn in der Zwischenzeit irgendwie beschäftigen?" „Zum Glück konnte ich ein dreimonatiges Praktikum in einem Handelsbetrieb machen. Danach habe ich an einer Fortbildungsmaßnahme vom Arbeitsamt aus teilgenommen, übergangsweise bei einem Kunststoffhersteller gejobbt und nebenbei noch den Autoführerschein gemacht. So war ich dann gut ausgelastet", erklärte er. „Ach übrigens, Sie können mich auch Andreas oder einfach Andy nennen."

Die Resonanz zu seinem Namensvorschlag fiel unglücklicherweise recht negativ aus, wie auch Sara bemerkte. Insgesamt konnte man der Unterhaltung in Anwesenheit ihrer Mutter wenig Fruchtbares abgewinnen. „Mögen Sie Musik, Andy?" Frau Woltershausen betonte ‚Andy' dabei auf eine Art, als würde sie lieber weiterhin ‚Herr Debus' zu ihm sagen. „Doch, gerne!" „Auch Klassik?" „Weniger, Frau Woltershausen, hauptsächlich Sachen aus dem Bereich Rock & Pop." Die Frau hätte wohl lieber eine andere Antwort gehört, dachte er so bei sich. „Genau wie unsere Sara", schaltete sich auf einmal der Vater ein, der schon länger der Unterhaltung – sowie man den Herrn kannte – lediglich als Zuhörer beigewohnt hatte. „Andy und ich haben viele Gemeinsamkeiten bei unserem Musikgeschmack", bekräftigte Sara, während sie dabei an Hits der ‚Münchener Freiheit' oder an die harmonisch klingenden Steel-Guitars der ‚Eagles' dachte. Klassische Musik war in vielen Fällen zu langatmig, zu steif. Ihre Eltern hörten ja nichts anderes, höchstens noch Opernarien, die Sara meistens noch weniger gefielen. Lieder zum Wegkuscheln wären jetzt ideal. Sehnsüchtig schaute sie Andy an, dann fiel ihr Blick in Richtung Treppe.

Nachdem Kaffee und Kuchen verzehrt waren, stand allgemein die Frage im Raum, wie dieser Tag enden soll. Unbedacht gegenüber irgendwelchen Unannehmlichkeiten lächelte Sara ihren Freund liebevoll an und sprach frei heraus: „Komm Schatz, lass uns mal auf mein Zimmer gehen!" Andreas musste zugeben, dass ihm in den letzten Minuten ununterbrochen das Gleiche vorschwebte. „Jetzt bin ich mal neugierig", versuchte er sachlich zu bleiben. Mit Blick auf Saras Eltern standen beide gleichzeitig auf, in der Absicht sich zu entfernen. Dass keinerlei Widerspruch kam, werteten sie als eine Art Einverständnis und gingen Hand in Hand vergnügt die Treppe zum Obergeschoss hinauf.

„Haben deine Mannschaftskameraden noch etwas im Anschluss an das Spiel gesagt?" „Alles halb so schlimm, ist nur ärgerlich, gleich im ersten Heimspiel eine Niederlage zu kassieren und dann auch noch Sekunden vor dem Abpfiff durch ein Eigentor." Sie legte ihre Arme um ihn. „Mach dir nichts draus, mein erster Schultag fing ebenfalls gelinde gesagt ziemlich bescheiden an." „Nun ja, mit dem kleinen, aber feinen Unterschied, dass du dir das Ding nicht selbst eingeschenkt hast." Andy kam wieder humorvoll über, genau so wollte Sara ihn sehen. „Du bist trotzdem mein großer Held!" Ein Schmatzer auf den Mund, dann lagen sie sich beide in den Armen.

Kaum waren sie auf dem Zimmer, da klopfte es auch schon an der Tür. Wie erwartet stand Saras Mutter im Rahmen. „Möchtet ihr vielleicht etwas trinken?", fragte sie mit einem auffallend falschen Lächeln. Das Pärchen schaute einander kurz an und bekräftigte übereinstimmend ein klares „Nein!"

Mit mürrischem Gesichtsausdruck schloss Frau Woltershausen wieder die Türe und entfernte sich. Sara und

Andy versuchten krampfhaft, mit der Hand vorm Mund verhalten zu lachen, derweil im Treppengang noch stampfende Schritte zu hören waren. Sie setzten sich mit dem Rücken an der Wand aufs Bett. Sara legte eine Platte mit zum Teil musisch klingenden Liebesballaden auf und lehnte sich an ihren Freund an. Die zweite ‚Anfrage' der Mutter erwartend saßen sie noch eine Weile mit der Schmusemusik in den Ohren so da.

„Lass uns noch ein bisschen mit den Rädern rausfahren", schlug Sara vor. „Warst du schon mal auf dem Ipf?" „Den sehe ich jeden Tag, wenn ich in die Firma fahre, aber bestiegen habe ich ihn noch nicht." „Dann hast du heute Premiere bei der Gipfelbesteigung, Liebster." „Brauchen wir dafür Sauerstoffgeräte?", alberte Andy herum. Sara verdrehte scherzhaft ihre Augen. „Alter Witzknubel!" „Was?! Du nennst mich einen alten Witzknubel, du kleine schwäbische Hexe, du?" Er begann sie zu kitzeln, ging dabei aber vorsichtig zu Werke im Vergleich zur letzten neckischen Kabbelei. „Jawohl, alter norddeutscher Witzknubel!", gackerte Sara laut heraus. „So alt bin ich nun auch wieder nicht!" Er umschlang ihre Hüfte und ließ sie rücklings auf den Rücken plumpsen. Das Gelächter wurde noch intensiver, bevor Andy ihr küssend auf den Mund fiel.

Es klopfte wieder an der Tür. Sie hielten etwas erschrocken inne. „Alles klar bei euch?" Frau Woltershausen öffnete die Tür einen spaltbreit und musterte ein wenig pikiert die beiden Verliebten auf dem Bett liegend, bevor sie diese gleich wieder zuzog. „Komm, lass uns losfahren, Andy!" Sie war nun echt angenervt von ihrer alten Dame.

Händchenhaltend spazierten sie gemütlich den Berg hinauf. Unterdessen gab es einen gewaltigen Wetterumschwung. Die Sonne verschanzte sich zunehmend hinter einer Wolkendecke, kühler Wind zog auf, der in Böen um sie herumfegte. Am Gipfel angekommen legte sich Sara erst mal lang ins Gras, die Arme und Beine verspielt weit ausgestreckt, Andreas hingegen genoss vorerst die Aussicht im Sitzen. „Man kann sich wirklich schnell an diese Gegend gewöhnen." Er schaute zu ihr herunter, strich dabei liebkosend über ihr Bein. „Und mit dir fällt es mir besonders leicht." Er zog seine Freundin mit einer Hand hoch, drückte sie fest an sein Herz und ließ sich mit ihr auf den Rücken fallen. Zeit für Streicheleinheiten, für Zweisamkeit, die ihnen so viel bedeutete. Leise Stimmen einiger Fußgänger waren in größerer Entfernung zu hören, die rasch vom Rauschen des Windes übertönt wurden. Der Berg strahlte eine heimelige Ruhe aus.

Der Himmel dagegen wurde immer dichter. Donnergrollen kam aus der Ferne, zunächst ganz sachte, baute es sich jedoch stetig auf. „Ich glaube, wir brauchen gleich ein anständiges Dach überm Kopf", bemerkte Andy. Sara schaute mit verschlafenem Blick in die Wetterrichtung. „Ich habe da eine gute Idee. Wir gehen zu ‚Ingrids Frittenschmiede,' das ist die beste Imbissstube weit und breit." „Und das ausgerechnet in Bopfingen, was für ein Zufall", frotzelte er.

Eiligen Schrittes marschierten sie den Berg hinunter zu ihren Rädern. Mittlerweile krachte es ganz ordentlich in den Wolken, sodass jederzeit mit einsetzendem Regen zu rechnen war. „Jetzt aber hurtig, Sara, der heilige Petrus rollt gerade die Bierfässer übern Hof!" Das Mädchen musste lachen. „Ist das auch wieder so ein Spruch aus

Norddeutschland?" "Der ist von meinem Onkel." "Aha, auch so ein Witzknubel wie unser Herr Debus", sagte sie mit schelmischem Grinsen.

Sie drückten mächtig aufs Tempo, erreichten die Frittenbude sogar noch im Trocknen. Kaum durch die Tür hereingestürmt, fiel auch schon ein Platzregen hernieder. Der Laden war gut besucht, nur noch wenige Plätze blieben unbesetzt. Der Geruch von frittierten Kartoffeln und gebratenem Fleisch hüllte den Raum ein, fettgetränkter Dampfnebel im Scheinwerferlicht waberte um die Köchin herum, die gerade dabei war, Frikadellen in der heißen Pfanne zu wenden. Ingrid schaute interessiert zur Seite, wollte wissen, wer ihr Lokal betrat, welches von der Einrichtung her bestens in das Ambiente des mit dunklem Holz verzierten Anwesens passte, in dem es sich befand. Fachwerkhäuser gab es etliche in Bopfingens Innenstadt, die sich neben moderneren Häusern und Anbauten in ein abwechslungsreiches Stadtbild einfügten.

Im Vorbeigehen fing Sara ein freundliches Lächeln von der älteren Besitzerin ein, die zuvor auch einen Blick auf Andreas geworfen hatte, als wollte sie andeuten, die junge Dame hätte einen patenten jungen Mann an ihrer Seite. In Bopfingen kannte so ziemlich jeder jeden, demzufolge die beiden an jenem Nachmittag noch einige Blicke auf sich zogen. Sara war dies auf gewisse Weise egal, im Gegenteil, sie fühlte sich sogar gut dabei. Die Menschen sollten doch einschließlich ihrer Mutter denken, was sie wollten. Wichtig erschien ihr bloß, was sie selbst dabei empfand.

Der Geburtstag

Das Wetter wurde in den letzten Septembertagen zunehmend kühler und regnerischer. Die Fahrt zum Betrieb konnte schon mal zur Strapaze werden, zumal die Busverbindung dorthin nicht optimal war, da die nächstgelegene Haltestation noch einen Fußweg von etwa einem Kilometer bis zum trockenen Bürozimmer abverlangte. Ein Auto hätte hergemusst, aber woher das Geld nehmen?

Andy zog die Kapuze über die Stirn gegen den Regenguss, der unterwegs herunterkam. Die junge Frau vor ihm, die allem Anschein nach mit dem Bus gekommen war und nun das letzte Stück noch laufen musste, konnte nur seine äußerst komplizierte Ausbildungskollegin Anke sein. Schnell beschloss er, auf ihrer Höhe anzuhalten. Das Mädchen schaute bei der Begrüßung zunächst nur stur geradeaus.

„Können wir vielleicht mal zur Abwechslung wie zwei vernünftige Menschen miteinander reden?" Langsam verlor auch Andy die Geduld. Anke schlug nur gestresst die Augen nach oben, seine Gegenwart erschien einfach nur überflüssig. Ihre Schritte wurden flotter, das Klackern der Stiefel auf dem nassen Asphalt geräuschvoller.

Andy blieb hartnäckig, folgte ihrem Tempo."Könntest du vielleicht auch mal Notiz davon nehmen, dass wir uns fünf Tage in der Woche sehen und deshalb einen Weg finden sollten, miteinander auszukommen?", kam er beinahe schon zynisch über. „Was du hier in letzter Zeit abziehst, trägt wohl kaum dazu bei, denke ich mal!" Andreas fühlte sich erheblich gereizt, hatte absolut keine Lust auf einen Monolog. Obwohl ihm langsam der Kragen platzte, blieb er dennoch um eine diplomatische Vorgehensweise bemüht. „Brich doch bitte mal endlich dein Schweigen und sag mir, was ich hätte besser machen können. Meine Gefühle für dich waren einfach nicht stark genug, somit hätte eine intime Beziehung zwischen uns beiden keinen Sinn gemacht." „Du scheinst ja jetzt glücklich zu sein mit deiner Sara, also vergiss mich einfach!", knurrte Anke. „Die Entscheidung in diesem Punkt ist zugegebenermaßen auch schon längst gefallen. Ich möchte bloß, dass wir uns beide mal wieder völlig entspannt begegnen können, ohne dass du einen Groll gegen mich hegst. Verlange ich etwa zu viel?" Stirnrunzelnd hoffte er auf eine Stellungnahme ihrerseits.

Tränen standen auf einmal in so hübschen blauen Augen, die der Junge überhaupt nicht zu sehen beabsichtigte. Er stellte sein Fahrrad auf den Ständer, kam von vorne auf sie zu, wobei er sie an den Schultern fassend behutsam zum Stehen brachte. „Mensch Anke, wir können doch trotzdem Freunde bleiben, auch mal zur Abwechslung wieder ein Bier zusammen trinken gehen wie vor ein paar Wochen. Sara würde das gewiss auch verstehen. Komm, lass dich bitte nicht hängen. Irgendwann wirst auch du den idealen Partner finden", versuchte er das Mädchen wieder aufzubauen. Doch Anke sah ihn nur mit einem verweinten wie verzweifelten Blick an. Dann schüttelte sie sich los und lief mit leisem Schluchzen weiter. Riesweite lag nun in unmittelbarer Nähe. Seinen Gedanken nachhängend schaute er der verletzten Seele nach und wartete, bis sie hinter dem Verwaltungsgebäude verschwand, bevor er seinen Weg fortsetzte.

„Hoffentlich ist der Platz morgen überhaupt bespielbar", haderte Kurt beim Blick aus Andys Wohnzimmerfenster in den grauen Herbsthimmel. „Wenn nicht, fällt das Spiel halt im wahrsten Sinne des Wortes ins Wasser", meinte Andreas witzigerweise. „Wo wir schon einmal vom Wasser reden, was hältst du vom Hallenbad, Andy? Ist nichts Besonderes hier bei uns, aber Hauptsache Bewegung!" „Gute Idee, unser Trimm-Dich-Pfad ist eh im Moment zu matschig!", stimmte er mit ein. „Bevor wir heute Abend nach Wemding fahren, wollte ich allerdings noch auf einen Sprung bei Sara vorbeischauen." „Wie?, Du willst noch vorher deine Perle bespringen? Viel Spaß, Alter! Wann soll ich dich abholen?", feixte Kurt über seine eigene derbe Bemerkung. Andreas musste schlicht mitlachen. Kurt war und blieb ein Komiker, definierte Humor anders als er. Trotz allem konnte man bereits von einer guten Freundschaft sprechen.

Das Hallenbad mit seinen bröckeligen Fliesen an den Wänden und den siffigen Scheiben war tatsächlich nichts Berühmtes. ‚Ein wenig renovierungsbedürftig' dachte Andy während des Schwimmens. Aber wie Kurt bereits erwähnte: Hauptsache Bewegung! Schlecht besucht war die Badeanstalt keineswegs, eher im Gegenteil. Etliche Jungen und Mädchen gleichen Alters tummelten sich neben älteren Semestern im Wasser.

Kurt legte sich mächtig ins Zeug beim Graulen. Andy dagegen ließ es beim Brustschwimmen etwas lockerer angehen, fragte sich aber, ob sein Kumpel irgendjemandem imponieren wollte, wenn er so arg die Sportskanone heraushängen ließ.

Eines der jungen Mädels im Bikini lächelte Andreas mit einem Mal zu. Ein wahrlich wärmendes Lächeln von der jungen brünetten Dame im hellblauen Bikini, sofern er dies alles in jenem Augenblick noch wahrnehmen konnte, bevor er die Wende am Beckenrand einleitete. Beim Gedanken an seine Sara jedoch verwarf er schleunigst wieder erotische Fantasien jedweder Art. Vielleicht sollte Kurt mal eine Spur langsamer werden und sich stattdessen genauer umschauen.

„Ach, ist die für mich?" Saras Augen blickten hocherfreut auf die Guzmania mit ihren leuchtend roten Blättern, die Andy passend zu der auf ihrer Fensterbank stehenden gelben Pflanze der gleichen Gattung mitgebracht hatte. Für wen sonst? Deiner Mutter habe ich doch schon letzten Sonntag Blumen mitgebracht." Frau Woltershausen, die in der Küchentür stehend alles mitbekam, zog keine freundliche Miene ob seines Scherzes. „Stell sie eng neben die andere, dann gibt's bald hübsche Nachkommen, Schatz." „Spaßvogel", entkam ihren Lippen, bevor sie zärtlich die seinen berührten. Sie zuckte ein wenig mit einem lieblichen Grinsen zusammen, als Andreas mit dem spitzen Ende eines Blattes seicht über ihren Nacken strich. „He, du Schlingel", lachte sie leise. „Das kitzelt."

„Sag mal, Sara, wolltest du nicht heute Abend mit Kathrin und Inga ins Kino gehen?", fragte ihre Mutter augenscheinlich irritiert. „Tun wir auch. Um fünf nach sieben nehmen wir alle den Bus nach Aalen." Postwendend widmete sie sich wieder ihrem Freund. „Komm, Schatz! Ein bisschen Zeit bleibt uns noch." Sie verschwanden sodann im Obergeschoss.

Kinoabend mit dem Spielfilm ‚Dirty Dancing' war angesagt. Inga bestand – mehr oder weniger – darauf, mal wieder nur unter Mädels auszugehen, also ohne männliche Begleitung. Sara nahm es in Kauf, auch wenn sie gerne im dunklen Saal neben ihrem Liebsten gesessen hätte. Die alten Kontakte sollten schließlich bestehen bleiben. Andy hatte erwartungsgemäß kein Problem damit, gab es doch auch ihm die Möglichkeit, mal etwas nur unter Jungs zu unternehmen wie beispielsweise an diesem Abend, wo er mit drei anderen Kumpels zu einer Musikveranstaltung im Campingpark Wemding fuhr. Zum Abschied umarmte er sie wie üblich und sang: „I feel her breathe in my face, her body close to me…" Sara schaute ihn verdutzt an und fiel lächelnd in seine Arme zurück. Andy smilte amüsiert über ihren verwunderten Gesichtsausdruck. „Lief letztens im Radio, als über den Film berichtet wurde. Du wirst das Lied heute Abend noch richtig zu hören bekommen."

Der Film auf der riesen Leinwand mit dem modernen Dolby Surround System, bei dem Stimmen und Geräusche aus verschiedenen Boxen kamen, zog Sara auf beeindruckende Weise in ihren Bann. Ein völlig neues Kinoerlebnis, verblüfft ließ sie ihre Augen während der gesamten Vorstellung mehrere Male durch den Saal wandern. Der letzte Besuch dieser Räumlichkeit fand zu Kinderzeiten statt. In der Zwischenzeit wurde vieles an Ort und Stelle erneuert.

Die Mädchen hatten noch rechtzeitig drei zusammenhängende Plätze im Logenbereich ergattert, konnten somit die Filmhandlung aus einer guten Perspektive betrachten.

Der junge Bursche links von ihr mit seinem glatten dunkelbraunen Haar und der dazu farblich angepassten Brille verspeiste genüsslich sein Eiskonfekt. Sara kam diese Person auf gewisse Weise suspekt vor. Beim Besetzen der freien Nische von drei Sesseln nahm der Typ unmittelbar den angrenzenden Platz ein, sodass Sara, die als Erste durch die Sitzreihen ging, um der Einfachheit willen keine andere Wahl blieb, als sich direkt daneben zu setzen, auch wenn der Bursche sie schon beim Gang durch die Reihe unmissverständlich von oben bis unten interessiert gemustert hatte. Ein freundlicher Blick seinerseits, sie lächelte mit unwohlem Gefühl aus Verlegenheit zurück. Ferner hatte sie nicht die Absicht, diesen Menschen weiter zu beachten.

Nun bot er ihr auch noch höflich Eiskonfekt an. Sara lehnte mit einem Kopfnicken ab, schaute ohne zu zögern geradeaus auf die Leinwand. Johnny und seine ‚Baby‘, was für ein tolles Liebespaar! Nur Babys Eltern hatten so eine tierisch konservative Einstellung, wodurch die innigsten Wünsche in Gefahr geraten konnten. Grotesk, aber wahr, wesentliche Spielszenen wie auch Handlungsweisen einiger Darsteller erinnerten sie im übertragenen Sinne nur zu gut an das reale Leben, wie sie es derzeit empfand. Herzergreifend dazu sang Johnny dann noch den Titel ‚She's like the wind‘, den Andreas ihr schon so charmant vorgesungen hatte. Ergriffenheit trieben ihr Tränen in die Augen. Sie würde sich jetzt so gerne bei Andy anlehnen, träumte ihn im Gedanken neben sich. Kathrin, die Saras sensible Ader kannte, neigte den Kopf zu ihr herüber mit der Frage ‚Alles in Ordnung?' Ein leises ‚schon gut', und die Sache schien bereinigt zu sein.

Wenige Augenblicke später spürte das weinende Mädchen eine fremde Hand auf dem Oberschenkel, die alles andere als erwünscht war. Verärgert schob sie diese mit einem deutlichen ‚Lass das!' zur Seite. ‚Wenn der Kerl glaubt Gedanken lesen zu können, dann sollte er beim nächsten Mal besser richtig lesen!' ging es ihr durch den Kopf.

Während des Abspanns am Ende der Abendvorstellung standen die meisten Besucher bereits von ihren Plätzen auf, wie auch die drei Mädels aus Bopfingen. Sara war der Ansicht, trotz des unangenehmen Sitznachbarn voll auf ihre Kosten gekommen zu sein. Der sollte es bloß nicht wagen, sie auch noch von hinten anzugrabschen. Ein ordentlicher Tritt mit der Hacke vor sein Schienbein wäre ihm dann auf jeden Fall sicher.

Anke saß ziemlich niedergeschlagen am Fenster und sah den Regentropfen zu, die träge an der Scheibe hängend ihre Bahnen nach unten zogen. Der Klang des feuchtkalten Oktobermorgens ließ den gleichen Blues erklingen, der auch in ihrem Herzen spielte. Als wäre es unbedingt notwendig gewesen eine Wetterlage vorzufinden, die ein Spiegelbild ihrer Seele darstellte. Die Sonne hätte gerne lachen dürfen.

Das Frühstück verweigert, saß sie zusammengekauert auf dem Bett, in dem sie die vergangene Nacht wieder mal allein verbracht hatte, und wusste mit sich selbst nichts anzufangen. Gestern Abend noch kreuzten sich ihre Wege auf den Wemdinger Wiesen beim Musikspektakel, dem letzten in diesem Jahr. Die Stimmung war längst nicht mehr so wie im August, von ihrer eigenen mal ganz zu schweigen. Tranig kam sie von der Matratze hoch und setzte sich an ihren Schreibtisch. Eine Matheklausur stand in wenigen Tagen an. Völlig apathisch schlug sie das Mathematikbuch auf, war nicht wirklich bei der Sache. In ihrer Vorstellung befand sie sich auf dem Stuhl im Klassenzimmer und drehte den Kopf herum, um Andy, der diagonal hinter ihr saß, mit einem Silberblick zu bezirzen. Wenigstens beachtete er sie noch in ihrer Fantasie und lächelte anmutig zurück, aber was halfen irgendwelche Illusionen? Er nahm sie doch in Wirklichkeit überhaupt nicht mehr richtig wahr, hatte nur noch Augen für die Bürgermeistertochter aus Bopfingen, diese kleine, blöde Göre! Ein künstlich abgerungenes Lächeln kam bestenfalls zurück, wenn überhaupt. Anschließend richtete er jedes Mal seinen Blick wieder auf die Tafel.

Der Gedanke an ihn sowie die gesamte Berufsschule war ihr momentan einfach nur zuwider. Wut stand im Gesicht einer ansehnlichen jungen Frau geschrieben, die eigentlich mehr verdiente als solche Missachtung. Mit Nachdruck flog das Buch vom Lerntisch in die Ecke. ‚Wieso beachtet er mich nicht? Was findet der Vollidiot nur an dieser kindlichen Sara so toll?‘ Anke fühlte sich gedemütigt durch Andys Verhalten. Nun hatte er sie auch noch wenige Tage zuvor so weit gebracht, dass sie gekränkt zu heulen anfing. Den ganzen Stolz, die Würde, alles hatte dieser Fiesling ihr genommen, sie seelisch nackt dastehen lassen. Er war ein Sadist, wollte ihr einfach nur weh tun. „Nicht mit mir, das werde ich dir heimzahlen!", zischte sie durch vier schweigende Wände. Das Leben war so hundsgemein, und sie wusste genau, wer Schuld daran hatte.

Frau Woltershausen wurde 50 Jahre alt, das musste gefeiert werden. Viele Freunde und Verwandte waren im Gasthof ‚Zum Schwan', einem gediegenen Restaurant etwas außerhalb von Bopfingen eingeladen. Musik und Tanz, ein feudales Büffet, die bürgermeisterliche Familie ließ sich selbstverständlich bei Festlichkeiten nicht lumpen. Da einige Gäste ihre Neugier in puncto Tochter und Freund schlecht zurückhalten konnten, fühlte sich die Geburtstagsdame veranlasst, Saras frische Liebe ebenfalls einzuladen. Der Entschluss kam reichlich spät, aber noch rechtzeitig.

Andy zeigte Freude beim Entgegennehmen der Botschaft, seiner Freundin war nicht besonders wohl zumute. Ihr Liebster soll nicht so sehr im Focus stehen, war sie der Ansicht. Er dagegen strahlte mal wieder seinen typischen Optimismus aus, war stolz auf die Schönheit an seiner Seite. Daran ließ er offenbar nirgendwo und bei niemandem Zweifel aufkommen.

„Und kleidet sich der Herr auch wieder so fein wie beim Kaffeekränzchen letzten Monat bei Familie Woltershausen", neckte ihn Sara. „Nein, der Herr erscheint in ausgewaschenen, löchrigen Jeans und Lederjacke mit Nieten", scherzte er zurück. Sollte der norddeutsche Witzknubel tatsächlich Bedenken anlässlich der Feierlichkeit haben, lachte er schlicht darüber hinweg.

Noch am selben Abend stand Andreas allein vor dem Kleiderschrank und überlegte an der passenden Garnitur für die Zusammenkunft der vornehmen Gesellschaft. Der Gedanke, zu leger gekleidet im Lokal zu erscheinen, störte ihn genauso wie die Befürchtung, in Saras Augen überkandidelt dort aufzulaufen. Nun gut, eine seiner besten Jeanshosen, sein Lieblingspoloshirt, verziert mit einem Schiffssteuerrad, einem Anker und dem Aufdruck ‚Marigot Bay', das sollte hoffentlich die richtige Kombination für den angedachten Abend sein.

Geburtstag im Hause Woltershausen, die Frau des Bürgermeisters feierte ihr halbes Jahrhundert. ‚Hauptsache, die ‚edle Dame' wünscht sich nicht nur klassische Musik den ganzen Abend lang.' Kopfschüttelnd kam ihm bei dem Gedanken ein Grinsen über die Lippen.

Der besagte Tag begann sonnig und mild für die vorherrschende Jahreszeit. Man sprach in solch einem Fall auch vom sogenannten Altweibersommer, ein goldener Herbsttag mit seinen unzähligen bunten Blättern, die im Einklang mit dem tiefblauen Firmament samt zarter weißer Wattebäuchen eine wahre Farbenpracht der Natur hervorriefen. Viele Menschen lockte das herrliche Wetter zum wahrscheinlich letzten Mal im laufenden Jahr in Biergärten oder auch Eisdielen mit Relaxen auf sonnenbestrahlten Terrassen. Sara sog dieses Flair weniger in sich auf, als dass ihr permanent die Sorgen wegen des bevorstehenden Abends im Kopf herumschwirrten, während sie durch die Stadt radelte.

Gegen 16 Uhr erschien sie mit mächtig viel Hummeln im Hintern anlässlich der aus ihrer Sicht bevorstehenden Feuerprobe für ihren Freund. So viele Gäste, Verwandte, langjährige gute Freunde der Familie, Nachbarn, alle waren eingeladen. Das Mädchen fühlte sich ein wenig wie auf dem Präsentierteller, zu viele Augen, die das junge Paar interessiert beäugen würden.

„Gute Auswahl", meinte sie beim Begutachten seiner Abendgarderobe, die er demonstrativ auf dem Bett präsentierte. „Und in welchem Kostüm wirst du erscheinen, Liebes?" „Lass dich überraschen", antwortete sie schelmisch. Trotz aller Umstände drückten ihre Augen unverkennbar eine gewisse Form von Vorfreude aus, als sähe sie mit einem Mal bedenkenlos einem amüsanten Abend entgegen. Kurze Zeit später klingelte es erneut. „Oh, das wird Kurt sein. Wir haben uns zum Joggen verabredet", erklärte er, fühlte sich jedoch im ersten Moment überrumpelt.

Kurt und Andy fuhren mit Fährrädern hinter den südlichen Stadtrand bis zu einem Trimm-Dich-Pfad, der sich über mehrere Kilometer durch ein Waldgebiet schlängelte. Solange die Witterungsbedingungen es noch zuließen, beabsichtigten die beiden Jungs, die komplette Strecke mit allen Schikanen zweimal pro Woche abzulaufen.

„Los, quäl dich, du steife Socke", stichelten sich die Kumpels alle Nase lang gegenseitig. Der Spaßfaktor sollte bei den Leibesübungen natürlich nicht fehlen. „Mensch Andy, ich glaube, du verausgabst dich zu viel bei deinen Weibergeschichten", lästerte Kurt mit breitem Grinsen.

Andreas schnaubte laut und musste gleichzeitig lachen. „Nur kein Neid, Meister, stell mir doch demnächst mal deine Freundin vor!" Kurt verwies mit flüchtiger Handbewegung auf den Parcours vor ihnen. „Du siehst sie die ganze Zeit vor dir, Junge: Schlank mit eleganten Kurven! Komm, weiter geht's!" Kurt war sehr ehrgeizig, träumte insgeheim noch von einem Posten beim Bundesgrenzschutz, wofür Sportlichkeit und Schnelligkeit Voraussetzung waren. Seine erste Bewerbung wurde dort nicht angenommen, aber er gab nicht auf. Andy ließ sich gerne mitziehen, empfand auf unerklärliche Weise eine Erfüllung in dieser sportlichen Herausforderung, jene Art des Auspowerns, die ihn im gleichen Augenblick von allen Sorgen und Nöten des Lebens befreite, obwohl es beim genaueren Hinschauen eigentlich eine angenehme Realität war, in der er zur Zeit lebte. Was genau versuchte er zu verdrängen? Die Frage ließ ihm keine Ruhe.

Nassgeschwitzt kam er zu Hause an, Zeit für eine Dusche. Wieder erfrischt zog er sich in aller Ruhe die Kleidung für die anstehende Veranstaltung an. Er sah in den Spiegel, fühlte Zufriedenheit. Der Abend konnte beginnen.

Andreas traf kurz vor acht im Gasthaus ein. Einige Gäste, die sich dem Anlass des Abends entsprechend in Schale geworfen hatten, standen vorm Eingang und unterhielten sich amüsant, während andere schick gekleidete Personen gerade mit dem Auto angereist kamen. Im Großen und Ganzen strahlte die Gesellschaft seiner Meinung nach etwas Vornehmes, Gediegenes aus. Etwas verunsichert wegen seiner Abendgarderobe schaute Andy nochmals an sich herunter bis auf die schwarzen Schuhe. ‚Was soll's?' dachte er sodann. ‚Jetzt muss alles so bleiben, wie es ist.'

Wie ein Gentleman hielt der Niedersachse den Blumenstrauß samt Glückwunschkarte für Saras Mutter nach unten, als er mit einem freundlichen ‚Guten Abend!' an den Leuten am Eingang vorbeischritt und geradewegs auf den Festsaal zuging. Seine Augen wanderten spannend wie auch aufgeregt im Raum herum.

Sara und ihre Eltern waren wie erwartet bereits anwesend. Seine Freundin stand mit dem Rücken zur Tür ziemlich weit am Ende des Saals und schien sich angeregt zu unterhalten. Ferner entdeckte er geschätzt 50 weitere Personen, die sich gut gelaunt, in Gesprächen verwickelt, auf den Abend einstimmten. Einige sympathische Gesichter in der Menge lachten ihm entgegen, denen er mit einem freundlichen Nicken antwortete, als er sich in aller Gelassenheit der Frau des Abends näherte.

Ein Blick nach links, ein weiterer, nun fing er Saras entzückendes Lächeln ein, die sich gerade umdrehte, um ihn mit einer kleinen Handbewegung willkommen zu heißen. Sie trug eine hellblaue Bluse, dazu passend eine weiße dünne Baumwollhose mit schwarzen Pumps. Ihr Haar war hinten zu einem Zopf zusammengebunden. Irgendwie hatte er das Gefühl, dass sie seine Anwesenheit bereits beim Betreten des Saales gespürt hatte.

Der Höflichkeit halber ging er allerdings zum Gratulieren zuerst auf ihre Mutter zu, die mit zwei älteren Damen rege am Plaudern war. Diese schienen Frau Woltershausen mit Glückwünschen regelrecht überhäufen zu wollen. Der junge Mann wurde langsamer, wartete auf Blickkontakt. Es dauerte ein Weilchen, bis ihm Aufmerksamkeit gespendet wurde, damit er die Blumen überreichen wie auch gratulieren konnte. „Oh, vielen Dank, Andreas!" Ihre Freundlichkeit wirkte aufgesetzt, so als wäre er auf dieser Feier nicht wirklich erwünscht. Er hatte es einkalkuliert, wollte jedoch seine Herzdame unter keinen Umständen enttäuschen.

Nun strahlte Sara ihn auch schon richtig an, vergaß sichtlich für einen Moment das ganze Drumherum. Er ging auf sie zu und umarmte sie mit einem Wangenkuss. „Hast du uns sofort gefunden, Schatz?" „War kein Problem!" Er schnupperte an ihrem Hals. „Ich bin immer dem süßen Duft nachgefahren", schmunzelte er. „Ach, du kleiner Charmeur!"

Er wandte sein Gesicht den direkt gegenüberstehenden Gästen zu, die ihn bereits mit neugierigen Blicken beäugten. Bevor er etwas sagen konnte, führte Sara das Wort: „Das sind meine Tante Rita und meine Cousine Esther aus Heidelberg. Tante Rita ist Mutters jüngere Schwester." Die Gäste sahen einander herzlich an. „Und das ist Andy", stellte sie ihn ganz stolz vor, wobei sie sich gleichzeitig an seine Schulter lehnte. „Ach so!", brachte Rita mit einem hellen Lachen hervor, der er als Erste die Hand schüttelte. „Ich habe schon von Ihnen gehört, jetzt lerne ich den Freund meiner Nichte ja mal persönlich kennen. Freut mich!" Geschmeichelt gab er Esther die Hand, die dagegen mit einem kleinen Knicks lediglich ein sehr verhaltenes ‚Hallo' über die Lippen brachte. Ihre Cousine war etwa gleichen Alters wie Sara, trug einen langen braunen Pferdeschwanz. Mit ihren dunkelbraunen Augen ging sie insgesamt als eher südländischer Typ durch. Rita, die er auf Mitte 40 schätzte, hatte kräftige dunkelrote Haare, vermutlich gefärbt und Locken wie bei einer Dauerwelle. Auch sie gab wie ihre Schwester ein dekadentes Erscheinungsbild ab, wirkte jedoch bei Weitem nicht so abgehoben.

Esther schaute Andy interessiert an, als wollte sie einen Flirt beginnen. Dann aber nickte sie ihrer Base freundschaftlich mit einem Augenzwinkern zu und näherte sich mit ihrem Kopf bis dicht an Saras Ohr. „Hübscher Bursche, dein Andy!", flüsterte sie. Im gleichen Atemzug bewegte sie sich Richtung Getränketisch. ‚Danke für die Blumen,' dachte Sara angenehm berührt.

Musik erklang über akustische Anlagen im Saal, die Leute fingen nach und nach an zu tanzen. Als sich etwa ein Dutzend Paare im Rhythmus über den frisch gebohnerten Parkettboden drehten, legten auch Sara und Andy mit dezenten Tanzbewegungen los. Gelegentliche Seitenblicke verrieten dem frisch verliebten Mädchen, dass einige der Gäste ihnen immer mal wieder wohlgesonnen zulächelten. Dennoch war sie innerlich nicht ganz gelöst, das spürte auch Andreas. „Knips doch mal einer das Licht aus!", juxte er in gemäßigter Lautstärke, damit nur seine Freundin ihn verstehen konnte. Lachend lehnte sie sich an seine Brust. „Schön, dass du hier bist. Und weißt du was, Andy? Eigentlich kann es uns doch völlig egal sein, was andere über uns denken." Er nickte zustimmend, zwei verliebte Augenpaare sahen einander an, unzertrennbar nah.

Ein Kellner kam mit Getränken in den Raum. Man brauchte nichts speziell zu bestellen, da die Bedienung in regelmäßigen Abständen ihrer Aufgabe, für das leibliche Wohl der Gäste zu sorgen, ziemlich pflichtbewusst nachkam. Sie nahmen sich jeder ein Glas Cola vom Tablett und verließen gemütlich die Tanzfläche. Nun kam die Bedienung häufiger und brachte Sektgläser, von der Anzahl her betrachtet mindestens eins pro Gast. Jeder Anwesende ahnte bereits, was nun anstand und griff sich ein volles Glas. Die Musik erstarb und mit einem Mal erschien der Herr Bürgermeister auf der Empore. „Verehrte Gäste, darf ich nun um Ihre Aufmerksamkeit bitten!", ertönte seine Ansprache. Er verkündete offiziell den Anlass für diese Abendveranstaltung. Die Leute applaudierten und erhoben ihr Glas auf das erreichte halbe Jahrhundert seiner Ehefrau. Sara und Andy, die kein Sektglas zur Hand hatten, schauten sich nur mit weit aufgerissenen Augen und hochgezogenen Lippen schmunzelnd an und prosteten der Geburtstagskandidatin spaßeshalber mit ihrer Limonade zu. Frau Woltershausen genoss es anscheinend ausführlich, mal im Mittelpunkt des Geschehens zu stehen. Sara fand, dass ihre Mutter sich viel zu selten so ausgelassen amüsierte.

Die Tanzmusik setzte wieder ein. Einige schwangen wieder ihr Tanzbein, die meisten jedoch strebten eher Gespräche an, über die sich Andreas nicht unbedingt einen geschlagenen Abend lang auslassen wollte. Die Mehrheit der Anwesenden schienen zudem auch noch wie erwartet einen höheren sozialen Status zu besitzen, sofern man ihren Worten Glauben schenken und entsprechend zwischen den Zeilen lesen konnte. Sara stand die meiste Zeit mit Esther zusammen. So vergingen die Stunden. Gegen Mitternacht, als sich schon etwa ein Drittel der zahlreich erschienenen Partyteilnehmer, hauptsächlich ältere Gäste, verabschiedet hatten, legte der Diskjockey Hits der sanften Muse auf, welche größtenteils zum langsamen Schwofen animierten. Gleichzeitig dimmte er das Licht im Tanzsaal, weiter entfernt stehende Personen waren nur noch schemenhaft zu erkennen. Wer jetzt noch auf der Tanzfläche war, bewegte sich nur gemächlich im Takt. Die Paare rückten näher zusammen, da spürte er plötzlich zwei warme, weiche Hände, die ihn von hinten umschlungen. Süßer Parfümgeruch drang in seine Nase, die Feier war noch lange nicht zu Ende.

Soeben erklang der Titel ‚Tequila Sunrise'. Sara überkam ein Gänsehautgefühl bei den zart gespielten Gitarrenklängen dieses Slow-Country-Hits. Sie schloss die Hände straff um Andy, hauchte ihren Atem dabei direkt in sein Ohr. Nun spürte sie die Hitze auch in ihm, die immer mehr Gestalt annahm.

Im Anschluss erklang auch noch der Schmusehit ‚Can't Fight This Feeling'. O wie liebte Sara diesen Song. Der Mann für die musikalische Unterhaltung hätte glatt ihr Herz erobern können, wäre es nicht schon längst an den Menschen vergeben, mit dem sie gerade so selbstvergessen schwofte. Andy schien die gleiche Harmonie zu spüren, schloss seine Freundin noch fester in seine Arme. Die schwer Verliebte kam nun richtig in Wallung. Ihr Atem wurde immer intensiver, sie versuchte schier in ihn einzudringen. ‚Cause I can't fight this feeling anymore, I've forgotten, what I started fighting for…' Wahnsinnsmomente, die Sara völlig in Ekstase brachten. Emotionen schwappten über, sie verlor immer mehr die Kontrolle, bis jede Notbremse versagte, jedes Warnsignal ungehört in den Wind geschossen wurde. Schwitzend feuchte Hände legten sich um seinen Hals. „Halt mich fest, Andy, lass mich nie mehr los!", wisperte sie mit geschlossen Augen. Dann zog sie seinen Mund an den ihren. Ihre Zungen verschmolzen geradezu miteinander, während sie ihn mit unbändiger Impulsivität immer näher an ihren Körper herandrückte, die Lippen heftig an die seinen presste. Die Welt ringsherum wurde ausgeschaltet, sie existierte schlicht und einfach nicht mehr, bis auf die beiden vor lauter Liebe sich gegenseitig aufsaugenden Seelen auf dem Parkett mit dieser tief sentimentalen Musik in ihren Ohren, die bis in die entferntesten Kammern des Herzens vordrang. Andy ließ es einfach nur geschehen, jeder Versuch dagegenzuhalten wäre zwecklos gewesen. Vielleicht hatte er es auch gar nicht anders gewollt. Alles Glück dieser Welt war sprichwörtlich greifbar nahe. Es hätte so endlos weitergehen können, wenn das Lied nicht allmählich ruhig ausgeklungen wäre.

Sara ließ etwas locker und schaute in zwei Augen, welche Erstauntheit wie auch Verwirrtheit ausdrückten. Sie wandte ihren durch Amors Pfeil getroffenen Blick von ihm ab und schaute ernüchtert zu beiden Seiten. Die Leute im Umfeld starrten sie an, die meisten jedenfalls. Ganz offenbar waren sie geteilter Meinung. Einige guckten etwas pikiert, andere schienen sich über die gerade dargebotene Knutschorgie prächtig zu amüsieren. Trotz des schwachen Lichts dürfte kaum jemandem im Saal diese Szene entgangen sein, durch die sich Sara mit einem Mal unfreiwillig zum Mittelpunkt des Geschehens kürte. Peinlich berührt fiel ihr Blick auf Esther, die ein paar Meter entfernt an einem der vielen Tische saß und sie perplex anstarrte. Sie wollte schon schreien vor Lachen, konnte es sich gerade noch in letzter Sekunde durch Zuhalten ihres Mundes krampfhaft verkneifen. Ihre Handbewegung dabei sollte wohl so viel bedeuten wie ‚O weh, o weh, dieses Vorspiel könnte noch ein unangenehmes Nachspiel mit sich ziehen'. Links im Sichtfeld sah die Base bereits Tante Gisela näherkommen, deren Miene nichts Gutes verriet.

Sara entglitten zunehmend die Gesichtszüge, je mehr sich das Gefühl für die Realität wieder zurückmeldete. Sogleich wurde ihr auch bewusst, dass der vorangegangene Auftritt für eine Geburtstagsfeier ihrer Mutter eventuell etwas vermessen war.

Nicht ganz unerwartet zog sie jemand von hinten am Arm. Augenblicklich ließen ihre Hände Andy los. Ein erbostes Gesicht kam ihr furchteinflößend nahe. „Komm mal mit nach draußen", forderte ihre alte Dame sie auf, die Andreas hierbei keines einzigen Blickes würdigte. In Anbetracht der Tatsache, dass auch er eine Menge Aufmerksamkeit auf sich gezogen hatte, verharrte er für einen Moment in der gegenwärtigen Position. Blitzschnell schoss ihm die Erinnerung an Saras Erzählung einige Wochen zuvor in den Kopf. Er eilte hinterher und erreichte die beiden, als sie gerade durch die Lokaltüre nach draußen auf den Parkplatz gingen, Sara im Schlepptau ihrer wütenden Mutter.

„Ich habe Sie nicht darum gebeten, uns hinterherzulaufen!", bekam zunächst einmal Andy zu hören. „Frau Woltershausen, ich bitte Sie, lassen Sie Sara in Ruhe. Ich habe sie zuerst geküsst, geben Sie mir die Schuld, wenn Sie möchten", bat er eindringlich. „Wie edelmütig von dem jungen Prinzen, das hübsche, unschuldige Burgfräulein beschützen zu wollen!", höhnte sie sarkastisch. „Und nun bitte ich Sie, wieder rein zu gehen oder am besten gleich nach Hause zu fahren." Ängstliche Augen, die sich mit Tränen füllten, flehten ihn an zu bleiben.

„Ich will nicht lange um den heißen Brei herumreden. Sara hat mir alles erzählt, was Sie ihr im August angetan haben. Ich lasse nicht zu, dass sich so etwas wiederholt!", betonte Andy energisch. „Das hier ist ein Gespräch zwischen mir und meiner Tochter. Ich bitte Sie, dies zu respektieren!" Es war unschwer zu erkennen, dass es sich bei diesem ‚bitte' nicht wirklich um eine Bitte handelte.

„Gut", sagte er schließlich, „aber ich werde in Saras Nähe bleiben, ob es Ihnen passt oder nicht!" Andreas drehte sich um und ging quer über den Parkplatz, von wo er aus etwa 20 Metern Entfernung an ein Geländer gelehnt das Streitgespräch beobachten und gegebenenfalls auch einschreiten konnte. Er meinte es tatsächlich ernst.

Nun wetterte die Jubilarin des Abends ordentlich los. „Wie kannst du dich hier so gehen lassen, Fräulein!? Willst du mich auf meiner Feier etwa zum Gespött aller Gäste machen!? Was sollen denn die Leute denken bei solch einem Benehmen!? Mit dir blamiert man sich ja bis weiß Gott wohin!"

Sara schwieg, unfähig, in ihrem Beschämtsein der Mutter durchgehend ins Gesicht zu sehen bei dem Feuerwerk an Vorwürfen, dem sie hilflos ausgesetzt war. Zeitweise nahm sie Blickkontakt mit Andy auf, dessen Silhouette durch die Straßenlaternen hinter dem Parkplatz trotz des aufgezogenen Nebels noch gut zu erkennen war. Er würde es ganz gewiss nicht ohne Weiteres durchgehen lassen, sollte die meckernde Furie nochmals gegen seine Freundin körperlich übergriffig werden, womit Sara jeden Augenblick rechnete. Tränen liefen ihr mittlerweile übers ganze Gesicht.

Als ihre Mutter mit der Schimpferei fertig war, drehte sie sich in ihrer typischen hochnäsigen Weise auf dem Absatz um und ließ die Tochter in ihrem Schmerz draußen zurück. Andreas kam sofort angelaufen, um dem Mädchen mit Gesten der Zuneigung zur Seite zu stehen. „Alles halb so schlimm, Schatz!" Eng im Arm haltend strich er seiner Freundin liebevoll übers Haar. „Deine Mutter wird sich schon wieder abregen", war er der festen Überzeugung.

Esther kam wenige Augenblicke später durch die Ausgangstür, um nach ihrer liebsten Cousine zu sehen und fand Sara zitternd am ganzen Körper vor. Der Zorn ihrer Mutter schien sie stärker mitzunehmen als angenommen. „Du weißt doch, Cousinchen, deine Mutter kann schon mal Haare auf den Zähnen haben, aber sie wird dich deshalb nicht gleich fressen!" Ihrer Stimme nach zu urteilen schien Esther etwas angetrunken zu sein. Sara schaute zwar etwas verblüfft, verunsichert, ob sie ihre Cousine in diesem Moment ernst nehmen konnte oder nicht, spürte jedoch etwas Erleichterung bei der Erkenntnis, dass das Verhältnis zwischen ihnen schon eine tiefe Verbundenheit ans Licht brachte. Sie waren wie beste Freundinnen; eine gute Gelegenheit für die Gepeinigte, sich in jenem Augenblick an dem Fels in der Brandung festzuhalten.

Andy trat ein wenig zurück, als er merkte, dass die beiden sich nun auch mal in den Arm nehmen wollten. Esther drückte Sara ganz fest. „‚Dirty Dancing' auf Tante Giselas Tanzball! Cousinchen, Cousinchen, du überraschst mich immer wieder!", kicherte sie ausgelassen in ihrem halb betrunkenen Zustand. Jetzt konnte auch Sara wieder lachen, wenn auch noch etwas gequält mit verweintem Gesicht. Esther verstand es schon seit früher Kindheit, die ein Jahr jüngere Base immer wieder mit ihrer lockeren, fröhlichen Art aufzumuntern, wenn sie deren Traurigkeit gewahr wurde. Sie waren viel zusammen unterwegs, wenn sich an Besuchstagen die Möglichkeit ergab, um allerhand Schabernack anzustellen, wie Kinder und Heranwachsende nun mal waren. Schade nur, dass sie so weit voneinander entfernt wohnten. Zwischen ihren Heimatstädten lag eine Distanz von gut 200 Kilometern. Sicherlich waren ihre seltenen Begegnungen der Grund für umso mehr gemeinsamen Spaß, vor allen Dingen bei Übernachtungen, die aufgrund der langen Fahrtzeit die Regel waren. Auch wenn ihre Mütter nicht in allen Dingen gleiche Standpunkte vertraten, traf man sich dennoch ungefähr alle drei Monate, mal in Heidelberg, mal in Bopfingen. Das Miteinander unter Geschwisterkindern gehörte zu den schönsten Kindheitserinnerungen und sollte auch noch weiterhin bestehen bleiben.

Esthers Familie beabsichtigte, bis zum späten Sonntagnachmittag zu bleiben. Der darauffolgende Sonntag sollte den beiden Mädels ganz allein gehören. Sara bestand darauf, so liebgewonnen sie ihren Andy auch hatte. Ihm schien es nichts auszumachen. „Macht ihr nur", meinte er verständnisvoll. „Wir haben sowieso morgen früh erst mal ein Spiel in Aalen und danach kann ich mich dann in aller Ruhe auf die Klausur in Rechnungswesen am kommenden Freitag vorbereiten." Anscheinend war es ihm auch lieber, sich an den folgenden Tagen erst mal nicht so häufig zu treffen. Ein bisschen Abstand war auch unter schwer Verliebten niemals verkehrt.

Die Türe ging nun öfters auf und zu, derweil die Leute sich nach und nach verabschiedeten. Allmählich schien sich die Partygesellschaft gänzlich aufzulösen. Sara schaute erst gar nicht in deren Richtung, da ihr nach irgendwelchen Reaktionen quasi fremder Personen überhaupt nicht der Kopf stand. Alle drei rückten ein paar Schritte weiter nach hinten, um weiter ungestört an der frischen Luft quatschen zu können, bis Frau Woltershausen erschien. „So, meine Herrschaften, das Lokal schließt gleich. Holt eure Sachen und dann geht's heimwärts." Es klang beinahe wie ein Marschbefehl. Andy drückte seine Sara noch einmal, bereit sich zu verabschieden. „Kopf hoch, Schatz. Ich fand es klasse mit dir heute Abend." Ein gefühlvoller Abschiedskuss, dann schüttelte er Esther die Hand. „Tschüss, mach's gut. Es war schön, die Lieblingscousine meiner Freundin mal kennenzulernen." Saras Mutter nahm die Szene noch mit mürrischem Blick aus kurzer Distanz wahr und zog sich zunächst wieder ins Lokal zurück. Danach machte sich auch Andy aus dem Staub. Sara schaute ihm noch melancholisch hinterher, bis das Rücklicht seines Tourenrades auf der einsamen Landstraße in dem Dickicht unerkennbar wurde.

„Sei nicht traurig, Mädle, Tante Gisela wird so eine Bagatelle ziemlich schnell abhaken. Das Wichtigste ist doch, dass es deinem Göttergatten gefallen hat, oder nicht? Eigentlich bist du nicht zu bedauern, Cousinchen!", flachste Esther, meinte es aber ein Stück weit ernst.

Wenige Minuten später gingen die Lichter im Veranstaltungsraum aus, lediglich vor der Theke saßen in gemütlicher Runde noch einige Gäste im schummrigen Kneipenlicht zusammen. Ansonsten wurde es still im Ort.

Cousinentag

Am Tag nach der Geburtstagsfeier versuchte Sara, ihrer Mutter nach Möglichkeit aus dem Weg zu gehen. Der Vater in seiner angeregten Unterhaltung hatte jene berüchtigte Szene auf der Feier zum Glück gar nicht erst mitbekommen, die Frau und Wortführerin des Hauses umso intensiver. Somit stellten sich die Mädchen in den frühen Morgenstunden noch schlafend in der Absicht, ein gemeinsames Frühstück mit den Eltern zu umgehen. Dieser Tag war ganz einfach zum Streiten zu schade. Den gesamten Vormittag über hielten sie sich hauptsächlich in Saras Kammer auf. „Langsam bekomme ich doch Appetit auf was Essbares", meinte Esther. „Hältst du es noch bis zum Mittagessen aus?" „Muss ich ja wohl." „Ansonsten lass uns einfach nach unten gehen und frühstücken." Die Schuldgefühle waren nicht zu überhören. „Und das alles wegen meiner hormonell durchgeknallten Cousine..." Sara wusste die Situation im ersten Moment nicht einzuschätzen. Es dauerte einen Augenblick der Stille, dann kam ein herzhaftes Lachen von Esters Seite hinterher. Was zuerst in Ernsthaftigkeit verpackt wurde, entpuppte sich schließlich als pure Neckerei. Sara stimmte nun auch mit ein. „Esther, du blödes Weib!", kicherte sie, wobei das Kopfkissen durchs Zimmer fliegend im Gesicht ihrer Base landete. Sie entdeckten die Kissenschlacht als Zeitvertreib, herumalbern, bis der Arzt kam oder die warme Mahlzeit.

❖❖❖

Die Mädchen saßen auf einer Bank in der freien Natur. Sara hatte bewusst dieselbe gewählt, auf der sie und ihr Freund sich im vergangenen August nähergekommen waren. Die tief stehende Herbstsonne, die aus einem wolkenfreien Himmel fiel, meinte es gut, so als täte sie es nur für die beiden. Der Nebel der letzten Nacht hatte sich restlos aufgelöst. In Saras Augen kehrte langsam wieder der alte Glanz zurück, derweil sie ihrer Base den ganzen Umfang der Geschichte erzählte, wie ihr erstes Rendezvous ablief. „Und nun schau mal zu dem Hügel dort hinten. Auf dessen Gipfel haben wir uns zum ersten Mal geküsst", erklärte sie euphorisch, zeigte dabei gleichzeitig mit dem Finger in die entsprechende Richtung. Esther nickte nur mit einem heiteren Grinsen und ließ sie ohne Unterbrechung in ihrer Erinnerung schwelgen, da sie genau spürte, wie gut es ihrer Cousine und vor allen Dingen auch Freundin tat. Das Mädchen aus Heidelberg entwickelte eher noch eigene Freude an Saras Ausführungen, als hätte sie es selbst erfahren. Insgeheim war es wohl auch ein geheimer Wunsch von ihr.

„Ich wäre auch mal gerne so verknallt wie du, Sara. Du bist wirklich zu beneiden", redete sie auf einmal dazwischen. Sara sah Esther an und glaubte, Traurigkeit in ihren Augen erkennen zu können. Der Moment schien gekommen, auch selbst mal auf die Befindlichkeit der anderen einzugehen. Freundschaftlich klopfte sie mit der Hand auf Esthers Oberschenkel. „Das wird auch passieren, ganz bestimmt!" „Aber garantiert nicht mit deinem Nachbarn Richard." Sara verdrehte mit gekünsteltem Genervtsein ihre Augen. „Mutter findet den so toll."

„Ach herrje, diesen Musterknaben?", fing die andere an zu lästern. Sie kannte ihn von Partys wie jene am Abend zuvor, beziehungsweise vom Sehen vis-à-vis auf der Straße, wenn ihre Familie bei den Woltershausens zu Besuch war. „Genau den! Ach, der ist ja so gebildet, lernt immer fleißig in der Schule und will nach seinem Abitur Medizin studieren. Der wird bestimmt mal später einen angesehenen Beruf erwerben", äffte Sara ihre Mutter nach. „Der sieht nicht annähernd so gut aus wie dein Andy."
„Auf gar keinen Fall!", bekräftigte Sara. „Und der dicke Pickel auf seiner Stirn verleiht ihm auch keine erotische Ausstrahlung", ergänzte Esther spöttisch. Beide fingen gleichzeitig herzhaft an zu lachen. „Wenn uns jetzt Tante Gisela hören könnte!" Das Gekichere wurde noch lauter, Sara tat durch die gewaltigen Eruptionen schon bald der ganze Oberkörper weh. „Hilfe, ich krieg' gleich einen Lachkrampf!" Kräftiges Durchatmen war nötig, um sich schließlich wieder zu beruhigen.

Eine Stunde später war es dann soweit. Esther und ihre Familie mussten wieder zurück nach Heidelberg. Zum Abschied umarmten sich die beiden Mädels noch einmal wie richtig gute Freundinnen. „Ich melde mich in Kürze bei dir, Esther." „Wir schreiben uns, mach's gut!" Alle winkten noch einmal fleißig, bis der Wagen hinter der Kurve verschwunden war. Dann stand Sara allein mit ihren Eltern auf dem Bürgersteig. Der Himmel zog sich langsam zu. Noch am gleichen Abend sollten Regenwolken übers Land ziehen.

Bewährungsprobe

Drei Kumpels warteten bereits, als Andy gegen neun Uhr morgens das Bopfinger Stadion erreichte. Die anderen mussten jeden Moment eintreffen. Heute ging es um viel für ihn, genauer gesagt um sein Verbleiben in der Stammelf der ersten Herrenmannschaft des SV Bopfingen. Die vorangegangenen Spieltage fielen nicht gerade zu seinen Gunsten aus, genauso wenig wie die Resultate der einzelnen Partien. Von 16 Mannschaften in der Liga belegten sie aktuell den 13. Tabellenrang. An diesem Sonntag musste unbedingt ein Sieg im Lokalderby gegen die Mannschaft aus Unterschneidheim her, damit die Lage nicht noch kritischer wurde. Eine hohe Verantwortung lastete dabei allein auf ihm.

„Unser Starkicker aus dem hohen Norden trifft ein", lautete der hämische Kommentar von Thorsten, einem ziemlichen Großmaul, der zugleich auch scharf auf Andys Position in der Mannschaft war. Andreas ließ sich nicht aus der Reserve locken, überhörte solche Bemerkungen gerne mal. Kurz nach ihm tauchte auch schon sein Freund Kurt auf, wie im Taubenschlag auch die restlichen Mitspieler.

Gegen halb zehn, eine halbe Stunde vor Spielbeginn, standen beide Teams komplett auf dem Rasen, um locker mit dem Aufwärmtraining zu beginnen. Ein paar Dutzend Zuschauer hatten sich ebenfalls bis zum Anstoß im Stadion eingefunden, darunter auch Sara, die an der gleichen Stelle stand wie beim ersten Heimspiel, was hoffentlich kein schlechtes Omen für ihn und seine Jungs bedeuten sollte. Ein kurzer Blick, ein Luftkuss beiderseits, dann rief der Schiedsrichter auch schon die Mannschaftskapitäne herbei. Zeit, die richtige Ausgangsposition auf dem Rasen einzunehmen.

Nun wurde es ernst. Andy war sich vollkommen darüber im Klaren, was sprichwörtlich auf dem Spiel stand. Sollte er heute keine überzeugende Leistung bringen, wäre sein Stammplatz auf unbestimmte Zeit erst mal verloren. Die Ersatzbank wäre die Folge.

Anpfiff! Die Spieler des FSV Unterschneidheim strömten in die gegnerische Hälfte. Andy befand sich im Rückwärtsgang, darauf bedacht, seinen Gegenspieler abzudecken. Die erste Angriffswelle der Kontrahenten wurde erfolgreich abgewehrt. Nun kamen zur Abwechslung mal die Bopfinger gefährlich nah vor des Gegners Tor. Ein Fernschuss von Kurt landete in den Armen des Unterschneidheimer Keepers, der sogleich seinem linken Verteidiger den Ball zuspielte.

Andreas beobachtete die Situation aus nächster Nähe. Überraschend verstolperte der ballführende Mann das Leder, welches mit einem Mal zur Seite wegsprang. Während sein Gegenüber noch etwas verdutzt der rollenden Kugel hinterherschaute, reagierte Andy blitzschnell und sprintete nach vorne. Der Verteidiger gab ebenso Gas, wollte die Gefahr schleunigst beseitigen. Zu dessen Bedauern nahm der Niedersachse als Erster Ballkontakt auf und rannte dem Gästetor entgegen, den Pechvogel dicht an seinen Fersen klebend. Er überquerte die Strafraumlinie, hatte das linke Toreck im Blick und zog ab!

Der Torhüter warf sich vergebens bei diesem platzierten Schuss.

Andy riss jubelnd die Arme nach oben, wurde beglückwünscht von seinen Mannschaftskameraden. Torjubel kam auch von den Zuschauerrängen. Seine Freundin reckte besonders begeistert die Hände in die Höhe, während sie zeitgleich auf den Zehen hoch und runter wippte.

„Los Andy, lauf!", schrie ihm Sara noch laut hinterher als er auch schon abzog und der Ball im Netz des gegnerischen Tores zappelte. „TOOOR! SUPER!", brüllte sie überschwänglich durch das Stadion. Alle bis auf ein paar Fans aus Unterschneidheim teilten ihre Freude über den Führungstreffer, wenn auch in gedämpfterer Art und Weise. Für das Mädchen, das eigentlich gar kein Fußballfan war, lieferte natürlich der Torschütze persönlich den Grund zur Euphorie. Der Treffer sollte hoffentlich ihrem Liebsten das nötige Selbstvertrauen geben, welches er so dringend brauchte.

Aus dem Bereich der überdachten Stehtribüne, wenige Schritte neben ihr, fing sie aufmerksame Blicke einiger junger Frauen ein, vermutlich von Spielerfrauen, die genau wie sie dem ganzen Spektakel am Sonntagmorgen beiwohnen wollten. Mit dem Wind wehten leise Stimmen in ihr Ohr. Sara glaubte, Dinge wie ‚die Freundin von Andy' mitbekommen zu haben.

„He Sara, komm, stell dich doch zu uns", rief ihr nun einer der Damen zu. Sie nahm die Einladung an. „Grüß dich, ich bin die Gabi", stellte sich diejenige vor, die sie herübergewunken hatte. Die anderen taten es ihr unter

Erwähnung des Vornamens nach. Fünf der sieben Frauen waren tatsächlich mit einem der anwesenden Spieler des TV Bopfingen liiert. Die meisten Gesichter kannte Sara vom Sehen. Augenscheinlich war sie die Jüngste in der Gruppe. Neben dem Schauen der Partie wurde auch viel geplaudert und gelacht. Auf dem Platz tat sich nach dem 1:0 so oder so nicht mehr viel bis zur Halbzeitpause, somit ergab sich eine gute Gelegenheit für die Besucher, ihren Klatsch und Tratsch auf den neuesten Stand zu bringen. Für die neuste ‚Spielerfrau' im Club einer wissbegierigen Gesellschaft hatte man selbstverständlich auch die ein oder andere Frage auf Lager.

Die zweite Spielhälfte begann genau wie die erste mit einer Druckphase der Gäste, mit dem Unterschied, dass die Heimmannschaft zunehmend ins Strauchelen geriet. Andreas gelang kaum noch etwas Sinnvolles auf dem Rasen, genauso wenig wie seinen Mitspielern. Die Stimmung auf den Rängen kippte von fröhlich auf angespannt, teils verärgert. Die Drangperiode der Unterschneidheimer brach nicht ab, die Entlastungsangriffe der Gastgeber hingegen wurden immer seltener. Kurt musste das Spielfeld verlassen, ein frischer Mann sollte stattdessen die Mannschaft verstärken. Es half nichts. Soeben prallte ein wuchtig geschossener Ball auf das Bopfinger Tor vom Pfosten zurück. Andreas, der krampfhaft das runde Leder aus der Gefahrenzone zu entfernen versuchte, stolperte unbeholfen über seine eigenen Füße, konnte mit solch stümperhafter Einlage gottlob noch den Ball über die Torauslinie bugsieren.

Er, den man insbesondere wegen seiner fairen Spielweise sowie seinem Torinstinkt hochgelobt hatte, erntete nun ernsthafte Kritik von den Rängen. Die Zuschauer nahmen dabei auch auf seine Freundin mittlerweile keine Rücksicht mehr.

Der hereinkommende Eckball strich leicht über die Oberkante der Querlatte ins Toraus. Das Geschehen auf dem Spielfeld hatte ganz plötzlich die volle Aufmerksamkeit der Besucher auf sich gezogen. Sara versuchte, die Reaktionen zur Partie seitens der Zuschauer möglichst gut auszublenden. Das Gemecker der Auswechselspieler wie auch jenes vom Trainer der Bopfinger Mannschaft zerrte bereits mehr als ausreichend an ihren Nerven. Den Akteuren auf dem Rasen durfte das nicht viel anders ergehen. Ein Blick auf die Armbanduhr – ungefähr 20 Minuten mussten ihr Held und seine Mannen noch durchhalten. Die Fouls häuften sich, nun begannen auch die mitgereisten Anhänger aus Unterschneidheim an allem und jenem herumzunörgeln, zum Teil auch mit ziemlich vulgären Äußerungen, wie Sara auffiel. Sie erwarteten brennend den Ausgleichstreffer, den die Spieler des SV Bopfingen bislang erfolgreich zu verhindern verstanden. Die Verteidigung wankte zwar mächtig, konnte aber dem Druck des Gegners bislang noch standhalten.

Die letzten Minuten liefen, zur Abwechslung wurde den Gastgebern mal wieder die Ehre eines Eckballs zuteil. Andreas stand mit einer Distanz von geschätzt 30 Metern mittig zum gegnerischen Tor, hielt sich die Hände in den Hüften, den Kopf leicht nach unten gesenkt und atmete erst einmal tief durch. Die Erschöpfung durch die abgelaufenen 85 Spielminuten, in denen er trotz vieler Patzer alles gegeben hatte, war ihm deutlich anzusehen. Welche Kraftreserven hatte er jetzt noch in petto?

Sein Mannschaftskamerad ließ sich Zeit bei der Ausführung der Standardsituation, Zeit, die *für,* nicht gegen sie runterlief. Freund und Feind waren in großer Zahl im Strafraum versammelt. Er selbst blieb zunächst unbeachtet, wurde vermutlich vom Gegner als harmlos eingeschätzt. Schritt für Schritt näherte er sich scheinbar unauffällig dem Strafraum, nahm dabei Sichtkontakt zu dem Spieler an der linken Eckfahne auf. Ihre Blicke trafen sich, die Zeichen waren eindeutig. Wer nun einen hohen Ball vors Tor erwartet hatte, sah sich getäuscht. Andy spurtete zum gleichen Zeitpunkt los wie der ausführende Eckballschütze. Dieser spielte das Leder flach in seine Laufrichtung. Die Verteidigung reagierte relativ spät auf die Szene, wurde offensichtlich von der taktischen Variante überrascht. Kurz hinter der Strafraumlinie traf er mit dem Ball in halblinker Position zusammen, die ihn als Rechtsaußen zwang, mit seinem schwächeren Fuß zu schießen. Schnell drehte er sein linkes Bein nach außen, sodass er mit der Seite seines Fußballschuhs die lederne Kugel aufs Tor beförderte. Der Ball trudelte in Richtung kurzes Eck, nicht schnell, aber ziemlich präzise auf den Innenpfosten zu. Der Keeper peilte die Flugbahn an und hob vom Boden ab. Er streckte der näherkommenden Pille seinen rechten Arm mit ausgedehnter Hand entgegen, der seinem angestrengten Gesichtsausdruck zufolge immer länger werden, sprichwörtlich über ihn hinauswachsen müsste, um die Einschussmöglichkeit noch zu vereiteln. Andy konnte in Bruchteilen von Sekunden beobachten, wie sich der Ball wenige Zentimeter an den ausgestreckten Fingern des Torhüters vorbeifliegend in die Maschen hinabsenkte. 2:0! Das musste der Siegtreffer sein!

Der Schütze konnte es selbst kaum glauben. Er riss die Arme weit auseinander und düste sozusagen als Flieger über den Rasen. Ungläubige Blicke von allen Seiten, damit hatte niemand mehr wirklich gerechnet in Anbetracht des gesamten Spielverlaufs während der zweiten Halbzeit.

„JAAAA!", schallte es wuchtig durch den überdachten Tribünenbereich. Egal, wie die Resonanz der anderen Besucher ausfiel, die vor lauter Unzufriedenheit seit geraumer Zeit schon kein gutes Haar mehr an der eigenen Mannschaft ließen, lief Sara tobend die Stufen hinunter zum Spielfeldrand und streckte ihre Arme zugleich weit nach vorne, als wollte sie ihren Andy ganz fest darin umschließen. Ein zweites kräftiges „JAAAA!", schrie sie dem Menschen entgegen, der soeben von allen Mitspielern wie auch von den Besuchern umjubelt wurde, abgesehen von den gegnerischen Fans, in deren Gesichtern nur noch Enttäuschung zu lesen war. Unglücklicherweise meldete sich im Frustrationszustand zudem noch eine unangebrachte Form der Aggression gegenüber anderen Zuschauern. „Was ist denn mit der Alten da vorne los?", wetterte ein Unterschneidheimer Zuschauer gegen Saras Person. Das Mädel trat nach kurzem Frohlocken wieder von der Seitenauslinie zurück auf die Ränge. „Vielleicht musst du der Tussi mal einen verpassen!", spottete sein Nebenmann vulgär. „Jau, die Kleine braucht das wahrscheinlich mal!", lachte der andere dreckig. „Ihr kriegt gleich auch einen verpasst, wenn ihr noch weiter eure asozialen Klappen so weit aufreißt!", schimpfte Gabi wütend in deren Richtung. Etliche mahnende Blicke mit der Aufforderung, sich gescheit zu benehmen, blieben einen

Moment lang auf der wilden Meute aus der Nachbargemeinde haften, die allem Anschein nach ihre gute Kinderstube daheim vergessen hatten. Ein dankender Blick in Richtung Spielerfrauen kam von dem verschmähten Mädchen, das ziemlich erschüttert wirkte anlässlich solch trivialer Bemerkungen, die quasi aus dem Nichts kamen.

„Stör dich nicht an so bescheuerten Typen", sagte jemand aus der Frauengruppe mit einem freundschaftlichen Schulterklopfer zu ihr. „Mein Freund und ich feiern übrigens am 14. November unsere Verlobung. Ich weiß nicht, ob es dein Andy schon weiß, aber ihr seid auch eingeladen. Mein Partner Manfred ist der Torhüter", ergänzte sie. Sara fühlte sich geschmeichelt. „Danke, ich denke mal, wir werden kommen."

Ihre Umwelt strahlte zwar im Allgemeinen einen turbulenten, teilweise hektischen Charakter aus, aber in den seltensten Fällen einen feindlichen. Zufriedenen Gemütes sah sie dem Ende des Fußballspiels entgegen, in dem die demoralisierten Gegner keine Kräfte mehr mobilisieren konnten, um die drohende Niederlage noch abzuwenden. Nach dem Schlusspfiff blieben etliche der Zuschauer noch im Stadion, gesellten sich hauptsächlich zu den anderen, die die Partie aus der Perspektive des Bierstandes beobachtet hatten oder warteten auf ihre Männer, bis sie frisch geduscht aus der Kabine kamen.

Die junge Frau mit dem hellblonden Haarschopf stand allein mit zerknirschter Miene etwas abseits von der Menschenmenge, die sich unter dem Tribünendach versammelt hatte. Sara konnte sie soeben noch aus den

Augenwinkeln heraus erfassen, als diese merkwürdige Person gerade im Begriff war, das Weite zu suchen. Ihr war nicht ganz klar, wo die Blondine so plötzlich herkam, kannte sie allerdings gut genug, um zu erkennen, dass deren Anwesenheit ihrem Empfinden nach absolut unerwünscht war.

Die Tür zur Umkleidekabine der Sporthalle ging auf. Hitzig wurde Andreas längst von zwei strahlenden Augen erwartet, einer Person, die unter Beachtung seiner Geschicklichkeit als Fußballspieler bemüht war, kurz zuvor eingetretene Ereignisse, die ihr Unbehagen bereiteten, erst mal zu verdrängen. „Du warst super, Schatz!" Mit diesen Worten fiel sie ihm in die Arme. „Ich bin stolz auf dich, Andy!" Völlig gerührt ließ er seine Sporttasche fallen und nahm sie ebenfalls in den Arm. „Kommst du mit nach vorne zum Bierstand. Wir wollen unseren Erfolg noch ein wenig begießen." „Ohne mich, du weißt ja, in meiner Familie wird ordnungsgemäß zu Mittag gegessen und für Fräulein Tochter gilt Anwesenheitspflicht!" Andreas zog schmunzelnd die Augenbrauen nach oben. „Vergiss das Salutieren nicht, wenn du im Hausflur erscheinst", flachste er herum. „Norddeutscher Witzknubel!" Lachend schob sie ihn mit der rechten Hand ein Stück nach hinten. Während er noch grinste, erstarb Saras herzhaftes Lachen viel zu schnell, lediglich ein magerer Seufzer blieb in ihrem hübschen Gesicht zurück.

Abends gegen 20 Uhr trafen sich die beiden nochmals bei ‚Ingrids Frittenschmiede', die wie immer gut besucht wurde. Sara, die zuerst dort ankam, besetzte einen der letzten beiden freien Vierpersonentische und wartete geduldig. Diagonal gegenüber saß bereits ein junges Paar, ungefähr in Andys Alter, deren Verhalten ihr allerdings etwas merkwürdig erschien. Vom Sehen waren die Gesichter bekannt, jedoch konnte sie sich nicht daran erinnern, jemals mit diesen Leuten in Kontakt getreten zu sein. ‚Weshalb dann ständig diese skeptischen Blicke?' fragte sie sich ernsthaft, überlegte dabei aufzustehen und einfach mal nachzufragen, was los sei. Kurz danach traf auch ihr Freund ein, klopfte sich als Erstes die Regentropfen aus den Haaren, bevor er mit großen Augen und hochgezogenen Brauen freudestrahlend auf sie zuging. Die jungen Leute warfen ihm herablassende Blicke entgegen, als er an ihrem Tisch vorüberschritt. Dasselbe Paar, welches Minuten zuvor bereits seine Freundin so argwöhnisch gemustert hatte, wurde dennoch von ihm mit einem freundlichen Lächeln gewürdigt. Sara schaute etwas perplex, noch während er sie liebevoll begrüßte.

„Das ist Thorsten, einer meiner Mitspieler, zu dem du gerade etwas muffelig herübersiehst." Er nahm ihre Hände. „Zerbrich dir nicht den Kopf über die beiden. Ich kann mich nicht mit jedem im Verein gutstehen, Thorsten ist dafür das beste Beispiel." „Sympathisch sieht anders aus, wenn du mich fragst", murrte Sara. „Vermutlich gefällt es ihm überhaupt nicht, dass ich heute die beiden entscheidenden Tore erzielt habe. Jetzt kann er nicht wie erhofft meinen Stammplatz in der Mannschaft einnehmen."

Sara leuchtete die Problematik ziemlich schnell ein. Konkurrenzdenken in den eigenen Reihen, eigentlich nichts Außergewöhnliches, wie es schien.

„Lass uns einfach was bestellen oder bist du noch satt vom Kuchen?" Sara lächelte etwas geknickt. „Du hast aber auch ein richtiges Talent dafür, ständig auf meine spießigen Familienverhältnisse anzuspielen." Kaum ausgesprochen, verpasste ihr Kommentar ihm auch schon einen mächtigen Stich ins Herz. Seine fröhliche Miene änderte sich schlagartig. Er beugte sich nach vorne und legte behutsam seine Hände auf ihre zarten Unterarme. „Tut mir leid, Schatz, ich wollte dich damit nicht aufziehen", bat er um Verzeihung. „Ich weiß ja, wie nah dir das alles geht. Anscheinend bin ich noch ein wenig überdreht wegen des heutigen Spiels." Die Entschuldigung kam an. Sara seufzte leise. „Das nächste Problem ist garantiert schon vorprogrammiert." Gespannt wartete er, was sie nun zu sagen hatte. „Meine Eltern wollen nächstes Wochenende mit Übernachtung zu meinem Onkel nach Balingen fahren. Seit mein Opa väterlicherseits verstorben ist, fahren wir jedes Jahr zu Allerheiligen dorthin, um seine Grabstätte zu besuchen." „Und dieses Jahr hast du keine Lust mitzufahren, stimmt's?", führte er ihre Gedanken zu Ende. Sara rückte etwas näher und sah ihn mit großen Augen an. „Ich möchte viel lieber nächstes Wochenende mit dir allein sein, Schatz!" Ein Wunsch, mit dem sie bei ihm offene Türen einrannte. Andy wurde warm ums Herz.

Von allen Seiten drang der Duft von warmem Imbiss herüber, unmöglich, dabei noch länger widerstehen zu können. Andreas ging zur Theke und gab die Bestellung für zwei Personen auf. Schräg gegenüber fiel der Begriff

‚Babyface'. Sara wusste sogleich, von wem das Wort kam und wer damit gemeint war. Sie ignorierte diese Person, die als Freundin seines Mannschaftskameraden vermutlich aus einem Neidkomplex heraus handelte. Andreas, der die Situation nicht mitbekommen hatte, spendete dem Pärchen so oder so keine Aufmerksamkeit. Er wusste auch nicht, wozu dies in der schwelenden Konfliktsituation überhaupt gut sein sollte. Während sie aßen, wurde weiterhin spürbar über sie gelästert, auch wenn die Worte in dem vollen Raum bei musikalischer Unterhaltung ansonsten nicht verständlich waren. Nach dem Essen beschlossen sie auch sofort wieder zu gehen.

„Tschüss Babyface", lachte Thorstens Freundin Sara auf dem Weg zum Ausgang gehässig entgegen. Während Andys Liebste gar nicht erst zu der Person herüberschaute, platzte ihm dagegen doch so langsam der Kragen. Er blieb stehen und warf der anderen einen spöttischen Blick zu. „Ich glaube, ein Babyface in ihrem Alter ist weitaus weniger schlimm als ein Babyhirn in deinem Alter!"

Die Betroffene setzte offenkundig eine Maske süffisanten Grinsens auf und wand ihr Gesicht sogleich von ihm ab. Thorsten versuchte der Sache cool entgegenzutreten. „Toller Spruch, hast du den von deinem Alten gelernt?" Mit einem ‚vielleicht' zuckte er selbstsicher lächelnd die Schultern und verließ das Lokal kurz hinter Sara, die nach innerem Glucksen erst mal hörbar laut ausprustete vor Lachen, bevor die Tür geschlossen wurde. „Sag mal, seid ihr in Niedersachsen alle so schlagfertig veranlagt?" Wieder kam nur dieses ‚vielleicht', diesmal jedoch mit einem ehrlichen Lächeln. „Ach Andy, ich hab' dich so lieb!" Wie schwerelos ließ sie sich in seine Arme fallen. Die Wucht ihres Körpers zwang ihn zunächst mal, einen Schritt rückwärts zu gehen. „Die kommende Woche haben wir erst mal Herbstferien", sagte sie freudig. „Habt ihr es gut. Für mich fängt morgen der Alltag wieder an." „Ach, du Ärmster!" Ihre Augen strahlten vor Glück. „Denk doch einfach an was Schönes, wenn du in der Firma sitzt, zum Beispiel an mich!" Andy tat so, als würde er überlegen. „An was Schönes oder an Dich, woran soll ich denn genau denken?", feixte er. Sie schlug ihm spaßeshalber mit der flachen Hand auf den Rücken. „Wir können noch ein wenig zu dir fahren. Bis zehn Uhr darf ich neuerdings wegbleiben, dank Vater." Andy kam mit seinem Kopf näher. "Und das mit nächstem Wochenende bekommst du auch noch hin, Liebling. Ganz gewiss…", hauchte er leise in ihr Ohr.

ATEMLOS VOR GLÜCK

Es war Samstag, der letzte Tag im Oktober des Jahres 1987. Die fortgeschrittene nasskalte Herbstlandschaft hatte längst seine feurige Farbenpracht der vergangenen Wochen verloren, in der unter einem blauen, aus Sonnenlicht gespanntem Zelt jenes Gefühl aufkam, Himmel und Erde seien so eng miteinander verwachsen, dass man das Paradies mit der bloßen Hand hätte berühren können. Die nun bis zum Schneefall häufig zu erwartenden langen, grauen Regentage hatten augenscheinlich leichtes Spiel damit, romantische Vorstellungen eines Paradieses schnell wieder zunichte zu machen.

Sara warf beim Abräumen des Frühstückstisches einen Blick aus dem Fenster, sah jedoch nicht wirklich einen wolkenverhangenen Himmel, vielmehr ihre eigenen Visionen vor dem Hintergrund des ersten Wochenendes ohne Eltern, solang sie denken konnte. Die Herrschaften waren gerade mit dem Kofferpacken beschäftigt, für sich allein ohne Tochter. Der befürchtete Widerstand auf Saras Bitte hin, während des Verwandtschaftsbesuches bis zum morgigen Nachmittag allein zu Hause bleiben zu dürfen, fiel harmloser aus als erwartet. Nach längerem Rumgezeter gab zuletzt auch ihre Mutter nach. Offensichtlich musste die Erste Dame des Hauses endlich mal eingesehen haben, dass es wenig Sinn machte, sich ständig dem Freiheitsdrang des erwachsen werdenden Kindes in den Weg zu stellen.

‚Heute kommt unser Tag, heute wird es passieren!' dachte sie die ganze Zeit über, ohne es auch nur einmal laut auszusprechen, während sie ständig abwechselnd ins Bad, danach auf ihr Zimmer rannte, wieder nach unten flitzte, um schließlich ins Obergeschoss zurückzukehren. Dem völlig aufgedrehten Mädchen mit der Antriebskraft unzähliger Hummeln im Hintern kam es offensichtlich nicht in den Sinn, dass im gleichen Haus auch noch andere Menschen wohnten, die sich mit der Zeit ziemlich genervt fühlen könnten.

„Sara, du könntest uns mal den Gefallen tun und noch ein paar Dinge im Supermarkt besorgen", fing ihre Mutter auf einmal an, als sie gerade in ihrer neuen weißen Stretchjeans am elterlichen Schlafgemach vorbeiging. Frau Woltershausen ging in die Küche und schaute mal hier, mal dort. Danach schrieb sie alles, was ihrer Meinung nach zu besorgen war, auf ein postkartengroßes Stück Papier. Sara kam einiges auf dem Einkaufszettel stehende seltsam vor, hielt es aber für besser zu schweigen. Sie hatte bereits verstanden, zog sich dem Wetter entsprechend an, um auch alles direkt zu erledigen. Somit konnten auch ihre Eltern endlich mal in Ruhe die benötigten Sachen für die Übernachtung bei ihrem Onkel in Balingen zusammenpacken. Seit ihr Großvater väterlicherseits vor etwas über zwei Jahren gestorben war, fuhren sie nun regelmäßig zu Allerheiligen ans Grab, um seiner zu gedenken.

In diesem Jahr musste sie nicht mitkommen, hatte sie ihren eigenen Willen durchgesetzt. Gott sei Dank – ein weiterer Meilenstein auf dem Weg in die Eigenständigkeit lag hinter ihr. Wie lange hatte sie sich immer nur unterdrücken und bevormunden lassen, in erster Linie von ihrer Mutter. Alles geschah angeblich im Namen einer ‚guten Erziehung'! ‚Man wollte doch immer nur ihr Bestes', hieß es. Aber Dornröschen war nun endgültig erwacht. Sie ließ sich nicht mehr durch geheuchelte Argumente beirren. Von nun an sah sie das Ziel ganz klar vor sich. Ihr eigenes Leben hatte endlich begonnen.

Andy erwachte mit einem angenehmen Gefühl in seiner Brust. Der Morgen zog nasskalt herauf, jedoch störte ihn das äußerst wenig. Er begrüßte den Tag dennoch mit einem Lächeln, wohl wissend, was dieser Tag außer tief hängenden grauen Wolken noch zu bieten hatte. Seine Gedanken drehten sich dabei einzig und allein um das gemeinsame Wochenende mit Sara, ein großer Traum sollte heute in Erfüllung gehen. Ihre Eltern wollten bei Verwandten übernachten und erst am Sonntagnachmittag zurück sein. Bis dahin sollte niemand die Zweisamkeit zwischen ihnen stören.

Nach dem Frühstück ging Andy wie meistens an einem Samstagmorgen zusammen mit Kurt auf den Trainingsparcours. Solange es noch trocken blieb, beabsichtigten sie ihr übliches Programm durchzuziehen. Zum Glück wurde der Trimm-Dich-Pfad an den matschigsten Stellen mit Rindenmulch gestreut, sodass die Läufer nicht irgendwo mittendrin im Morast stecken bleiben konnten.

Andy war kaum zu bremsen, sozusagen die treibende Kraft an diesem Morgen. „Wie bist *du* denn drauf?", fragte Kurt erstaunt. „Bist du gedopt, Junge?" Andy schwieg und genoss gleichzeitig die Vorfreude auf das Treffen mit seiner Freundin. Aufregung, Kribbeln zwischen Leib und

Seele, er hätte die ganze Welt umarmen können, vielleicht sogar umrunden, je nachdem, wie weit er noch gedachte, über sich hinauszuwachsen. Kurt, der diesmal ungewöhnlicherweise immer nur hinterherlief, schien bereits völlig aus der Puste gekommen zu sein, als die beiden sportlichen, jungen Männer an einem Reck haltmachten. Andy machte als Erster den Aufschwung und anschließend den Umschwung. Sein Freund musste erst einmal tief Luft holen.

Am Ziel angekommen fragte Kurt: „Wie sieht's denn aus mit heute Abend? Zwei Kumpels und ich wollen uns um neun im ‚Pilsclub' treffen. Hast du Bock mitzukommen?" Andy verneinte selbstverständlich. „Ich verstehe schon, dann viel Spaß mit deiner Perle, Alter! Treib's nicht zu bunt!", lachte er spitzbübisch, als sich ihre Wege trennten.

Ausgepowert sowie auch angenehm entspannt fuhr Andreas heim. Zeit, sich frisch zu machen. Zwei Stunden später wollte er vor Saras Haustür stehen. Sie hatten das Zusammenkommen ganz bewusst so gewählt, dass ihre Eltern bereits abgereist waren, wenn er eintraf.

Er atmete noch einmal tief durch, bevor er losfuhr, überlegte, ob er wirklich an alles gedacht hatte. Dazu öffnete er noch mal seine Radtasche und betrachtete dessen Inhalt. Das Präsent aus der beliebten Chocolaterie von Nördlingen würde bei Sara mit Sicherheit gut ankommen. Wer nascht nicht gerne mal etwas Süßes?

Um zwei Uhr nachmittags stand Andy schließlich wie verabredet vor Saras Haustür. Mit strahlendem Lächeln öffnete sie und fiel ihm sofort um den Hals. „Komm rein, Schatz! Meine Eltern sind schon gegen zwölf gefahren.

Wir haben also bis morgen Nachmittag hier sturmfreie Bude!" „Gut, gut, dann werde *ich* jetzt mal für den Sturm sorgen!" Er packte sie ganz fest um die Hüften und wirbelte sie zweimal kräftig herum. „Huch, mir wird gleich schwindelig!", lachte sie. Ihr Blick fiel auf sein Mitbringsel. „Ui!", brachte sie überrascht hervor. „Wo hast du die denn her?" Andy zog schmunzelnd die Augenbrauen hoch. „Das wird nicht verraten." „Ich kann's mir schon denken." „Hebe sie dir für die schönsten Momente im Leben auf, meine Liebe!" ‚Dieser Charmeur, wahrscheinlich genießen wir die Pralinen bereits heute Abend gemeinsam,' dachte Sara. Ein liebevoller Kuss, dann nahmen sie im Wohnzimmer auf dem dunkelbraunen Ledersofa Platz. Sie legte sich längst über seine Beine, wobei er ihren Kopf mit der linken Hand hochhielt. Die Füße baumelten dabei lässig jenseits der Sofalehne. Saras weiche Finger kribbelten überaus angenehm auf seinem Handrücken.

„Ist wirklich angenehm, diese sturmfreie Bude bei dir." Andy lehnte entspannt den Kopf zurück. „Sturm- und drachenfrei, meinst du", ergänzte sie mit neckischer Lache. „Ist es tatsächlich so schlimm im Hause Woltershausen?", fragte er mehr oder weniger scherzhaft. „Ach komm, lass uns das Thema einfach mal vergessen. Ich habe mir übrigens einen guten Film aus der Videothek ausgeliehen. Sie stand auf, ging zum Wohnzimmerschrank und hielt die entsprechende Videokassette demonstrativ in seine Richtung. „St. Elmo's Fire, kennst du den schon?", wollte sie wissen. „Gehört habe ich davon schon. Wovon handelt der Film?" „Das wird nicht verraten!", gab sie ihm als Retourkutsche zur Antwort.

Andy sprang von der Couch hoch und rannte auf sie zu. „Du kleine Schnepfe, du!" Sara gackerte laut los, als er sie von hinten packte und zu kitzeln begann. Er war sich durchaus darüber bewusst, wie viel Vertrauen sie ihm entgegenbringen musste, um angesichts ihrer kürzlichen Gewalterfahrung nicht in solch einem Augenblick erschrocken zusammenzuzucken. Sekunden später ließ das Gealbere wieder nach. Sie wandten ihre Gesichter einander zu, worauf eng umschlungen ein langer, sinnlicher Kuss folgte. Sie standen noch eine Weile so da, zwei Herzen, die nah beieinander füreinander schlugen.

Arm in Arm machten sie es sich anschließend wieder auf dem Sofa bequem und ließen sich von einem Liebesdrama verwöhnen. Sieben junge Menschen, die nach der Collegezeit ihre Zukunft selbst in die Hand nahmen. Ein Film voller Liebe, Lust und Leidenschaft, in dem auch Krisensituationen bewältigt werden mussten. Szenen, bei denen sich die beiden jung Verliebten oft selbst wiedererkannten, rauschten über den Bildschirm. Zwischenzeitlich sahen sie sich immer wieder mal tief in die Augen, tauschten verliebte Blicke aus.

„Der Film spielt da vorne, Liebster", foppte Sara ihren Freund mit einem Mal, dem seiner Ansicht nach das Augenmerk für das Wesentliche zu keiner Zeit verloren gegangen war. Wie recht er doch hatte, erkannte Sara plötzlich. Bei der letzten Kinovorstellung hatte sie doch jemand ganz Besonderen vermisst ...

Der Film war längst vorbei, als sie während der zunehmenden Dämmerung immer noch wie ein Gedanke und ein Körper beieinander auf der Wohnzimmercouch saßen. „Sollen wir auf mein Zimmer gehen und es uns so richtig gemütlich machen?", schlug Sara vor.

Das Zimmer war angenehm beheizt, ein wunderbarer Kontrast zum stürmischen Wetter draußen. Sara zog gerade die Jalousie herunter, als Andy von hinten sanft ihre Hüften umfasste und sie hingebungsvoll am Hals küsste. Ein tiefer Atemzug der Leidenschaft, ein Sinnesrausch umgab sie. Langsam öffnete sie ihre enge Jeans und ließ sie die Beine hinabgleiten. Andreas zog ihr den Pulli aus. Als das Mädchen nur noch mit Slip und BH bekleidet war, schubste es ihn aufs Bett. „So, mein Lieber, jetzt bist du dran." Grinsend zog Sara ihm bis auf den Schlüpfer sämtliche Klamotten vom Leib.

Nun kuschelten sie sich eng aneinander unter der Bettdecke. Was für ein herrliches Empfinden, endlich mal Zeit füreinander zu haben, sich einfach nur von Gefühlen leiten zu lassen an einem Ort, der nur ihnen allein gehörte, wo niemand mehr ihren unwiderstehlichen Liebesdrang, dem sie nun nachgehen wollten, unterbinden konnte. Nach minutenlangem Küssen und Streicheln tastete Andy sich auf ihrem Rücken vor und öffnete den Verschluss des Büstenhalters. Total erregt drückte sie ihren Hinterkopf ins Kissen, als seine Zunge über ihre hart gewordenen Brustwarzen glitt. Sara ließ sich lange Zeit einfach nur voller Hingabe treiben, bis sie mit einem Mal die Nachttischlampe anknipste, die Bettdecke hochwarf und sich auf ihn draufsetzte, sodass ihre Schenkel seine Beine einschlossen. Andy wartete ganz gespannt, was jetzt geschah. Mit lüsternem Blick wanderten ihre zarten Hände bedächtig über seinen Körper, bis sie den Unterleib erreichten. Der Schlüpfer straffte sich enorm unter ihren sinnlich dahingleitenden Fingern. Vorsichtig zog sie ihn nach unten. Der Junge kam nun richtig in Wallung. Sara öffnete die oberste Schublade des Bettschränkchens und nahm eine Packung Kondome heraus, die sie nun hastig aufriss, um eines davon behutsam über sein erigiertes Glied zu schieben. Augenblicklich machte auch sie sich vollkommen nackt und ließ ihn sanft in sich hineingleiten.

Ein kosmisches, geradezu überwältigendes Gefühl überkam Sara. Andreas musste es seinem Stöhnen zufolge genauso gehen. Ihr ganzer Körper zitterte vor Erregung, ein Prickeln, das tief unter die Haut ging. Kurze Schmerzwellen wurden im Taumel der Lust ausgeblendet, während seine Hände von ihren Brüsten bis runter zu den Hüften sämtliche erogene Zonen berührten, die sie zu finden in der Lage waren. Den Kopf weit in den Nacken gelegt verschwand alles zunehmend um sie herum. Diese Momente voller Lust und Leidenschaft stellten einfach alles bisher Erlebte in den Schatten. Könnten sie nicht ewig bleiben ...?

Nachdem der erste Ansturm vorbei war, ließ sich Sara angenehm erschöpft auf ihm nieder. Der Regen prasselte zum Teil recht heftig gegen die Rollladen. Es störte die beiden nicht im Geringsten. Er könnte ihretwegen auf die ganze Welt fallen, derweil die Arche eine Geborgenheit ausstrahlte, die resistent gegen alle irdischen Irritationen war.

Sie liebten sich noch öfter in ihrer ersten gemeinsamen Nacht, bevor das Morgenlicht ganz gemächlich durch die Schlitze in den Lamellen einen Zugang zum Paradies auf Erden fand.

Ankes Rache

Die Nachwirkungen des letzten Wochenendes waren für Andy am darauffolgenden Montag noch deutlich zu spüren, etwas, woran er angenehm berührt zurückdachte. Dem Himmel sei Dank, dass am Allerheiligen spielfrei für die Sportvereine war, wodurch sein bisher aufregendstes Erlebnis überhaupt erst möglich wurde. Anke, die mit zerknittertem Gesichtsausdruck hinter ihrer Schulbank saß, hatte anscheinend genug Gesprächsfetzen aus der locker geführten Plauderei zwischen den beiden Mannschaftskameraden von der Fußballabteilung des SV Bopfingen mitbekommen, um sich ihren eigenen Reim daraus zu machen. Von einer simplen, zwanglosen Freundschaft konnte längst nicht mehr die Rede sein in Anbetracht der Gegebenheit, dass die unglücklich verliebte Frau ihm fast immer nur mit einem Schmollmund begegnete, egal, ob in der Berufsschule oder im Betrieb.

Andreas war es langsam leid, in behutsamer Form weiter auf seine Kollegin einzugehen. Er und Sara waren nun mal ein Paar, das hatte sie zu akzeptieren! Konnte *das* denn so schwierig sein? Offensichtlich ja! Sicherlich gingen Herz und Verstand in der Liebe oftmals getrennte Wege. Zu begreifen wäre gar nicht so schwierig, wenn man einfach nur mal eben einen Schalter umlegen müsste …

Andreas zerbrach sich wieder einmal viel zu sehr den Kopf um einen Menschen, der ihm mittlerweile egal sein sollte. Er beobachtete das Mädchen mit dem blonden Haarschopf während der Unterrichtsstunden öfters mal von hinten, eigentlich viel zu oft, wenn er ehrlich war. Doch vergaß er zu keiner Zeit, wem tatsächlich sein Herz gehörte.

Der Niedersachse glaubte seinen Augen nicht zu trauen, als er einen Tag später die Tür zum Archivbüro aufmachte und dort Anke mit Herrn Salentin am Schreibtisch gegenüber entdeckte. Sie, die lässig mit ihrem Hintern auf der Schreibtischkante saß, zog augenblicklich die Spitze ihres Lederstiefels aus dem Schritt des Personalleiters zurück, wenn ihn nicht alles täuschte. Dass zudem ihre Bluse einen Knopf zu weit offen stand, war garantiert kein Versehen. Die Gesichter der Betroffenen verrieten eindeutig zwei auf frischer Tat ertappte Personen, die schlechten Gewissens erschrocken reagierten, als sie ihn wahrnahmen. Claudia, die einen Großteil ihrer Arbeit im Archivbereich verbrachte, war zu jener Zeit für eine Woche im Urlaub, somit hatten die beiden Anwesenden womöglich nicht unbedingt mit dem Erscheinen einer weiteren Person gerechnet.

„Morgen!", rief er ihnen freundlich zu, um sich nichts anmerken zu lassen. Er nahm geschwind die entsprechende Akte, weswegen er gekommen war, aus einem der zahlreichen Fächer und suchte gleich wieder das Weite. ‚Dieses Luder scheint wohl mit allen Wassern gewaschen zu sein,' dachte er beinah schon laut, nachdem die Tür zum Archiv hinter ihm ins Schloss fiel. Ziemlich verblüfft über diese eigenartige Begegnung machte er sich auf den Weg zurück in sein Büro.

❖❖❖

Der Nebel umklammerte förmlich Andys Hals an jenem grauen Morgen Mitte November. Der Betrieb war bereits in Sichtweite, als er nochmals sein Fahrrad anhielt, um zum Schutz gegen den feuchtkalten Dunst den Schal ein wenig enger zu ziehen. Er fühlte sich alles andere als gut, hatte in letzter Zeit nur wenig geschlafen, teilweise auch ziemlich schlecht. In der Nacht von Freitag auf Samstag begegneten ihm extrem hässliche Gesichter, Menschen, die ihn bloßstellten und allerhand unverständliche Vorwürfe reinreichten. Dann entpuppten sich seine Ankläger auch noch zu regelrechten Monstern mit ekelerregenden Fratzen, während Sara, die mit verzweifeltem Blick und aller Macht seine Hand zu fassen versuchte, sich immer weiter entfernte, bis sie schließlich mit einem lauten Hilfeschrei hinter farbigen Nebelschleiern verschwand.

Nach dem Erwachen musste Andy erst mal realisieren, dass das ihm Widerfahrene nur ein böser Traum war, nichts weiter. Oder verbarg sich hinter diesen düsteren Visionen zufällig ein tieferer Sinn? Falls ja, wollte ihm dieser nicht einleuchten. Das Wochenende war ganz amüsant, sozusagen feierlich. Der Torwart seiner Mannschaft gab mit einer Party im Vereinsheim ganz offiziell seine Verlobung bekannt. Die komplette Fußballmannschaft mit Partnerinnen sowie zahlreiche Freunde und Verwandte waren am Samstagabend zu Gast. Sara, die nach der Feier in den frühen Morgenstunden einen ordentlichen Schwips hatte, durfte ausnahmsweise mal wieder bei ihm übernachten. Den Sonntagvormittag ließen sie dann nach dem Erwachen gemütlich im Bett mit viel Schmuserei angehen.

Eigentlich ging es ihm gut, war er doch frisch verliebt und glücklich mit seiner Freundin. Die Firmenmitarbeiter sahen es ihm auch an, stellten dabei gerne mal neugierige Fragen bezüglich seiner Person wie auch seines Umfeldes. Es fiel ihm nicht immer leicht, als Auszubildender die Grenzen zu wahren zwischen höflicher Verweigerung gewisser Dinge, die zu persönlich waren und der eigenen Diskretion, um anderen Mitarbeitern nicht selbst zu nahe zu treten.

Insgesamt betrachtet fühlte er sich zwar auf einem guten Weg, aber dennoch wollte diese Erkenntnis nicht zu seinem Wohlbefinden beitragen, ein Zustand, der seltsamerweise auch gegenwärtig noch anhielt, während er beim Wiederbesteigen seines Drahtesels das gefühlskalte Dienstgebäude durch den Nebel kritisch beäugte.

Das Klassenzimmer war gut beheizt, als Sara eintrat. Bis auf wenige Schüler war der Raum bereits besetzt. Sie war eine der Letzten, die dort eintraf. „Morgen, Mädle, wie war die Party am Samstag mit deinem Männle?" „Nicht so stürmisch, Frau Franke", erwiderte Sara in scherzhafter Manier. Zunächst zog sie ihre dunkelblaue Fleecejacke aus und schwang sie über die Stuhllehne. „Ganz gesellig, ausgelassene Stimmung, wir sind bis gegen zwei Uhr geblieben." „Wahrscheinlich warst du das Küken des Abends, Sara." Kathrin lachte herzlich ohne sich wirklich über ihre beste Freundin lustig machen zu wollen. „Nur weil du gefehlt hast, Mädle!" Gelächter kam nun auch von der hinteren Bank, besetzt durch Elke und Nina, die sich neugierigerweise oder vielleicht auch interessehalber – je nach Sichtweise – in die amüsante Unterhaltung einklinken wollten. „Manfred wohnt übrigens in unserer Straße, ein Stück weiter hinten auf der anderen Seite", bemerkte Kathrin. „Wie viele Gäste waren eingeladen?", wollte nun Elke wissen. „Kann ich nicht genau sagen, ein paar Dutzend waren es auf alle Fälle. Das Vereinsheim war gut ausgefüllt, soviel dazu."

„Alles soweit gut verlaufen?", fragte Nina, die mit ihrem kurzen blonden Haar und der dicken Hornbrille zwar nicht unbedingt eine Schönheit darstellte, aber durch ihr Lachen umso mehr Sympathie ausstrahlte. „Fast..." Gespannte Gesichter warteten nun auf den Rest der Antwort.

„Der Sekt hat ordentlich reingehauen, ich sag's euch, Mädels", ergänzte sie beinahe schon selbstironisch. „O je, musste dein Freund dich vielleicht nach Hause tragen, Sara?", kicherte Nina lauthals. „Wahrscheinlich stand eine Schubkarre um die Ecke", gackerte nun auch Elke los. Die Belustigung erreichte vom Lärmpegel her gerade ihren Höhepunkt, als auch schon die Englischlehrerin das Zimmer betrat. Die Mädchen sahen sich gezwungen, innerhalb weniger Sekunden wieder ernstere Mienen an den Tag zu legen. Sara hoffte insgeheim, dass Andreas beim Erzählen vom vergangenen Wochenende genauso viel Freunde entwickeln konnte. Doch hatte sie irgendwie im Gespür, dass ihn trotz aller vorgegebenen Ausgelassenheit bei der Feier etwas bedrückte, worüber er nicht sprechen wollte. Zudem hatte er die letzten Nächte nach eigener Aussage auch nicht gut geschlafen. Gab es einen Grund zur Besorgnis?

Das Berufsleben war schon im Vergleich zur Schulzeit eine riesige Umstellung, erforderte immerzu eine ordentliche Portion Energie, um vieles bewerkstelligen zu können. Langsam ging es auf die Jahresendabrechnungen zu. Gelegentlich musste er in diesem Zusammenhang auch schon mal Dienste für die Buchhaltung erledigen wie auch an jenem Dienstagnachmittag, als man ihn beauftragte, ältere Abrechnungen aus dem Archiv zu besorgen. Anscheinend hatte Anke, die, ohne sich auch nur einmal nach ihm umzudrehen, wenige Meter vor ihm herging, den gleichen oder zumindest einen ähnlichen Auftrag erhalten. Ausdruckslos sah sie ihn beim Betreten des Raumes von der Seite an und ließ die Türe ohne weiteren Kommentar für ihn geöffnet. Niemand von ihnen sprach ein Wort während des Suchens. Todesstille – sie schienen allein im Büro zu sein.

Nach minutenlanger Sucherei entschied sich Andy dafür, diese fast schon unheimlich wirkende Schweigsamkeit zu unterbrechen. „Es gibt ja eine Menge zu tun bis zum Jahresende", warf er lapidar in den Raum. Ein süffisantes Grinsen stand auf ihren Lippen. „Ach, du Ärmster!", fing sie zu stänkern an. „Hast du jetzt nicht mehr so viel Zeit für deine Tussi?" „Freundin wäre vielleicht der bessere Ausdruck dafür", erwiderte er pikiert, beschloss zugleich, das Gespräch sofort wieder abzubrechen, welches ihm auf solchem Niveau geführt völlig sinnlos vorkam.

„O ha, ist der Herr jetzt etwa beleidigt?!", fing Anke gehässig an zu lachen. Der Niedersachse verweigerte jegliche Reaktion auf ihr provokantes Verhalten, versuchte sich einfach nur auf seine Arbeit zu konzentrieren. „Wie kann ich denn bloß unseren Andy wieder zum Strahlen bringen?" Die Giftnudel ließ nicht locker. „Am besten stellst du den Versuch einfach ein. Dazu fehlt dir das gewisse Etwas", entgegnete er trocken. „Ach, tatsächlich? O Mann, deine Sara muss ja eine geradezu göttliche Persönlichkeit haben, dass sie dich so toll zu amüsieren versteht!"

Ganz offensichtlich hatte Andy mit seinem Argument einen empfindlichen Punkt bei ihr erwischt.

Da war sie nun wieder, die schnippische Anke, die aggressive Anke, manchmal auch die charmante Anke, alles in einer Person. Die junge Frau musste seiner Auffassung nach psychisch einen nicht unerheblichen Knacks weghaben. „Anke, lass es bitte bleiben!", forderte er sie auf. „Du gehst jetzt wirklich zu weit." Die Provokateurin zog eine Grimasse und begann ihn dabei nachzuäffen. Eine letzte blöde Bemerkung, dann wurde es endlich wieder still. Andreas wollte gerade den Rückweg in sein Büro antreten, als er mit dem letzten Blick auf das zornige Mädchen Tränen in dessen Augen sah. Plötzlich tat sie ihm leid.

„Mensch Anke, mir ist völlig klar, dass ich damals im Zelt in Wemding deinen Stolz verletzt habe, aber was hätte ich denn tun sollen?" Er versuchte, ihr geduldig alles noch einmal begreiflich zu machen, was ihm zuvor nicht gelungen war, wobei er Schritt für Schritt näherkam. „Ich bin dir anscheinend nicht gut genug als Freundin", jammerte sie. „So darfst du das nicht sehen, Anke." „Und woran liegt es dann, Andy?" Sie wirkte verzweifelt, von der anfänglichen Überheblichkeit fehlte nun jede Spur. „Ist deine Sara etwa hübscher oder klüger als ich? Was hat sie denn bloß, was ich nicht habe!?" „Anke, bitte, du verrennst dich da in was. Auch du siehst gut aus.

Du könntest viele Jungs haben, wenn du wolltest!" Seine dunklen Augen wirkten flehend, ihre hingegen glühten mit einem Mal wie von Hass besessen. „Vielleicht will ich ja mit dem Kopf durch die Wand, so zum Beispiel!" Sie schlug ihren Kopf fest an die Außenkante des Metallschrankes für die Hängeregistratur, kurz darauf ein zweites Mal. Eine Platzwunde an der Stirn wurde erkennbar, Blut floss heraus. Andy hätte jetzt am liebsten laut geschrien, wollte diesen Wahnsinn um jeden Preis auf der Stelle beenden, jedoch verschlug es ihm die Sprache. Während er in seiner Bewegung vor Schreck erstarrte, öffnete die Furie ruppig ihr Haar und wirbelte es ordentlich durcheinander, bis es nur noch struppig an allen Seiten herunterhing. Anschließend zerriss sie ihre rote Bluse und stürzte wie eine geschundene, misshandelte Frau mit tränenverwaschenem Gesicht aus dem Archiv. Eine kreischende Stimme, eine Frau, die vom Wahnsinn gepackt wurde, hetzte über den Flur. Andreas stand immer noch wie in Stein gemeißelt da, unfähig, das entsetzliche Ereignis zu begreifen. Er rang um Fassung. Um Himmels willen, was ging hier bloß vor sich?

Minuten verrannen, in denen er nur wie geistesabwesend die Schränke der Registratur anstarrte. „Andy!", hauchte plötzlich eine zarte Stimme aus dem Hintergrund. Überrascht drehte er sich um und entdeckte Claudia, die völlig unerwartet hinter einem Aktenschrank auftauchte. Sie musste seit geraumer Zeit schon im Zimmer gewesen sein, hatte es jedoch offensichtlich vorgezogen, im Hintergrund zu bleiben. Nun stand sie mit blassem Gesichtsausdruck schüchtern im hintersten Winkel des Aktenraumes. Beide bekamen keinen Ton heraus. Das Szenario hatte wohl alles in den Schatten gestellt, was man im Normalfall in einem Betrieb erwarten konnte. Langsam setzte er sich in Bewegung und verließ mit äußerst unguten Gefühlen den Archiv- und Registraturbereich.

Was wollte Anke mit der vorangegangenen Aktion bewirken? Er wagte es kaum, seine schlimmsten Befürchtungen zu Ende zu denken.

Nach wenigen Schritten auf dem Büroflur kamen Andreas auch schon ziemlich aufgelöst Herr Salentin wie auch Herr Sprenger vom Sicherheitsdienst mit breiter Brust entgegen. Ihm war auf der Stelle klar, was das zu bedeuten hatte. „Herr Debus, bleiben Sie auf der Stelle stehen! Sie gehen hier nirgendwo mehr hin und warten mit uns, bis die Polizei eintrifft!", schmetterte ihm der Herr Personalchef im Befehlston entgegen. Der Auszubildende schaute verängstigt von einem Mann zum anderen. „Ich...habe nichts gemacht, sie hat sich das selbst angetan!", sagte er mit schlotterndem Kiefer. „Erklären Sie das der Polizei! Bei uns haben Sie ab sofort Hausverbot!" Beide Männer machten den Flur geschickt so eng, dass es schier unmöglich war, an ihnen vorbeizukommen und sich davonzustehlen. „Fragen Sie Frau Wiesenthal, sie hat alles mitbekommen!", schrie er in seiner Verzweiflung hinaus.

Die tief stehende Nachmittagssonne fiel aus einer Wolkenlücke, die sich kurz zuvor geöffnet hatte und bereits wieder zu schließen drohte. Der größte Teil der Strecke, den Sara bis zu Andy fuhr, wurde längst von langen Schatten durchzogen, offene Stellen zwischen den Häusern vom starken Wind durchstriffen. Die Gefahr, von einer

Böe zur Seite gedrückt zu werden, war hierbei nicht zu verachten. Vor dem kleinen Plattenladen schräg gegenüber dem Rathaus machte sie Halt. Ganz nach seinem Geschmack suchte sie eine schicke Langspielplatte als Überraschung aus, dessen Besonderheit in Form einer sogenannten ‚Picture-Disc‘ mit aufgedruckten Gesichtern der einzelnen Bandmitglieder bestand. Diese musste ihm einfach gefallen, war sie sich sicher. Stolz verließ sie das Geschäft, wissend, dass Andys Freude auch die ihre sein würde. Geteilte Freunde war und blieb nun einmal doppelte Freude.

Die elegante blaue Damenuhr an Saras Unterarm, farblich gut zu ihrer Jacke passend, zeigte viertel vor fünf, als sie vor seiner Haustür stand. Mit etwas Glück war er bereits daheim. Sie klingelte, wartete, doch niemand öffnete. ‚Nun gut,‘ dachte sie bei sich, ‚dann kann ich ihn bei seiner Ankunft überraschen.‘ Eine kleine Aufmunterung konnte Andy sicherlich brauchen, kam er ihr doch gestern in der Schule etwas durch den Wind vor. Er wirkte matt, abgespannt, hatte schlecht geschlafen, einfach nur schlecht geschlafen, wie er von sich selbst behauptete. War es wirklich die ganze Wahrheit? Sie sah bei ihm in von Sorgen geplagte Augen, als würde er sich vor etwas fürchten. Auf ihre Frage hin, was denn los sei, bekam sie keine richtige Antwort, zumindest nicht die, die sie erwartet hatte. Vielleicht hatte er Ärger in der Firma oder es war irgendetwas Unvorhergesehenes passiert, worüber er lieber zu schweigen vorzog. Dabei sollte er doch wissen, dass er mit ihr über alles sprechen konnte, dass er ihr vollstes Vertrauen hatte. Oder gab es doch ein Geheimnis, wovon sie nichts wusste und auch erst mal nichts von wissen sollte? Vielleicht …

Was zum Teufel bereitete ihr eigentlich solchen Kummer? Ihr Andy liebte sie von ganzem Herzen, und sie liebte ihn genauso sehr. Gäbe es irgendwie Probleme, würde er es ihr garantiert sagen. Also fort mit den Zweifeln! Jeden Moment müsste er um die Ecke kommen und sie herzlich in Empfang nehmen.

ALBTRAUM

Andy saß in einer kleinen Zelle auf dem Polizeipräsidium in Aalen. Stille herrschte um ihn herum. Der Raum war kahl mit nur einer Toilette, einem Waschbecken und einem Bett ausgestattet, das eher einer Pritsche ähnelte. Das Fenster dahinter war vergittert, machte jede Flucht unmöglich. Warum und wohin sollte er jetzt auch fliehen? Mal ganz abgesehen von der Frage, was er überhaupt verbrochen hatte, weshalb man ihn zwischen diesen kalten Wänden festhielt? Man hatte ihn aktenmäßig wie einen Verbrecher erfasst, einen mutmaßlichen Vergewaltiger! Fingerabdrücke, Größe samt Foto, Besonderheiten und so weiter. Lange Zeit fühlte er sich unangenehmen Verhören ausgesetzt, Fragen über Fragen, mit denen er absolut überfordert war. Wem sollte diese ganze Fragerei nützen? Ihm selbst schon mal überhaupt nicht. Er brauchte dringend Antworten auf seine eigene Ratlosigkeit. Noch immer war er versucht, die gegenwärtige Situation wenigstens in Worte fassen zu können. Das ganze Szenario konnte nur ein schrecklicher Albtraum sein, aus dem er jeden Moment erwachen würde, besser gesagt, erwachen wollte! Er schloss seine Augen, kniff sie fest zusammen, öffnete sie erneut und stellte zu seiner Enttäuschung fest, dass diese noch immer jene menschenunwürdige Räumlichkeit erblickten, der er schnellstmöglich zu entkommen beabsichtigte. Er wiederholte das gleiche Spiel mehrmals, nichts änderte sich. Er war tatsächlich Gefangener in einer Arrestzelle mit Metallgittern vor dem Fenster.

Und weiterhin diese grauenhafte Stille, dieses Warten. Alles hatten sie ihm abgenommen, Gürtel, Schlüssel, Portemonnaie, Armbanduhr, und obendrein fühlte er sich zudem noch seiner Würde beraubt. Wie spät mochte es sein? Langsam ging jedes Zeitgefühl verloren. Irgendwann musste doch jemand erscheinen, der ihm bestätigte, dass alles nur ein Irrtum war, dass er als freier Mensch unbescholten diese vier Wände verlassen und ganz normal ins Leben zurückkehren konnte, als sei niemals etwas geschehen. Sekunden wurden zu Minuten, Minuten zu Stunden. Dabei hatte er doch ausführlich der aufgenommenen Protokollführerin erklärt, wie sich alles in dem Firmenbüro zugetragen hatte und auch, dass Claudia ganz offensichtlich das gesamte Geschehen beobachtet hatte, ohne dabei selbst in Erscheinung zu treten. Angeblich könne Frau Wiesenthal dazu nichts sagen, lautete die Erklärung der Polizeibeamtin, welche die ersten Ermittlungen vor Ort durchgeführt hatte. Eine Nachricht, die ohnmächtig machen konnte. Jedoch dämmerte es ihm langsam, wo der Haken bei der Sache lag.

Generell war es bei Riesweite verboten, während der Arbeit Musik per Walkman zu hören. Im Prinzip wussten es alle Kollegen, lediglich Claudia, der man es toleranterweise gerne mal zubilligte, dachte nicht weiter darüber nach. Unabhängig von ihrer Leistungsfähigkeit, die aufgrund einer Behinderung als dementsprechend eingeschränkt galt, schätzten ihre Kollegen sie immerzu als fleißige, zuverlässige Mitarbeiterin. Nach kurzer Mittagspause saß sie schnell wieder am Arbeitsplatz und ging ihren Verpflichtungen nach. Im Bereich der Archivierung sowie dem Registrieren von Geschäftsvorfällen damals wie gegenwärtig gab es neben den zahlreichen Kopieraufträgen, gleichauf mit Botendiensten durchgehend Arbeit für die junge Frau, die froh darüber zu sein schien, im Dienst dieser renommierten Firma stehen zu dürfen. So geschah es auch an jenem Dienstagnachmittag im November des Jahres 1987, als Claudia routinemäßig Schreiben von Geschäftspartnern als Posteingänge sortierte, wie üblich im Bereich Archiv/Registratur. Dort saß sie am liebsten beim Ausüben ihrer Tätigkeiten. Diese Einsamkeit, diese Ruhe, das Büro strahlte auf unerklärliche Weise eine Geborgenheit aus, in der sie sich wohl fühlte, die ihr den notwendigen Schutz vor der Außenwelt gab, warum auch immer. Gegen den Mangel an sozialen Kontakten tröstete für gewöhnlich Musik, meistens aus ihrem eigens mitgebrachten Abspielgerät für Kassetten, deren inhaltlichen Klänge sie über einen Minikopfhörer aufnahm. Sie liebte es, dabei leise mitzusummen. Ginge es nach ihr, würde sie während der gesamten Dienstzeit an jenem Arbeitsplatz verweilen, der hinter Aktenwänden versteckt als Rückzugsort vor einer Umwelt diente, zu der sie kein richtiges Vertrauen fand.

Die Freude an der Musik erstarb abrupt, als sich ein Streitgespräch zwischen Kollegen in ihrem Reich der verborgenen Harmonien zum Störfaktor entwickelte. Claudia stellte das Gerät ab. Was ging da vor sich? Die Registratorin blieb auf ihrem Stuhl hocken, schob lediglich hinter einer Aktenwand sitzend einige Ordner in beide Richtungen zur Seite, wodurch ein Sichtfenster zum Beobachten entstand.

Die neuen Auszubildenden hatten offenbar eine Meinungsverschiedenheit zu klären. Ein Schlagabtausch an Argumenten, wobei Andreas, den sie persönlich sehr gut leiden mochte, allem Anschein nach als moralischer Sieger aus dem Disput hervorzugehen schien. Für Claudias verletztes Ego war es geradezu eine Genugtuung, wenn dieses Weibsbild namens Anke Sievers, wie bereits wenige Wochen zuvor, mal wieder in ihre Schranken verwiesen wurde.

Auweia! Was war das denn gerade? Wieso verletzte sich Anke plötzlich selbst, indem sie ohne Andys Einfluss ihren Kopf an den Registraturschrank schlug?! Damit noch nicht genug; nun zerknautschte sie auch noch ihr Haar und zerriss gewaltsam ihre Bluse! Danach rannte das Mädchen viel vom Satan getrieben schluchzend aus dem Zimmer.

Entsetzt legte Claudia die Finger der rechten Hand auf die Lippen ihres offen stehenden Mundes. Sowohl die Situation wie auch Ankes Verhalten waren ihr völlig unbegreiflich. Diese Person wurde ihr immer unheimlicher, konnte einfach nur verrückt sein. Andreas wirkte ebenfalls völlig geschockt durch Ankes Reaktion.

Sie betrachtete den jungen Auszubildenden noch ein Weilchen, bevor sie aufstand und sich vorsichtig aus ihrer Deckung wagte. „Andy!", brachte sie nur leise heraus. Die total entsetzt schauenden Augen des Niedersachsen waren einfach nur noch bemitleidenswert. Der Wille zum Helfen stieg empor, doch irgendwie fühlte sich Claudia nicht in der Lage, diesem nachzukommen. Wie in Trance bewegte er sich langsamen Schrittes zum Ausgang und schloss leise die Tür hinter sich.

Erschlagen von den Ereignissen setzte sich die brünette Registratorin erst einmal zurück in den Sessel. Sie starrte zunächst nur apathisch geradeaus, bis Tränen über ihre Wangen liefen.

Langsam wurde es Sara zu viel. Nicht nur, dass es bereits auf halb sechs zuging, es wurde zudem auch noch kalt. Der Spätherbst im November war eh schon nicht ihre Lieblingsjahreszeit, daher beschloss sie, nicht länger auf ihren Partner vor dessen Haustüre zu warten. Liebe hin, Liebe her, enttäuscht fuhr sie wieder heimwärts. ‚Wird schon alles seine Richtigkeit haben,' war sie der Meinung. ‚Eventuell muss er länger arbeiten, trifft sich womöglich noch mit Kurt und fährt gemeinsam mit ihm zum Fußballtraining.' Es bestand also kein Grund zur Beunruhigung.

Dennoch kamen tief in ihrem Herzen Zweifel auf ...

Die Tür zur vermeintlichen Freiheit öffnete sich. Diesem grauenvollen Warten mit all seiner Unsicherheit stand ein unerbittliches Herbeisehnen nach einem Ende von jenem geschundenen Menschen entgegen, dem noch längst nicht bewusst war, wie sein Leben eigentlich weitergehen sollte. ‚Erst einmal raus aus dieser Zelle,' war sein erster Gedanke und zugleich auch der einzige, den er mit seinem verbliebenen Verstand noch fassen konnte.

Ein diensthabender Beamter betrat den Raum. „Herr Debus, der zuständige Richter verzichtet vorerst auf eine

Anhörung. Aber machen Sie sich in jedem Falle auf einen Prozess gefasst!", erklärte er. „Am besten suchen Sie sich einen guten Anwalt." Andreas nickte nur betreten.

Lautes Gebrüll eines Inhaftierten kam aus einer Nebenzelle, Stimmen der Polizei waren ebenfalls zu hören. Er konnte nichts mehr wirklich aufnehmen, fühlte sich hundeelend, als er endlich das Präsidium verlassen durfte. Geräusche drangen in seine Ohren wie im Zustand einer völligen Bewusstseinsvernebelung, nichts hörte sich mehr wie gewohnt an.

Der Bahnhof von Aalen lag etwa zehn Minuten Fußweg von der Wache entfernt. Andy dürfte bei seiner langsamen Trotterei wohl gut und gerne die doppelte Zeit dafür gebraucht haben. Hupende Autos, Menschen, die ihn merkwürdig anstarrten, alles ging irgendwie an ihm vorbei. Als man ihn mit zum Polizeipräsidium nahm, muss es ungefähr 15 Uhr gewesen sein. Nun war es halb sieben, als er über kaltem Asphalt auf die Gleise zusteuerte. „Eine einfache Fahrt nach Bopfingen, bitte!", gab er in einem Zustand von sich, der jegliche Form von Wachbewusstsein vermissen ließ. Auf dem gesamten Heimweg schaute er so gut wie niemandem mehr ins Gesicht. Er wollte sich nur noch verkriechen, wünschte sich weit weg von diesem Ort. ‚Vergewaltigung oder wenigstens versuchte Vergewaltigung der Frau Anke Sievers', lautete der Verdacht. Wie konnten sie ihm so etwas Schreckliches anhängen, wo doch alle wussten, wie sehr er seine Sara liebte? Apropos, wie sollte er ihr das erklären? Würde sie ihm tatsächlich glauben? Wahrscheinlich stand sie schon längst vor der Haustür und wunderte sich nun über seine Abwesenheit, waren sie doch für diesen Nachmittag verabredet gewesen.

In der Sitzreihe daneben saß eine Mutter mit zwei kleinen Kindern, die ziemlichen Spaß an der Bahnfahrt zeigten. Im Normalfall hätte auch ihn die Situation amüsiert. Dieser Fall lag in weiter Ferne. Komplett entrückt von der Realität hätte er um ein Haar noch den Ausstieg in Bopfingen verpasst.

Zu Hause angekommen saß Andy noch bis spät in die Nacht hinein auf seinem Sofa und versuchte zu begreifen, was schier unbegreiflich war. Dass Anke aus Eifersucht so weit gehen würde, wäre ihm im Traum nicht in den Sinn gekommen. Der Ausbildungsplatz war selbstverständlich futsch wie auch sein anfangs guter Ruf in der neuen Heimat. Er konnte sich von nun an nirgendwo mehr wirklich blicken lassen. Ferner erwartete ihn noch eine Gerichtsverhandlung mit völlig offenem Ausgang. Der Polizist hatte vollkommen recht, er brauchte händeringend einen guten Verteidiger für die anstehende Verhandlung.

Zunächst jedoch brauchte er erst mal eine Mütze voll Schlaf in seiner Verfassung. Erschöpft wie niemals zuvor fiel sein müder Körper schon beinahe wie von selbst in die Federn. Die Augen konnten jetzt nur noch zufallen auf dem Weg zum gewünschten Ruhepunkt. Gab es doch noch eine Chance, aus diesem Albtraum zu erwachen?

Er bekam richtig weiche Knie, sein Herz rutschte förmlich in die Hose, als Sara durch das Treppenhaus mit einem Stoffbeutel in der Hand auf seine Wohnungstür zulief. Die Stunde der Wahrheit war nun gekommen.

„Hallo Schatz!", begrüßte sie ihn, freudestrahlend wie immer, obgleich er gestern Nachmittag nicht zur verabredeten Stunde vor Ort war. Er schaute sie nur wortlos an, verhielt sich auch beim Begrüßungskuss äußerst passiv. „Stimmt etwas nicht mit dir, Liebster?" Sie runzelte verwundert die Stirn. „Ich habe gestern Abend übrigens zweimal versucht dich anzurufen. Wir waren doch verabredet, hast du es vergessen?" Andy schaute sie mit schlechtem Gewissen an. Sara fiel ihm um den Hals und drückte ihn küssend eng an sich heran. „Ist nicht so schlimm, Liebster." Sie drückte ihm den Geschenkbeutel in die Hand. „Für dich!" Andy holte die Schallplatte aus der Stofftasche hervor. Eine Picture-Disc mit Hits der Gruppe ‚ABBA' war in der Tat ganz nach seinem Geschmack. Der verschmitzte Blick seiner Freundin signalisierte ihm, dass sie nun gerne ein positives Feedback dazu erhalten hätte, welches allerdings den Umständen entsprechend bescheiden ausfiel.

„Setz dich erst mal auf das Sofa. Ich muss dir was erzählen." Seine Ausdrucksweise verunsicherte sie vollkommen. Sie hing ihre Jacke an die Garderobe und tat wie geheißen. Andreas zögerte, wusste überhaupt nicht, wo er anfangen sollte. Dann fasste er sich ein Herz.

„Sara, gestern gab es einen schrecklichen Vorfall im Betrieb. Ich bin entlassen worden, aber das Schlimmste ist, dass man mich der Vergewaltigung an meiner Kollegin Anke bezichtigt!"

„Wie bitte!" Seine Freundin seufzte erschrocken, ihre Gesichtsfarbe änderte sich schlagartig, bis sie ihn kreidebleich mit offenem Mund entsetzt anstarrte. „Sag, dass das nicht wahr ist!" „Das würde ich nur zu gerne tun, aber leider ist es wahr...nein! Herrgott, die Geschichte mit der Vergewaltigung ist natürlich nur erfunden. Die Frau ist ganz einfach krank, vollkommen irre!" Er selbst strahlte bereits totale Verwirrtheit aus.

Sara schwieg. Ihr fehlten ganz einfach die Worte. Für einen Moment war es mucksmäuschenstill im Raum, da keiner der beiden die rechten Worte fand. Andy führte langsam seine Hand zu ihrer Wange hin. Sie zuckte zurück, wollte keine Berührung zulassen. Er verließ das Sofa und setzte sich flehend mit einem Knie auf dem Erdboden vor sie hin. Seine Arme nahmen ihre Schultern. „Sara, bitte, du musst mir glauben! Ich habe Anke nichts getan, ich wollte niemals etwas von ihr!" Sie fuhr sich mit den Händen durchs Gesicht, zerzauste ihre Haare ein wenig dabei. „Ich brauch' erst mal frische Luft." Das Mädchen drängelte sich an ihm vorbei, stürmte auf die Garderobe zu und verließ anschließend die Wohnung. Andy eilte auf den Balkon. „Sara, wo willst du hin? Komm zurück!" Sie ignorierte sein Rufen, rannte einfach drauflos, an ihrem Fahrrad vorbei die Straße hinunter Richtung Trochtelfingen. Wo wollte Sara bloß hin? Verlor auch sie jetzt ihren gesunden Menschenverstand?

Schnell zog er Schuhe und Jacke an, um hinterherzulaufen. Gemessen daran, dass er im Vergleich zu ihr regelmäßig Kondition durch sein Fußballtraining erlangte, war sie ziemlich flott zu Fuß. Die letzten Häuser am Ostrand der Stadt lagen hinter ihm und immer noch keine Sara in Sicht, die im Schutze der Dunkelheit rannte, als sei der Teufel hinter ihr her. Ein Auto rauschte vorbei. Ob der Fahrer womöglich versuchte, sich einen Reim aus der Szene zu machen, die sich gerade neben ihm abspielte? Die Frage war nun wirklich unwichtig. Als das Fahrzeug bereits in mehreren hundert Metern Entfernung vor ihm herfuhr, drangen Geräusche in Form eines schwer atmenden Menschen in sein Gehör. Sehen konnte er noch niemanden, nur einen pechschwarzen Vorhang, der sich über die nächtliche Landschaft legte. Die Atemzüge wurden lauter, eine schwache Silhouette zeichnete sich zunehmend deutlicher vor dem Nachthimmel ab.

„Sara, bleib stehen!", plärrte er dem Schatten hinterher. Sekunden später machte die verfolgte Person halt. Sie musste sich bei dem Gewaltlauf ordentlich verausgabt haben. Mit herabgesenktem Haupt, die Hände auf den Schenkeln abstützend, konnte man den Eindruck gewinnen, sie keuche sich buchstäblich die Lunge aus dem Leib. Wortlos strich eine Hand liebevoll über ihren Rücken, bis sie wieder im Stande war, auf normale Weise Luft zu holen. Auch Andy musste erst einmal tief durchatmen, nachdem er auf gleicher Höhe angehalten hatte.

„Mensch Sara, du hast aber auch ein gutes Tempo drauf."

Ihre Augen waren in der Dunkelheit nur schemenhaft auszumachen. Dennoch konnte Andreas die allgemeine Entkräftung irgendwie darin erkennen. Er umarmte und stützte seine Liebste gleichzeitig auf dem Rückweg zu seiner Wohnung. Beide brauchten zunächst mal eine Weile, um zur Ruhe zu kommen. Danach konnte er endlich die gesamte Geschichte, die Anke und ihn betraf, erzählen. Angefangen beim Tage ihres Kennenlernens im Betrieb, später dann im ‚Ciao Antonio', dem Wochenende im Campingpark Wemding bis zu ihrer letzten Begegnung im Aktenraum von Riesweite sowie der anschließenden Vernehmung durch die Polizei.

Eine Mischung aus Traurigkeit, Frustration und Entsetzen spiegelte sich in Saras Augen wider, nachdem er seine Erzählung vollendet hatte. Bislang kannte sie nur

Oberflächlichkeiten, was sein Verhältnis zu Anke betraf, jenes Mädchen, das sie gleich am Tag ihrer ersten Begegnung auf dem Schulhof beim Betreten des Hauptgebäudes bewusst zur Seite gedrängt hatte. Details dazu hatte ihr Freund nie zuvor in dem Maße erwähnt, wie er es nun getan hatte. Jetzt leuchtete ihr alles ein. „Dieses gemeine Biest! Am liebsten würde ich jetzt zu ihr fahren und diese falsche Schlange in der Luft zerreißen!", sagte sie wütend mit geballten Fäusten. „Dreh besser die Zeit zurück, Schatz!" Galgenhumor schien seine Ratlosigkeit ersetzen zu wollen. Andy fühlte trotz Saras Anwesenheit eine grenzenlose Leere in sich, sah lediglich in ein endlos tiefes, schwarzes Loch ohne Halt, ohne Ausweg. Himmel und Hölle, so nah beieinander und mittendrin ein junger Mann, der steuerlos umhergetrieben wurde. Der Kurs war mit einem Mal so ungewiss, die Zukunft drohte in der Lichtlosigkeit zu versinken.

Als die erste Wutattacke vorüber war, warf sich Sara weinend in seine Arme. „Schatz, ich glaube dir ja! Ich weiß doch, dass du nur mich liebst!" Auf dem Polster kniend umfasste sie mit beiden Handflächen seine Backen bis zu den Mundwinkeln, zwei treue Augen, die wie in ein Meer aus Tränen getaucht groteskerweise noch viel klarer funkelten als sonst. Der strahlende Glanz kam ihm näher. Beide küssten mit heruntergelassenen Lidern. Plötzlich wurde es hell vor Andys inneren Augen. Die Sonne ging auf, mitten in der Nacht, strahlte tief in ihn hinein, ließ die Seele aufleben wie neu geboren. Ihre Hände, die ihn fest umklammerten, als könnten sie allen Mächten dieser Welt widerstehen, die versuchten, ihn ihr zu entreißen, ihre Lippen, deren bloße Berührung Andy auf magische Weise einen Augenblick lang vergessen ließen, was er niemals mehr vergessen konnte – dieses Mädchen war einfach nur fantastisch!

Ein Prickeln entstand, zog sich von den Wangen abwärts bis zu den Füßen, durchströmte seinen ganzen Körper wie von einer geheimnisvollen Energiequelle gespeist. Sie fasste ihm unter den Pullover, zog ihn dabei rasch nach oben. „Ach, Andy!", stöhnte sie wollüstig. „Ich will jetzt mit dir schlafen!"

Simone betrachtete ihre Freundin im ‚Ciao Antonio' mit zunehmender Skepsis. ‚Kommt dieses Verhalten einer Frau gleich, der man eigenen Angaben zufolge kurz zuvor an die Wäsche gegangen war, die unter kaum vorstellbaren Ängsten gelitten haben muss?' fragte sie sich in dem Moment, wo Anke ein geradezu herzhaftes Lachen aus weit aufgerissenem Munde hervorstieß. Nun gut, die Menge an Alkohol, die sie in den letzten beiden Stunden konsumiert hatte, mochte seinen Einfluss dabei geltend gemacht haben. Dennoch sorgte Simones Bauchgefühl für Misstrauen. Es war nicht das erste Mal, dass Anke beabsichtigte, anderen etwas vorzumachen. Gedanklich ging sie dabei zu dem Zeltwochenende in Wemding drei Monate zuvor zurück, zu dem nächtlichen Gespräch mit Andy am Ufer des Lohweihers. Der Junge war seiner Verehrerin gegenüber bereits ziemlich kritisch eingestellt. Gleichzeitig oder vielleicht gerade deshalb machte Ankes Freundin auch keinen Hehl daraus, ihm Geschehnisse aus jüngster Vergangenheit zu erzählen. Er hörte sich damals alles in Ruhe an, wollte es auch wissen, da ihm Anke keineswegs egal war.

Seine Kollegin ließ während des gesamtes Campingwochenendes klar erkennen, welche Absichten sie verfolgte. Zweifelsohne begehrte sie ihn. Jedoch stieß ihre Zuneigung seinerseits auf Ablehnung, was die intime Partnerschaft betraf. Die zweite Nacht im Zelt und der Morgen danach hatten dies eindeutig untermauert.

Simones persönliche Erfahrungen, die Ausführungen von Anke – es passte einfach nicht zusammen. Er ein Vergewaltiger? Sie hatte zwar in jungen Jahren schon einiges erlebt, aber dieser Gedanke ging eindeutig über ihr Vorstellungsvermögen hinaus.

Während der gesamten Heimfahrt, auf der ihr Freund selbstverständlich als Begleiter anwesend war, quälte Sara permanent die Frage, ob jenes fragwürdige Ereignis, das so viel über Andys Zukunft zu entscheiden vermochte, ihren Eltern bereits zu Ohren gekommen war. Eine Kleinstadt, in der praktisch jeder jeden kannte, entpuppte sich natürlich bei negativen Vorkommnissen als empfindlicher Nachteil, da sich Geschehnisse, egal welcher Art, häufig wie ein Lauffeuer verbreiteten. Aber machte die sie marternde Frage überhaupt einen Sinn? Selbst wenn sie derzeit noch keine Kenntnis davon haben sollten, würden sie es früher oder später eh erfahren.

Bei der Vorstellung, welches Schicksal sie als Freundin eines vermeintlichen Kriminellen zu erwarten hatte, bekam Sara einen Blutsturz, wurde blass um die Nase, auch wenn sie immer noch von den letzten Stunden des Liebesrausches ein wohliges Gefühl verspürte. Die Wirklichkeit gewann mehr und mehr Oberwasser, zwecklos, sich Illusionen hinzugeben. Egal, wie groß die Sehnsucht, ihr zu entfliehen, auch sein mochte, am Ende würde man doch immer wieder eingeholt werden.

Diese kalten, blauen Augen waren nicht nur beunruhigend, vielmehr besaßen sie die Fähigkeit, ihrem Opfer, welches sie fixierten, regelrecht einen kalten Schauer über den Rücken zu jagen. Claudia stellte die zum Mund geführte Tasse mit zitternder Hand zurück, als sie der raubtierartige Blick einer jungen, unberechenbaren Mitarbeiterin in ihren Bann zog. „Huch, hier hat aber jemand gekleckert!", lautete eine scharfzüngige Bemerkung zum Überschwappen des flüssigen Morgengenusses. Langsam näherte sich die Bedrohung dem von der Frau mit der fahlen Gesichtsfarbe belagerten Schreibtisch. Ein kräftiger Tritt mit der Stiefelspitze gegen das Tischbein und nochmals lief der Kaffee über den Rand. „Hoppla, wie sieht denn dein Arbeitsplatz aus?!" Ungeschicktes Mädle!" Die respektlose Göre schien Gefallen an dem Machtspiel zu haben.

„Und?", setzte sie lang gezogen mit äußerst schäbigem Grinsen nach. „Vermisst du deinen Andy?" Die vollkommen verängstigte Person schwieg, schien zu gehemmt, auch nur einen Laut herauszubringen. „Erzähl doch mal, was hast du am Dienstag beobachtet?!" Claudia schaffte es kaum, dem bissigen Antlitz dieser hexenhaften Gestalt standzuhalten. „Ich ha... ha... habe g...g... gar nichts b... beobachtet." „W...w...w... wirklich nicht?!", äffte die andere sie nach. „Pass mal auf, Stotterlieschen! Komm bloß nicht auf die Idee, deine Meinung bei den Bullen zu ändern. Ansonsten vermisst du noch einiges mehr als diesen Mistkerl, verstanden?!!" Zutiefst eingeschüchtert drehte Claudia ihren Kopf einmal nickend zur Seite. „Das kann ich nur für dich hoffen!", vernahm sie als letzte Worte jener rabiaten Stimme, die einen Menschen zu Albträumen verleiten konnte. Noch ein deutlich überzogenes Klackern von Absätzen war für einige Sekunden zu hören, dann hatte der Spuk nach einem lauten Türknall endlich ein Ende für die gepeinigte Mitarbeiterin.

Das Echo dieses ‚Gespräches' hallte noch eine Zeit lang in Claudias Gedanken nach, sodass etliche Minuten ins Land zogen, bis eine halbwegs ruhige Hand die Tasse von der befleckten Arbeitsplatte wieder zum Mund führen konnte.

„Hi Sara, komm rein! Nass geworden bei dem Schmuddelwetter?" Mit einem herzerwärmenden Lachen hielt Kathrin die Haustür weit auf. „Huch!" Sara hatte sich mächtig beeilt, als der Regen unterwegs einsetzte und musste erst einmal tief durchatmen, als sie das Haus der Frankes betrat. „Sara, hallo erst mal! Möchtest du vielleicht ein heißes Getränk? Eine Schokolade oder einen Tee?" Das Mädchen war jedes Mal gerührt von Frau Frankes Gastfreundlichkeit, wenn es deren Wohnbereich betrat. „Hi Sara!" Der kleine Peter stürmte ganz begeistert herbei, als er ihre Stimme im Hausflur wahrnahm. Viel zu oft hatte sie sich diese Art menschlicher Wärme in ihrem eigenen Zuhause gewünscht, leider vergebens.

Die beiden Mädels nahmen am Esstisch Platz. Frau Franke kam kurze Zeit später mit einem Tee sowie zwei

Kakaos hinzu. „Sara, erzähl doch mal bitte, was genau passiert sein soll zwischen Andy und der Kollegin." Sara schaute zunächst nur ziemlich bekümmert drein, erst zu Frau Franke, dann zu Kathrin, bevor sie anfing, Mutter und Tochter die wesentlichen Details von der Geschichte anzuvertrauen, wie sie kürzlich aus Andys Munde gekommen war. Als das Mädchen fertig war, schlug es seine Hand vors Gesicht und brach in Tränen aus. „Ich kann das einfach alles nicht glauben. Was hat man Andy nur angetan? Er hat doch nichts Böses verbrochen!" Kathrin rückte flugs an Saras Seite, um mit einer warmherzigen Umarmung ihr Mitgefühl auszudrücken. Auch ihr tat es mächtig weh, die beste Freundin so verstört vorzufinden. „Ihr solltet jetzt nicht aufgeben, so schlimm die Lage auch ist", sagte Frau Franke mit ruhiger Stimme. „Andreas muss sich auf alle Fälle einen guten Anwalt suchen, um eine gerichtliche Verurteilung unter jeder Bedingung abzuwehren. Damit wäre das Schlimmste schon mal überstanden, zumindest, was die juristische Seite betrifft..." Kathrins Mutter hielt im Gedanken inne. Ihr leuchtete ein, was Menschen im jugendlichen Alter vielleicht noch gar nicht bewusst war. Das Thema Rufmord! Wie sollte Andy je wieder vernünftig Fuß fassen können. Selbst wenn ihm keine Schuld nachgewiesen werden konnte, allein schon aus dem Grund, weil das angebliche Opfer nur eine Intrige spinnen wollte, so bliebe dennoch immer eine gewisse Portion Suspekt an ihm haften. Hatte er wirklich noch eine Chance in dieser Gegend? In dieser Gegend ...

Der Kopf arbeitete fieberhaft, gestresst, sie brauchte jetzt einfach mal eine kurze Pause, verabschiedete sich von den beiden Mädels und ging zum Rauchen auf die

Terrasse. Einige Minuten später zeigte die Frau des Hauses wieder Präsenz.

„Weiß eigentlich Andys Familie oder sein Freundeskreis in der alten Heimat von den Vorwürfen?", fragte sie wie aus dem Nichts heraus. „Seinen Eltern hat er noch nichts davon erzählt, soweit ich weiß", antwortete Sara. „Das ist auch besser so! Er sollte es auf alle Fälle zunächst mal vermeiden, in der Öffentlichkeit wie auch im Privaten, wo und mit wem auch immer, darüber zu sprechen." Fragende Augen trafen sie, dennoch hatte Frau Franke im Augenblick nicht die Absicht, ihre Befürchtungen näher zu erläutern.

„Sollen wir was spielen, ‚Mensch ärgere dich nicht' zum Beispiel?", lenkte sie zum Zwecke der Entspannung vom Thema ab. „Kommt, Kinder, das bringt uns auf andere Gedanken." „Au ja, ich spiele mit!" Peter, der es bereits mitbekommen hatte, kam freudestrahlend angelaufen. Ein knuffiger kleiner Kerl, dieser Peterle, fiel Sara jedes Mal auf, wenn sie zu Besuch kam. Mit seinen sieben Jahren lebte er noch in seiner eigenen kindlichen Welt, weit weg von den Problemen, mit denen sie sich oftmals konfrontiert sah. Als höchst interessant erschien ihr auch sein Äußeres. Mit seinen kurzen dunkelbraunen Haaren sah er seiner blonden Schwester irgendwie gar nicht ähnlich. Sie beobachtete ihn noch häufig an jenem Abend beim Spielen. Seine Freude dabei wirkte geradezu ansteckend, gab ihr ein wenig Abstand von dem, was sie derzeit belastete. Sie musste sogar heimlich lachen bei dem Gedanken, wie der kleine Knopf vor einiger Zeit sagte: „Wenn ich mal groß bin, dann heirate ich die Sara. Die ist ja sooo lieb!", betonte er ganz begeistert. Damals war es für die ganze Familie einschließlich Sara eine riesengroße Gaudi.

Früher war so oder so alles noch einfacher, lustiger, nicht so verbissen wie heute ... oder täuschte Sara sich? War es wirklich so? Hatten die Probleme tatsächlich erst mit der Begegnung ihrer großen Liebe begonnen?

„Hurra, gewonnen!" Alle Anwesenden konnten mit ihren Gedanken ganz woanders sein. Der kleine Peter hingegen gab sich voll und ganz der Sache hin, stellte er soeben seinen vierten Kegel auf die Zielfläche. Sara klatschte in die Hände und sagte nur: „Bravo, Peterle!" Immerzu bemüht, gegen ihre Schwermut anzukämpfen. Der kleine Junge sah sie bemitleidend an, besaß trotz seines geringen Alters offensichtlich ein ungeahntes Feingefühl, das ihn befähigte zu erkennen, wie es um jemanden tatsächlich bestellt war. „Bist du traurig, Sara?" Er schien ganz bedrückt zu sein, spürte er doch recht genau ihre Niedergeschlagenheit. Sie streichelte über seine Schulter. „Ein wenig", sprach sie mit schwacher Stimme. „O nein, du sollst nicht traurig sein." Er stand auf und warf sich in Saras Arme. Wieder liefen Tränen über ihre Wangen. „Ach Peterle, du bist ja so ein lieber Kerl!", sagte sie gänzlich gerührt von dessen Einfühlsamkeit.

Mittlerweile war es kurz nach 18 Uhr. Kathrins Vater hatte nach der langen Schicht auf dem Bau auch wieder nach Hause gefunden, als Frau Franke vorschlug: „Vielleicht solltest du jetzt mal deinen Andy besuchen. Er braucht dich sicherlich sehr in dieser schweren Zeit!" Sara war sich nicht sicher, ob man sie nun loswerden wollte oder ob die Empfehlung einfach nur gut gemeint war. In jedem Fall wollte sie der Familie nicht länger zur Last fallen, hatten die Frankes doch auch ein Recht auf einen geruhsamen Abend.

„Daran habe ich ehrlich gesagt auch schon gedacht", gab das Mädchen zu. „Danke nochmals für Ihre Hilfe, Frau Franke." „Du darfst mich Marianne nennen", wenn du möchtest. „Und ich bin der Wolfgang!", rief ihr Mann mit dem Feierabendbier in der Hand aus der Küche! „Du bist hier immer gern willkommen", versicherte Marianne.

Geistesabwesend starrte Andy allein auf seinem Sofa sitzend in Richtung Fernsehbildschirm, wobei ihm selbst nicht ganz klar war, ob seine Pupillen den schärfsten Punkt vor oder hinter der Mattscheibe fokussierten. Jedenfalls lag ihr Brennpunkt nicht dort, wo die bewegenden Bilder eines weihnachtlich geschmückten Dorfes inmitten einer von Schnee verzauberten Winterlandschaft normalerweise eingefangen werden sollten.

Sara, die er für eine unvergleichlich treue Seele hielt, hatte sich weder am gestrigen noch an diesem Tag bislang gemeldet. Telefon sowie Türklingel schwiegen so oder so schon eine ganze Weile lang.

Auf seine alte Firma war natürlich Verlass, in puncto Kündigung zumindest. Diese trudelte gleich im Doppelpack bei ihm ein. Der Arbeitsplatz ging flöten – was vielleicht noch das geringste Übel war – und die Wohnung, von Riesweite für Auszubildende zur Verfügung gestellt, mit dazu.

Konnte er sich tatsächlich noch auf irgendeinen Menschen verlassen? Dass Sara ihn liebte, stand außer Frage. Aber wie würde bei dem drohenden Skandal die häusliche Situation für sie als Freundin eines mutmaßlichen Verbrechers aussehen? Sara wurde trotz aller Gegenwehr noch mächtig unterdrückt, was man gerade unter den heiklen Umständen keineswegs unterschätzen durfte. Wie lange konnte ein so sensibles Mädchen diese schwere Bürde noch tragen?

Die Türklingel meldete sich wie jedes Mal mit ihrem typisch schrillen Geräusch, das man mit einem Wort gesagt als ätzend abstempeln konnte. Kein vernünftig denkender Mensch würde sich jemals für sein eigenes Zuhause solch einen Ton zulegen. Andreas öffnete und wartete geduldig. Eine dunkel gekleidete Gestalt wandelte mit seinem Wandschatten voraus durchs Treppenhaus. „Hi Kurt, komm herein!" Er ließ den unangekündigten Gast freundlich eintreten. Im Stillen hatte er sich zwar lieber seine Herzensdame als Überraschungsbesuch gewünscht, doch war es auch ein Lichtblick für ihn, seinen besten Freund zu erblicken. „Wie geht's, Kumpel?" „Muss...!" Ein Seufzer, ein gequälter Gesichtsausdruck, was konnten die Leute schon großartig von ihm erwarten, einem derart gedemütigten Menschen? Eine freundschaftliche Umarmung unter Männern sollte ihm Trost spenden in diesen schwierigen Zeiten.

„Kopf hoch, Andy, wenn's auch schwerfällt. Du kriegst das hin!" Kurt sparte nicht beim Thema Anteilnahme, konnte angesichts der prekären Lage auch ziemlich ernst bleiben. Auf das ansonsten flapsige ‚Alter' verzichtete er, war ihm doch die Bitterkeit bewusst, die ungeheuerliche Anschuldigung, mit der sein Freund konfrontiert wurde. Wahre Freundschaft war niemals selbstverständlich, aber zu dieser schweren Zeit wichtiger denn je. „Mir wird schon speiübel, wenn ich die Alte in der Berufsschule sehen muss!" Kurt zeigte richtige Solidarität Andreas gegenüber, hatte er doch Anke von Anfang an nicht über den Weg getraut.

Andy holte zwei Flaschen Bier aus dem Kühlschrank, mit denen die Jungs es sich auf dem Sofa bequem machten. „Was sagt dein Anwalt zu der Sache?" Ich treffe ihn erst morgen Nachmittag in seiner Kanzlei." Kurt legte seinen Kopf in den Nacken, versuchte entspannt rüberzukommen. „Schöne Bescherung! Der Perle sollte man echt den Hals umdrehen!", stieß er plötzlich verächtlich aus. „Sara ist der einzige Grund, der mich hier noch hält, verstehst Du?" „Klar doch, du kannst vom Glück reden, dass du sie hast." Kurt nahm einen tiefen Schluck aus seiner Flasche. „Aber warte nun ab, wie der Prozess ausgeht, falls es überhaupt einen gibt." „Du Optimist! Anke wird die Wahrheit niemals gestehen und wenn Claudia, die alles beobachtet hat, nicht doch noch den Mut aufbringt, auszusagen..."

Es läutete erneut. Andy eilte zum Türöffner, dann wurde ihm warm ums Herz. Er erkannte den Ankömmling bereits an seinen arttypischen Bewegungsgeräuschen, bevor er ein Gesicht zu sehen bekam. „Sara! Ich dachte schon ..." Im selben Moment legte der Engel, der in tiefster Not erschien, einen samtweichen Zeigefinger auf seine Lippen und erstickte damit die letzten unausgesprochenen Zweifel an seiner Loyalität. Erstaunt und zugleich fasziniert schaute er sie wie das achte Weltwunder an. Eine feste Umarmung, ein langer, zärtlicher Kuss folgte, deren magische Kraft in der Lage war, die innere Leere in ihm auszufüllen, wenn auch nur für wenige Augenblicke.

Eine dunkle Gestalt auf dem Balkon, begleitet von einem orangefarbenen kleinen Punkt, verdeutlichte, dass Kurt zunächst mal in den Hintergrund getreten war. „Wie ist das nun mit deiner Arbeit, Andy? Suchst du schon nach etwas Neuem?", wollte seine Freundin wissen. „Wie einfach stellst du dir das vor, Sara?" Er wirkte resigniert. Ich spüre doch schon beim Betreten einer Bäckerei, dass die Leute mich seit Kurzem mit völlig anderen Augen anschauen. Gerüchte verbreiten sich doch bekanntlich wie ein Lauffeuer, wie du selbst schon gesagt hast."

Sie warf ihm einen melancholischen Blick zu, senkte dann ihre Augen und lehnte sich an ihm an. „Ich verstehe, aber gib nicht auf, Liebster. Lass den Kopf nicht hängen!"
„Du bist die zweite Person, die das heute zu mir sagt."
Saras Seitenblick nahm den Menschen auf dem Balkon kurz ins Visier. „Dann solltest du es auch beherzigen." Ein leichtes Lächeln huschte über ihr Gesicht. Ein Lächeln, welches traurigerweise nicht von der gleichen Leichtigkeit getragen wurde wie an jenen Tagen des Erwachens, als die Welt sich mit einem Mal um einen völlig anderen Mittelpunkt drehte und das Mädchen von jugendlicher Frische in eine Richtung sandte, die es zuvor nicht kannte, deren Neuentdeckung es dennoch auf alle Fälle wert war, sich einfach nur von Emotionen treiben zu lassen, ihnen bedingungslos zu vertrauen.

Die Balkontür ging auf, riss Sara ein Stück weit aus ihren romantischen Vorstellungen. „Leute, ich muss jetzt mal wieder fahren." Das Liebespaar, welches Kurt höflicherweise nicht länger stören wollte, schaute einander an. „Schon gut", schnitt er ihnen das Wort ab, bevor einer von beiden etwas sagen konnte. „Ich habe eh noch einiges zu erledigen. Bis später, macht's gut!" Wenige Augenblicke später war er auch schon zur Tür hinausgegangen.

Nun standen sie allein inmitten der Stille um sie herum und hielten sich in den Armen. Welche Worte konnten schon ausdrücken, was beide füreinander empfanden?

Andy spielte zwar häufig in letzter Zeit mit dem Gedanken, Bopfingen zu verlassen, um nach Niedersachsen zurückzukehren, jedoch hatte er diesen Plan genauso oft wieder verworfen. Er sah in ihr Gesicht, entdeckte flehende Augen, die auszudrücken schienen: ‚Bitte bleib bei mir, lass mich nicht allein!' Sinnliche Lippen standen wie erstarrt einen Spalt weit offen.

Nein, er wollte auch nicht wirklich gehen. Nichts auf der Welt konnte ihn dazu bringen, Sara im Stich zu lassen. Die Erde schien einen Moment lang still zu stehen, nichts außer leisen Atemzügen war mehr zu vernehmen.

„Andy, ich brauche dich, ich will dich nicht verlieren!", kam schließlich leise und verzweifelt wie aus dem Herzen gesprochen, einem Herz, das diesmal nicht aus Liebe sondern vielmehr aus Angst schneller schlug, das einfach nicht begreifen konnte, wie Menschen so herzlos, bar jeglichen Gewissens handeln konnten, um anderen aus reiner Selbstsucht schwersten Schaden zuzufügen. Konnte man denn tatsächlich einen Menschen wie Andy so sehr hassen?

ADVENTSZEIT – LICHTER DER HOFFNUNG?

Die Nacht war extrem kalt, so auch am darauffolgenden Morgen, als die Sonnenstrahlen gerade mal vereinzelt zwischen den Häuserreihen hervorlugten. Sara wusste selbst nicht warum, aber sie wollte unbedingt an jenem Morgen, an dem der Unterricht ausnahmsweise erst zur dritten Stunde begann, mit dem Fahrrad den Weg zur Schule beschreiten. Anscheinend brauchte sie das Gefühl klirrender Kälte im Gesicht, um anschließend die wohlige Wärme eines beheizten Klassenzimmers besser schätzen zu können.

Das rote Ampelsignal unmittelbar vor dem Immanuel-Kant-Gymnasium hätte eigentlich Anlass zu weiterem Frösteln geben müssen, wäre da nicht schon die tief stehende Morgensonne präsent, deren goldgelben Strahlen durch eine klare, eiskalte Luft über die in grelles Licht getauchte lange Querstraße hinweg zart auf ihre Wange fielen, um wenigstens einen Hauch von Behaglichkeit zu vermitteln. Die Sonne als Kraftquelle schien ihr Möglichstes zu geben, so, als wollte sie damit eine Art Botschaft übermitteln, zeigen, dass sie auf ihre Seite stünde, niemals für eine gerechte Welt unterzugehen vermochte.

Der Schulhof begrüßte Sara mit gähnender Leere, als sie dort eintraf. Zudem lag er wegen der mehrstöckigen Gebäude weitestgehend im Schatten. Sie war ziemlich früh vor Ort, etwa zehn Minuten vor der ersten großen Pause. Der Klassenraum war zum Glück schon geöffnet.

Einige Mitschüler saßen bereits an ihren Tischen, andere standen zum Zweck einer lockeren Gesprächsrunde drumherum. Sara gesellte sich zu ihnen. „Man Sara, du schleppst ja vielleicht eine Kälte hierein!", lachte Elke, die direkt neben ihr auf einer Tischkante saß. „Bist du etwa mit dem Fahrrad gekommen?", fragte Thomas, der auffällig oft Elkes Nähe suchte, wie auch dieses Mal, wo er links neben dem Mädchen auf dem Tisch hockte. Man konnte es ihm keinesfalls verdenken. Schließlich war sie trotz ihres Gewichts alles andere als unattraktiv, hatte Saras Ansicht nach, von einer freundlichen Ausstrahlung abgesehen, auch hübsche Gesichtszüge.

„Erraten!", grinste sie Elkes Verehrer an. „Jetzt muss aber jemand unsere Eisprinzessin ein bisschen wärmen", ulkte Beate, ihre Klassensprecherin, herum. Elke näherte sich unmittelbar mit ihren Handinnenflächen. „So, jetzt mal über die kalten Bäckchen reiben!" Schnell zog Sara den Kopf nach hinten. „Ist ja nett von dir, aber absolut nicht notwendig", lachte sie spaßeshalber. „Oha, müssen wir hier etwa irgendwas vermuten?", neckte Thomas. „Klar doch", kicherte Elke. „Wahre Liebe gibt es doch nur unter Frauen, wusstest du das noch nicht?" Sie zwinkerte ihm mit dem rechten Auge zu. „Gut, dass mich mal jemand aufklärt!", entgegnete er scherzhaft.

Zwischenzeitlich trafen auch Inga und Kathrin ein, als gerade das Pausensignal erklang. Sara winkte beide schmunzelnd per Handbewegung zurück. „Ihr könnt gleich umdrehen, Mädels!"

Auf dem Schulhof versuchte Andys Freundin möglichst ihren Blick, ohne abzuschweifen, auf die Gruppe zu richten, mit der sie zusammenstand., um jegliche Form von

Sichtkontakt mit Anke zu meiden, sofern dieses ‚arme Opfer' nicht weiterhin durch Abwesenheit glänzte, wie es schon seit Mitte November der Fall war.

Sara riskierte trotz aller Selbstwarnungen einen Seitenblick. Plötzlich kam sie zum Vorschein, die Verfechterin des Unheils. Anke trat in der gleichen Sekunde durch den Mittelausgang auf den Pausenhof, als Saras Augenmerk an dieser Person wie versteinert haften blieb. Lediglich einen Atemzug lang blieb sie selbst unentdeckt.

Augen, blau aber kalt wie ein Polarmeer am Rande einer Eiswüste, blitzten sie an, schafften es um ein Haar, ihr Furcht in die Knochen zu treiben. Ankes Lippen spitzten sich schlagartig zu einem schadenfrohen Lächeln, ihr ganzes Gesicht verwandelte sich in eine Maske der Niedertracht, die jedweder Beschreibung von Menschlichkeit im extremsten spottete.

Saras Herz ging rasend schnell, pumpte unter kraftvollem Druck Blut in die Adern. Es war keineswegs so wie zuvor im August, als Andys Erscheinung ihr Herz betörte. Es fühlte sich auch nicht im Geringsten so an, eher gegenteilig. Hass anstelle von Liebe.

„Komm Sara, lass dich nicht provozieren von der blöden Kuh." Kathrin musste die bis zur Explosion geladene Anspannung beobachtet haben und wollte beschwichtigen. Zwecklos! Saras Augen sprühten der Kontrahentin gleicherlei Abneigung entgegen. Das Fass war längst übergelaufen, der Punkt ohne Wiederkehr weit überschritten.

Anke drehte der aufgebrachten Schülerin plakativ ihren Rücken zu, genoss förmlich den Triumph des scheinbaren Sieges. Die Adrenalinbombe schien dem Platzen nahe zu sein. Nur wenige Meter trennten das zur Raubkatze mutierte Mädchen von seiner Beute, die es jeden

Moment in Stücke reißen würde. Ihre Pupillen fixierten mit aller Schärfe das auserkorene Opfer.

Nun marschierte Sara wutentbrannt mit Riesenschritten darauf zu, packte Ankes rechte Schulter und riss sie herum. Das Überraschungsmoment war gelungen, ihrer Gegnerin fiel das schäbige Grinsen blitzartig aus dem Gesicht. „Du falsche Schlange!", kreischte die ansonsten friedliche Seele wie vom Teufel geritten, wobei ihre ausgefahrenen Krallen mächtige Kratzer im Gesicht der anderen hinterließen. Das nervlich völlig überspannte Mädchen ließ nicht locker, hatte offensichtlich jegliche Beherrschung verloren. Sie schwang mit ziemlicher Wucht ihren stabilen Winterschuh durch die Luft, traf dabei Ankes Bauchdecke. Das intrigante Weibsstück ging in die Knie. Erneut kam Andys Geliebte herangestürmt; die Ohrfeige saß, die nächste auch! Sie wollte gerade nachsetzen, als gänzlich unerwartet eine Hand ihren Arm von hinten festhielt. Total perplex drehte sie herum.

Kurt war schleunigst herbeigeeilt, um der Sinnlosigkeit dieses Kampfes ein Ende zu bereiten. „Lass sein, das bringt nichts!" Saras Klassenlehrerin kam ebenfalls herbeigestürzt. „Sag mal, hast du völlig den Verstand verloren!", brüllte sie und packte gleichzeitig ihren Arm. „Du glaubst wohl, du kannst dir alles erlauben, nur weil du's mit deinem Personalchef treibst, du Hure!!", schrie Sara mit vor Zorn glühenden Augen in Ankes Richtung.

„So, wir beide gehen jetzt mal schön ins Sekretariat!" Unfreiwillig wurde das furiose Mädchen von der Lehrerin mitgezogen. Anke, der von vier Händen auf die Beine geholfen werden musste, hatte große Mühe, ihren wegen der Schmerzen gekrümmt gehaltenen Körper in die Vertikale zu bringen. „Au!" Mit richtig gequältem

Gesichtsausdruck schrie sie geradeaus in die Menschenmenge. „Die Frau ist doch bekloppt, die gehört in eine Irrenanstalt!" Schweigende, zum Teil geschockte Schüler, schauten verdutzt auf die Stelle, wo sich kurz zuvor der Kampf abgespielt hatte. Kurt warf seiner Mitschülerin nur einen verächtlichen Blick zu, als wollte er entgegenhalten: ‚Ich glaube, dass hier jemand anderes in die Klapsmühle gehört!'

Wohin sollte Sara nun gehen? Sie sah keine Alternative, schloss missmutig die Türe auf und sah sich sogleich dem nächsten Problem namens Mutter gegenüber. „Deine Klassenlehrerin hat mich bereits über dein desolates Verhalten in der Schule informiert, Fräulein!" ‚Wieder dieses dämliche altmodische ‚Fräulein',' war ihr erster Gedanke. Der alten Dame waren beim Anblick ihrer Tochter schlagartig sämtliche Gesichtszüge entgleist. „Am besten gehst du sofort auf dein Zimmer und denkst mal über deine Sünden nach. Wir sprechen uns dann, wenn Papa nach Hause kommt", fuhr Frau Woltershausen fort, der es in dem Moment zu mühselig erschien, wieder mal palettenweise Vorwürfe und Beschuldigungen auszusprechen.

Sara hatte selbst nicht die Nerven, keine Energie mehr, um Widerstand zu leisten. Ins Schweigen gehüllt stapfte sie langsam die Treppe hinauf in ihre Kammer, wo sie sich nur noch erschöpft und zugleich ziemlich mutlos auf das Bett warf. Für sie war die Schulzeit bis zu den Weihnachtsferien bereits gelaufen. Freuen konnte sie sich keinesfalls darüber.

❖❖❖

„Herr Debus, nehmen Sie Platz", sprach ihn sein Anwalt beim Eintreten in dessen Kanzleibüro förmlich an. Herr Klinkhammer, ein gesetzter Mann von geschätzt Mitte 40, schick gekleidet, sowie man sich einen Juristen vorstellt, empfing seinen Mandanten mit einem freundlichen Lächeln, scheinbar völlig frei von irgendwelchen Vorurteilen. „Ich bin das Protokoll der Polizeidienststelle Aalen in der Sache ‚Frau Anke Sievers' durchgegangen. Die Staatsanwaltschaft wird gemäß dem Vorwurf der Vergewaltigung bzw. der versuchten Vergewaltigung auf jeden Fall Anklage gegen Sie erheben und ein gerichtliches Verfahren einleiten. Sie wissen sicherlich, was das bedeutet." Andy nickte einmal und hörte weiterhin ohne Zwischenfragen zu. „Ich als ihr Rechtsanwalt übernehme in diesem Verfahren ihre Verteidigung. Sie können mir alles anvertrauen, ich stehe auf Ihrer Seite."

Andreas erzählte die ganze Geschichte von Anfang an, vom ersten Kennenlernen bis zur letzten unangenehmen Begegnung.

„Herr Debus, ich denke, wir bekommen die Sache in juristischer Hinsicht ins Reine, da letzten Endes bei Ihnen und ihrer Kollegin Aussage gegen Aussage steht und sich keine weiteren Zeugen zur Verfügung stellen."
„Wenn doch die Claudia Wiesenthal ..." Andy grübelte.
„Auf Frau Wiesenthal können wir nicht setzen, da wir sie auch nicht zu einer Aussage zwingen können. Die Mitarbeiterin zieht es offensichtlich vor zu schweigen, aus welchen Gründen auch immer, und ist somit als Zeugin vor Gericht nicht brauchbar", betonte sein Anwalt, ohne ihm die Illusion auf einen guten Ausgang nehmen

zu wollen. „Ich möchte die Sache im Allgemeinen nicht kleinreden. Von der Tatsache ausgehend, dass ihnen hier nur etwas in gemeiner Absicht unterstellt worden ist, handelt es sich auf der anderen Seite um Diffamierung gegenüber Ihrer Person. Ich muss Sie leider auch über die möglichen Folgen aufklären. Wie Sie selbst schon richtig erkannt haben, begegnen Ihnen viele andere Menschen auf missbilligende Art und Weise. Bopfingen ist ein kleiner Ort, hier spricht sich vieles schnell herum. Was Ihre Berufsausbildung angeht, würde ich mir an Ihrer Stelle überlegen, mich irgendwo an einem völlig anderen Ort niederzulassen." Andreas schaute ihn mit trüber Miene an, während das Gesicht seines Gegenübers ein Gefühl von Mitleid ausdrückte.

„Ich verstehe. Ihre Freundin bedeutet Ihnen offensichtlich so viel, dass Sie auf jeden Fall erst mal hierbleiben möchten. Eine 16-jährige Person kann nicht so ohne Weiteres mit Ihnen kommen, wenn die Eltern es nicht erlauben. Soviel dazu, aber was Frau Sievers mit Ihnen veranstaltet, ist zweifelsohne Verleumdung und zugleich Rufmord der übelsten Sorte. Dieser Frau gehört in Wirklichkeit der Prozess gemacht. Nur werden wir das niemals beweisen können, wenn sie es selbst nicht offen zugibt oder Frau Wiesenthal überraschenderweise doch noch zu dem Entschluss kommen sollte, ihre Meinung zu ändern." „Vielleicht kann ich nochmal mit ihr reden", kam ihm der Gedanke. „Wir haben uns immer gut verstanden." Herr Klinkhammer winkte ab. „Tun Sie auf keinen Fall etwas Ungesetzliches, Herr Debus. Das kann vor Gericht zu Ihrem Nachteil ausgelegt werden. Ich werde mal in den kommenden Tagen Kontakt zu Ihrer alten Firma aufnehmen. Mal schauen, was sich machen lässt. Im Moment ist es am wichtigsten, dass sie ohne Verurteilung aus der Sache herauskommen. Alles Weitere sehen wir dann später."

„Und wie sieht es mit den Kosten aus, die auf mich zukommen?", wollte er wissen. „Wie ich sehe, waren Sie in der Ausbildung und haben derzeit so oder so kein Einkommen aufgrund einer Tätigkeit. Dann haben Sie auf alle Fälle einen Anspruch auf Prozesskostenbeihilfe gemäß § 120 der Zivilprozessordnung. Machen Sie sich also darüber keine Sorgen", versicherte ihm sein Rechtsanwalt.

Glück im Unglück! Darauf schien es den Ausführungen seines Anwalts zufolge hinauszulaufen, sofern nichts Unvorhergesehenes geschah und Andy in der Lage sein würde, seine Version des Tatablaufs möglichst glaubwürdig vor Gericht darzustellen. Konnte dem Gepeinigten dieser faule Kompromiss am Ende wirklich zufriedenstellen? Wem half es denn zu guter Letzt? Der Traum von einer lebenswerten Zukunft, beruflichem Erfolg, Heimatgefühl, Familie, einfach alles, was ihm nach seiner Ankunft in Bopfingen vorschwebte, schien plötzlich nur noch ein Schatten seiner selbst zu sein.

Die Beleuchtung im Wohnzimmer der Familie Woltershausen strahlte Sara blendend hell entgegen. Es schien beinah so, als sollte alles Licht auf sie herabfallen, damit die Angeklagte auch ja gut zu erkennen war. Vom ‚im hellen Licht stehen' im positiven Sinne konnte in diesem Moment nun wirklich nicht die Rede sein. Lieber hätte sie sich in den dunkelsten Winkel verkrochen, den sie auf die Schnelle ausfindig machen konnte. „Setz dich!" Mamas Befehl musste Folge geleistet werden. „Sara, wir sind einfach nur entsetzt!", legte sie los. Die Blicke des Mädchens wanderten unsicher von der Mutter weg zum Vater, für den die Frau des Hauses offensichtlich mitzusprechen pflegte. Auch seine Gesichtszüge drückten alles andere als Begeisterung aus.

„Unsere Tochter prügelt sich auf dem Schulhof herum und verletzt dabei eine Mitschülerin so sehr, dass sie im Krankenhaus behandelt werden musste!" Dass es so weit gekommen war, wurde ihr jetzt erst bewusst. Der heftige Tritt in die Magengegend hatte vermutlich massivere Auswirkungen gehabt als angenommen. „Und obendrein wurde das verletzte Mädchen noch mit haltlosen Behauptungen besudelt, wie ‚Diese Hure schläft mit ihrem Personalchef!' Höchstwahrscheinlich kommt eine Strafanzeige wegen Körperverletzung und Rufmord auf unser Fräulein Tochter zu." Kurze Pause, die Autoritätsperson atmete tief durch.

„Bist du eigentlich völlig von Sinnen?!" Entsetzt schaute die Mutter ihren Ehemann an, der bis dahin verbal noch nichts zur Sache beigetragen hatte. „Eine Anzeige wegen Körperverletzung und Verleumdung! Unsere Tochter, eine Kriminelle, ich fass' es nicht!" Sara senkte beschämt den Kopf nach unten. „Schau mich gefälligst an, wenn ich mit dir rede!" Die Stimme des Damoklesschwertes wurde lauter und energischer. Der Vater gebot Einhalt. „Jetzt lass uns mal hören, was Sara dazu zu sagen hat", war er der Meinung.

„Dieses gemeine Biest! Sie hat doch die Sache mit der Vergewaltigung nur erfunden, um sich an Andy zu rächen, weil er lieber mit mir als mit ihr gehen wollte!"

Traurige Augen, benetzt von Tränen, schauten wiederum verzweifelt von einem Elternteil zum anderen. „Biestig hast du dich verhalten!", holte die Mutter kraftvoll mit Worten aus. „Und anderthalb Wochen Schulverweis kommen neben aller Peinlichkeit noch obendrauf, aber die wirst du in deinem Zimmer verbringen, damit das klar ist, Fräulein!"

Betreten sah sie ihren Vater an. Wollte er sich denn nicht mal dazu äußern? Gemächlich beugte sich der gediegene Mann vor. „Ich habe natürlich mit Herbert gesprochen. Er hegt keinen Zweifel an Andys Schuld, nachdem er mitbekommen hat, in welchem Zustand die junge Frau aus dem Arbeitszimmer gestürzt kam." „Mensch Vater, verstehst du denn nicht! Diese Schlange hat das Ganze doch nur aus Eifersucht inszeniert! Sie hat sich die Verletzungen selbst beigebracht!" „Interessant, junges Fräulein!", warf die Mutter dazwischen. „Und die Bauchverletzung von heute Morgen hat sich das Mädchen wohl auch noch selbst beigebracht oder wie?" Ein kritischer, abschätzender Blick Sara gegenüber, der keinen Raum für Einspruch gelten ließ, dann fuhr die missgünstige Dame weiter fort. „Ich frage mich ernsthaft, wie naiv du eigentlich bist! Der Kerl säuselt dir etwas von der großen Liebe seines Lebens vor und du glaubst ihm den Unsinn auch noch. Hast du dich eigentlich mal gefragt, ob er dich nicht von vorne bis hinten nur veräppelt hat, ob er vielleicht diese Anke haben wollte und dich nur benutzt hat, weil er bei ihr nicht landen konnte?! Dass würde auch die Vergewaltigung erklären!", hackte sie weiter herum. Wie von der Tarantel gestochen sprang Sara vom Sessel hoch. „Mir reicht's, Mutter! Die Worte, die aus deinem Mund kommen, sind wie Gift!" Ein Blick in ihre Augen verriet, dass die schlummernde Furie wieder vollständig zum Leben erwacht war. Speichel flog aus ihrem Mund, als sie das Wort ‚Gift' ausspie.

„Vom ersten Augenblick an, als du von Andreas erfahren hast, bist du jedes Mal auf Konfrontationskurs gegangen, wenn es um ihn ging!" „Sara, das stimmt nicht…" „Und ob das stimmt!", übertönte sie erzürnt ihre Mutter. „Du warst von Anfang an gegen unsere Beziehung. Wenn es nach dir ginge, würde ich mit dem braven Zuckerbubi von Richard Hensmann zusammen sein. Es geht aber nicht immer nur nach deiner Nase!" Ihre Eltern, insbesondere Mutter, schauten ziemlich perplex drein, fühlten sich plötzlich selbst in die Defensive gedrängt. Saras Nerven schienen so blank zu liegen, dass sie womöglich selbst nicht mehr wahrnahm, ob sie in diesem Augenblick Furcht empfand oder nicht.

„Jetzt hörst du mir mal zu, Fräulein!", ergriff die Erste Dame des Hauses wieder die Initiative. „Unser Nachbar Richard ist zumindest nicht so in Verruf geraten wie dein Andreas!" „Rede nie wieder so über meinen Freund, Mutter! Und hör verdammt nochmal endlich mit diesem bescheuerten ‚Fräulein' auf!" Das Mädchen, welches noch immer vor dem Wohnzimmersessel stand, schlug mit der flachen Hand wütend auf die Tischkante, um seinen Worten Nachdruck zu verleihen. Die Eltern erschraken beide. Ungeahnte Kräfte wurden bei ihrer Tochter frei, derer sie sich augenscheinlich noch nicht bewusst waren. Nun schien der Geduldsfaden bei Frau Woltershausen eindeutig gerissen zu sein. „Ich glaube, ich muss dir mal Manieren beibringen, du freches Luder!" Mit wutverzerrtem Blick erhob sie sich vom Sofa und eilte auf Sara zu. Plötzlich war sie wieder da, die Hand, die zum

Schlag ausholen wollte! „Gisela, halt!" Überrascht stellten beide Streithähne fest, dass der Mann des Hauses ebenfalls anwesend war. Endlich klinkte er sich auch mal wieder in die Auseinandersetzung ein, welche langsam zu eskalieren drohte. Man hätte ihn glatt schon vergessen haben können. „Das geht jetzt zu weit!", äußerte er sich. „Setz dich bitte wieder hin." Herr Woltershausen bewahrte auch in konfliktgeladenen Situationen eine ausgesprochen diplomatische Art. „Ich glaube, du gehst jetzt besser auf dein Zimmer, Sara." Seine Gattin hielt inne, zog sich langsam zurück, während die Tochter noch völlig durchgerüttelt von Emotionen auf der Stelle stand.

„Und eines will ich dir auch noch raten, Mutter: Schlag mich nie wieder!!" Die raubtierartigen Augen blitzten bereits zum zweiten Mal am gleichen Tage auf.

Leise schlich Sara die Treppe hinunter in den Flur, schnappte sich das Telefon neben der Essecke, womit sie sogleich auf leisen Sohlen im Wohnzimmer verschwand. Mitternacht war längst vorbei. Die Eltern schienen beide tief und fest zu schlafen, kein Wunder nach der kraftraubenden Diskussion des vergangenen Abends. Sie selbst hingegen war einfach noch zu aufgewühlt, um Ruhe zu finden. Andy würde jetzt ganz bestimmt ein Ohr für seine Liebste haben, war es auch schon mitten in der Nacht.

„Hallo?", meldete er sich formlos, da ihm ein Anruf zu dieser Zeit wohl äußerst ungewöhnlich vorkam. „Andy, ich bin's!" Wahrscheinlich hatte er schon mit ihr gerechnet. „Kannst du nicht schlafen, Liebling?" „Nein, Schatz, ich hätte wegrennen können bei dem ganzen Theater, das sich hier gestern Abend abgespielt hat. Ich bin jetzt noch am Zittern, um ehrlich zu sein." Sara musste leise sprechen, wollte sie doch unter gar keinen Umständen ihre Eltern wecken. Aus dem Sprechen wurde zunehmend ein Flüstern, während sie das Drama noch einmal Revue passieren ließ. Andy hatte manches Mal Probleme, die Worte noch verstehen zu können.

„Ich werde morgen Kontakt zu Claudia aufnehmen. Vielleicht überlegt sie sich es ja doch noch anders und ändert ihre Aussage. Immerhin standen wir uns kollegial betrachtet viel näher als Anke und sie." Sara reagierte skeptisch. „Glaubst du, dass das Sinn macht?" „Was habe ich zu verlieren, Schatz?" Das Mädchen ging in sich. „Du hast recht, ein Versuch ist es auf jeden Fall wert." „Gut, lass uns Schluss machen, bevor deine Eltern doch noch aufwachen. Auf den Ärger legst du garantiert keinen Wert mehr nach dem gestrigen Abend", wollte er das Gespräch beenden. „Versuch jetzt zu schlafen, mein Schatz. Es wird alles gut, vertrau mir." „Gute Nacht, Liebling."

So still und leise, wie sie gekommen war, ging sie auch wieder von dannen. Glaubte Andy wirklich, dass alles gut werden würde oder sagte er es bloß, um sie zu beruhigen? Wahrscheinlich lag er richtig mit dieser Ansicht. Nun musste endlich mal Erholung von den Turbulenzen des letzten Tages eintreten. Der Körper wurde schlaff, die Augen wollten nicht mehr länger offen bleiben. Mit positiven Gedanken schlief sie schließlich entspannt ein.

LEBEN AM SEIDENEN FADEN

Der dampfend heiße Kaffee in der Kanne, der gerade mit dem letzten brodelnden Geräusch aus der Maschine kommend durchgelaufen war, machte den Morgen im Archiv- und Registraturbereich etwas behaglicher für Claudia, die praktisch zu jeder Tageszeit allein dort saß, wenn sie nicht gerade einen Botendienst innerhalb des Dienstgebäudes erledigen musste. Gesprächskontakte blieben im Allgemeinen eine Rarität, zumal sie schon immer – auch im privaten Bereich – eine klassische Außenseiterin gewesen war und deshalb auch nur wenige Freunde hatte, wenn überhaupt. Aufgrund ihrer Lernschwäche gestaltete es sich schwierig, eine Stelle zu besetzen, bei der mehr Fachkompetenz gefragt wurde. Alles in allem konnte sie froh sein, als einfache Bürogehilfin bei der Riesweite AG untergekommen zu sein.

Das schellende Telefon ließ Claudia ein wenig aus ihren Gedanken aufschrecken. ‚Vermutlich wieder jemand, der Abrechnungsunterlagen für den anstehenden Jahresabschluss benötigt,' dachte sie, stellte die Kaffeetasse zur Seite, um ihrer Pflicht nachzukommen. „Wiesenthal!", sprach sie in den Hörer. „Claudia, ich bin's, Andy!", meldete sich die Stimme am anderen Ende der Leitung. Zum Glück hatte er die Durchwahl zum Archiv noch im Kopf. Somit ersparte er sich und wahrscheinlich auch Claudia die unangenehme Situation, von der Rezeption des Betriebes durchgestellt werden zu müssen.

„Andy?" Die Überraschung war nicht zu überhören. „Ja! Claudia, ich muss unbedingt mit dir sprechen. Du weißt, worum es sich handelt." Er redete hastig, klang wie ein Mensch, der in Not war. „Aber Andy, ich habe doch schon alles, was ich weiß, der Polizei gesagt." Claudias Herz fing an zu pochen, derweil ihre Stimme zunehmend unsicherer und leiser wurde. Sie wollte gerade wieder das Gespräch beenden, als ein ‚Bitte leg jetzt nicht auf' flehend in ihr Ohr drang.

„Mir ist völlig klar, dass dir die Sache unangenehm ist, aber bitte, ich brauche deine Hilfe. Du musst unbedingt die Wahrheit sagen." „Ich k...k...kann nicht." Ihre Stimme klang mit einem Mal so melancholisch. Fing sie jetzt etwa an zu weinen? Immerhin ließ dieses ‚ich kann nicht' darauf schließen, dass Claudia eindeutig mehr gesehen haben musste, als sie zugab. Schließlich wussten beide darüber Bescheid, was sich an jenem Nachmittag im November in ihrem Büro abgespielt hatte. Der Kollegin leuchtete ein, dass Lügen ihm gegenüber zwecklos war.

„Ich möchte am Sonntagmittag um 13 Uhr mit Sara und zwei Freunden von uns zu den hohen Klippen bei Reimlingen fahren. Hättest du Lust mitzukommen? Du kannst uns trauen..., du kannst *mir* trauen", betonte er noch mal besonders. Wir können in Ruhe über alles reden, du brauchst dich wirklich nicht zu fürchten." Die junge Frau wusste selbst nicht genau, warum sie das Telefonat überhaupt noch mit dem Menschen führte, der ihre heile Welt so arg in Gefahr zu bringen drohte. Doch irgendwie mochte sie diesen Menschen schon vom ersten Augenblick an. Er war es immer wieder, der so viel Sympathie auszustrahlen vermochte, der immer freundlich und hilfsbereit war im Vergleich zu Anke sowie auch anderen Kollegen, die ihr gegenüber öfters mal herablassende Verhaltensweisen an den Tag legten. Andys Umgangsform war zu jeder Zeit einwandfrei korrekt gewesen.

„Sagtest du Sonntag, 13 Uhr?", wiederholte sie fragend. „Und ihr wollt dann zu den hohen Klippen fahren und dort spazieren gehen?" Andreas bejahte. „M...Muss ich schauen. I...Ich kann es nicht versprechen." „Es wäre außerordentlich wichtig, Claudia. Du brauchst wirklich keine Angst zu haben, ich zwinge dich zu nichts", beteuerte er nachdrücklich. Claudia verabschiedete sich und beendete das unheimliche Gespräch. Sie griff erneut zur Kaffeetasse. Das Getränk war noch heiß. ‚Klack, klack, klack', vernahmen ihre Ohren als Geräusch von Damenstiefeln. Eine Kollegin musste zwischenzeitlich hereingekommen sein, während sie telefonierte. Etwas lauter als gewöhnlich erschallte der dumpfe, metallische Klang beim Schließen der schweren Brandschutztür, welche ihr Büro vom Flurbereich trennte. Alle schienen es derzeit etwas eilig zu haben.

Das Konferenzzimmer der Firma Riesweite bot eine Fülle an feudalen Speisen, Sekt und schicker Weihnachtsdekoration neben diversen süßen Leckereien dar. Herr Grüner nahm am letzten Freitagmorgen vor den Festtagen seinen 55. Geburtstag zum Anlass, ein kleines internes Frühstück mit etwas über 30 Mitarbeitern aus dem Bereich der Büroverwaltung zu feiern. Für diejenigen, die vorzeitig über den Neujahrstag hinaus Urlaub genommen hatten, endete das Jahr arbeitstechnisch betrachtet bereits mit Ablauf dieses Tages.

Claudia war eine der Letzten, die das mit großzügigem Aufgebot zum Frühstückssaal umfunktionierte Konferenzzimmer betrat. Unsicher beäugte sie zunächst die komplette Versammlung, bevor sie den nächstgelegenen freien Stuhl besetzte. Eigentlich wollte die junge Frau gar nicht Platz nehmen, sich lieber wieder in ihr Einzelbüro hinter einer dicken Stahltür, ausgestattet mit zahlreichen Aktenwänden, zurückziehen, welche eine ideale Versteckmöglichkeit vor der Welt ermöglichten, anstatt in einem vollbesetzten Raum wie auf dem Präsentierteller zu sitzen. Zumindest empfand sie es so.

Wieso verließ sie nicht augenblicklich die Höhle des Löwen? Die Leute im Raum kannten doch schließlich alle ihre Scheu vor größeren Menschenansammlungen. Zu dieser erdrückenden Bürde kam auch noch jener Anruf von ihrem ehemaligen Kollegen Andreas, der sie um Hilfe in außergewöhnlicher Form bat, der sie aller Wahrscheinlichkeit nach niemals gerecht werden konnte. Am kommenden Sonntag gegen Mittag würde man sich gegenüberstehen, sofern sie Andys Bitte nachkam. Der Gedanke bereitete ihr schon seit seinem Hilferuf vom vergangenen Dienstag Kopfzerbrechen. Gab es wirklich Grund zur Besorgnis? Eigentlich nicht, Andreas war viel zu lieb, um Druck auszuüben oder gar Gewalt anzuwenden. Außerdem könnte sie doch bei der Unterhaltung weiterhin darauf bestehen, dass sie, wie schon häufig geschehen, hinter einer Aktenwand saß, leise Musik hörte und dabei so sehr in ihre Arbeit vertieft war, dass sie von dem ganzen Disput nichts weiter mitbekommen hatte, als den Moment, wo Anke, am Kopf blutend, mit völlig zerzaustem Haar und zerrissener Bluse aus dem Büro stürzte. So hatte sie es schließlich auch der Polizei bei der Befragung zum Tathergang zu Protokoll gegeben. Er musste es einfach glauben!

Unglücklicherweise hatte die schüchterne Frau jedoch auch Muffensausen vor solch einer abartigen Person, die in dieser Minute mit all ihrer Heimtückischkeit schräg gegenübersaß. Anke hatte sie schon einmal sozusagen in ihrem eigenen Büro überfallen und mit verhängnisvollen Folgen gedroht, sollte sie ihre Aussage zum Nachteil der ‚Geschädigten' ändern wollen. Andererseits plagte Claudia immerzu ein schlechtes Gewissen gegenüber ihrem früheren Kollegen, der wie ein Verbrecher in Handschellen von der Polizei aus dem Gebäude geführt wurde. Das Dilemma konnte nicht größer sein.

Die Eröffnungsansprache durch Herrn Grüner holte Claudia ein wenig ins aktuelle Geschehen zurück. Der Anlass des Erscheinens zu dieser Festlichkeit wurde ihr plötzlich wieder bewusst. Dennoch fühlte sie sich nicht wirklich in der Verfassung dem Redner konzentriert zuzuhören. Wenige Augenblicke später applaudierten die Gäste. Mechanisch tat sie es ihnen nach.

„Andreas!", rief die Frau am anderen Ende der Leitung erfreut durch das Telefon. Andy zog den Hörer reflexartig zur Seite. Für gewöhnlich meldete sich seine Mutter übermäßig laut am Telefon. Wie oft hatte er ihr schon erklärt, dass die akustischen Signale elektrisch verstärkt wurden, damit sie nicht so zu schreien brauchte? Geholfen hatte es leider nicht. „Schön, dass du dich mal wieder meldest. Wie geht es dir denn da unten im Süden? Ist alles in Ordnung bei dir?" Andy wurde verlegen, wusste im Moment nicht, was er seiner Mutter antworten sollte. „Alles gut soweit, du musst dir keine Sorgen machen." „Ist wirklich alles in Ordnung, mein Junge, oder möchtest du es mir nicht sagen?" Seine Mutter schien Dinge herauszuhören, die er tunlichst verbergen wollte. „Es war in letzter Zeit etwas stressig auf der Arbeit, ansonsten ist alles okay." Seine Gedanken rasten. Sollte er seine Mutter jetzt am Telefon über den Stand der Dinge aufklären oder besser bis zu den weihnachtlichen Besuchstagen damit warten? „Wie geht es denn deiner Sara, seid ihr noch zusammen?" „Ihr geht's auch gut. Selbstverständlich sind wir noch zusammen." Er beschloss, mit der Wahrheit zu warten, bis die Familie zum heiligen Fest in Diepholz zusammenfand. „Dann bin ich ja beruhigt." Frau Debus schien beschwichtigt zu sein. „Was macht denn Jürgen, kommt er bald ins Abschlusssemester?", fragte Andy, wobei ihm gleichzeitig auffiel, dass er das Leben seines Bruders aufgrund der eigenen prekären Lage doch mehr oder weniger als nebensächlich betrachtete.

„Er macht aller Voraussicht nach im April kommenden Jahres sein erstes Staatsexamen und hat gute Aussichten, danach beim Amtsgericht in Osnabrück zu arbeiten." Seine Mutter klang stolz wie jedes Mal, wenn sie vom großen Bruder sprach, der fleißig Rechtswissenschaften studierte und einmal eine Karriere als Jurist hinzulegen beabsichtigte. Er selbst galt eher als das Sorgenkind der Familie, zumal er wegen einer fehlenden Lehrstelle bereits ein Jahr pausieren musste. Und nun auch noch das! Gerade erst eine Ausbildung begonnen, die er kurz darauf mit Schimpf und Schande wieder abbrechen musste, von den Folgen der Rufmordkampagne mal ganz abgesehen. Wie sollte er den Stand der Dinge in Kürze seinen Eltern mitteilen? Ausgerechnet an Weihnachten! Er seufzte leise. Am Telefon machte es noch weniger Sinn.

„Nun gut, Mutter, wir sehen uns dann am Heiligabend. Ich freue mich schon darauf", log er.

Eine Notlüge, was blieb ihm in derzeitiger Lage anderes übrig? „Die Freude ist auch ganz unsererseits, Andreas. Mach's gut, mein Kind, bis die Tage. Pass auf dich auf!"

Leichter Schnee rieselte auf den Balkon. Viel war in diesem Jahr noch nicht gefallen. ‚Hoffentlich wird es nicht wieder so erbärmlich kalt wie im letzten Winter,' dachte er beim Blick über die Häuserreihen auf die ziemlich kahle Berglandschaft der Ostalb. Bis Ende Februar musste er eine neue Bleibe gefunden haben, am liebsten in Saras Nähe. Gegen das Reden der Leute wurde er zunehmend immun, war ihm doch ganz klar bewusst, was in seinem Leben nun wirklich zählte.

Die Atmosphäre in der Versammlung machte einen entspannten Eindruck, ein krasser Gegensatz zum hektischen Betriebsklima der vergangenen Wochen. Claudia nahm einen großen Schluck aus dem randvoll gefüllten Sektglas. Irgendwie empfand sie es als Notwendigkeit. „Ihnen scheint's ja zu schmecken, Frau Wiesenthal", stellte Herr Salentin über Eck sitzend fest. Er war der Erste in der geselligen Runde, der sie ansprach. Sie lächelte verlegen. Wollte sie sich überhaupt mit jemandem unterhalten?

Schräg gegenüber an der rechten Kante der quaderförmigen Sitzanordnung fing sie Ankes Blicke ein, die Verschmähung auszudrücken schienen, als wollte sie sich über ihre Person lustig machen. Die Grimassen gingen mit auffällig weit auseinandergezogenen Oberschenkeln in Richtung Personalleiter, der amüsiert lächelnd den Blick erwiderte. Sie fragte sich ernsthaft, was dies zu bedeuten hatte. Lief etwa irgendwas zwischen den beiden? Normale Reaktionen sahen in ihren Augen anders aus. Solch eine Szene wirkte sonderbar. Sie mochte zwar nicht gerade die Klügste sein, für Ungewöhnlichkeiten hatte sie dennoch eine Antenne.

‚Nein!' sagte sie sich plötzlich. So konnte es einfach nicht weitergehen. Sie musste handeln, über ihren Schatten springen, um Andy zu helfen und wenn es noch so schwerfiel. Lieber ein Ende mit Schrecken als ein Schrecken ohne Ende, wie ihr schon mal jemand vor längerer Zeit gesagt hatte. Die Wahrheit müsste Andy entlasten, auch wenn sie mit Verzögerung ans Licht kam. Dann würde man höchstwahrscheinlich diese infame Person von Anke Sievers fristlos entlassen.

Ihr Entschluss stand fest. Am kommenden Sonntag würde sie dem verleumdeten Kollegen begegnen. Sie war bereit, die Tatsachen ungeschminkt ans Licht zu bringen.

Es war kalt und neblig an jenem Dezembermorgen. Ein Morgen, der, gleich hinter der Fensterscheibe beginnend, allein beim Anblick schon in der Lage war, Depressionen bei Sara auszulösen, wäre da nicht die Aussicht auf den bevorstehenden Ausflug mit ihren Freunden. Dieser musste um jeden Preis stattfinden, stand doch Andys Schicksal auf dem Spiel. Sofern Claudia einen guten Kern hatte, dem sie auch nichts schuldig bleiben wollte, würde sie heute Mittag am verabredeten Ort erscheinen.

Sie blieb die einzige Hoffnung, die Schlüsselfigur, die dem Verlauf der gegenwärtigen Ereignisse eine Wende geben konnte. Sara war aufgeregt, vielleicht sogar nervöser als ihr Freund, der vermutlich auch nur kurze Erholungsphasen namens Schlaf aus der zurückliegenden Nacht mitgenommen hatte.

Am Frühstückstisch sprach sie nur wenig, die meiste Zeit hing sie ihren Gedanken nach. Mit ihrer Mutter unterhielt sie sich sowieso nur über das Nötigste. Vater hatte letzten Endes dazu beigetragen, dass der Stubenarrest etwas gelockert wurde und sie am geplanten Spaziergang teilnehmen durfte. Sara fand es einfach nur lächerlich, einer 16-Jährigen Strafen wie für Kinder gemacht aufzuerlegen. Den Unterrichtsstoff hatte sie selbstverständlich zu Hause nachzuholen. Hierzu trat sie täglich mit Kathrin in telefonischen Kontakt, Besuche wurden nicht geduldet. Dass dies auch Andreas betraf, stand natürlich vollkommen außer Frage. Ihre Freundin sowie deren Eltern schüttelten auch nur noch den Kopf über Frau Woltershausens Erziehungsmethoden aus der Mottenkiste, besaßen sie doch, gemessen an den Umständen, einiges mehr an Verständnis für Saras Ausraster auf dem Schulhof.

„Wann gedenkt ihr heute loszufahren?", fing der Mann des Hauses ein Gespräch an, um die beinah schon unerträgliche Stille am Esstisch zu unterbrechen. „Gegen halb eins wird Kurt bei uns schellen. Wenn alles wie geplant läuft, sitzt Kathrin bei ihm im Auto. Danach holen wir Andy von Zuhause ab und fahren dann alle vier zusammen Richtung Reimlingen zu den Klippen. „Hauptsache, ihr habt heute eine gute Fernsicht. Noch ist es ziemlich trübe", meinte ihr Vater. „Eigentlich steht um die Zeit das Mittagessen auf dem Tisch, Sara!" „Halb so schlimm, Gisela. Dann essen wir heute ein wenig früher, damit unsere Tochter um halb eins losfahren kann." „Kochst du oder ich, Albert?!", muffelte seine Gattin. Sara verdrehte genervt die Augen. „Dann sollte mir vielleicht mal einer von euch beiden zur Hand gehen", legte ihre Mutter nach. „Gut, kann ich machen, Mama", gab das Mädchen um des Friedens willen nach.

Wie erwartet, klarte es um die Mittagszeit langsam auf, der Frühdunst zog sich aus dem Tal zurück, welcher anfangs wie ein Leichentuch dümpelnd auf der Stelle vor sich hinwaberte. Die vier Freunde standen auf dem nahezu leeren Parkplatz, der eine direkte Verbindung zu dem angedachten Spazierpfad besaß. Sie warteten wortkarg auf die wichtigste Person des Tages. Andy konzentrierte sich voll und ganz auf die Straße, über die sie gekommen waren. Claudia müsste, von ihrem Heimatort Lauchheim aus betrachtet, aus der gleichen Richtung kommen. Falls sie überhaupt erschien! Geduldig wartete die Gruppe, während die Minuten vergingen. Die bissige Kälte von mehreren Minusgraden belagerte sie permanent, zog immer tiefer in die Kleidung und ließ sie in der weiß gepuderten Landschaft zunehmend zittern. Andy hielt seine Freundin fest umschlungen und rieb ihr mit beiden Händen über den Rücken, um die nötige Wärme zu geben.

Mittlerweile schlug die Uhr halb zwei. Keiner der Anwesenden sah mehr einen Grund zu warten. Enttäuschte Gesichter machten sich daher auf den Weg zu den

Klippen. "Wieso kneift diese blöde Kuh! Ich würde der am liebsten..." Andy gebot seiner Freundin Einhalt per Handzeichen. Möglicherweise war er selbst wütend genug oder wenigstens enttäuscht, wollte es aber nicht zeigen. Wozu sollte es auch nützlich sein? Viele Ideen für die Zukunft wanderten durch seinen Kopf, worüber er vorerst Stillschweigen bewahrte. Das Mädchen, für das er alles tun würde, ging nun mit bekümmertem Gesichtsausdruck neben ihm her, wurde jedoch von einem starken Arm eng um die Hüfte gefasst, als bräuchte es selbst in diesem Augenblick unbedingten Zuspruch.

Die Stimmen wurden leiser, verschwanden kurz darauf gänzlich aus Claudias Ohren. Vorsichtig wagte die junge Frau einen Blick durch die in der Böschung befindliche Lücke. Andy, der knapp einhundert Meter entfernt mit seiner Freundin und einem scheinbar befreundeten Pärchen eine gute halbe Stunde lang auf dem Parkplatz gestanden hatte, um sie in Empfang zu nehmen, setzte sich just in Bewegung. Sie selbst war schon lange vor den Vieren eingetroffen, wollte sich trotz allem nicht zu erkennen geben. Das gleiche Prinzip wie immer – sie verschanzte sich mal wieder vor der Welt. Diesmal diente ein Gebüsch als Versteck statt Aktenwände wie sonst. Der eiskalte Ostwind, der Claudia bibbern ließ, wehte die Stimmen zu ihr herüber, von denen unglücklicherweise nur unverständliche Laute zu vernehmen waren.

Im Auto, ebenfalls so abgestellt, dass es den Augen der anderen Besucher im vorderen Bereich des Parkplatzes verborgen blieb, lag noch eine Thermoskanne mit heißem Kaffee im Fußraum des Beifahrersitzes; eine gute Sache gegen die frostige Wetterlage. Die wegen des langen Ausharrens in der Kälte erheblich durchgefrorene Frau öffnete die Fahrzeugtür mit zitternden Händen, stieg ein, um sich einen vollen Becher des Heißgetränkes zu genehmigen. Ein tiefer Atemzug mit dem Wunsch zur Entspannung; das Gefühl von Behaglichkeit kehrte allmählich in ihren Körper zurück.

Nichtsdestotrotz hatte die Angst vor der eigenen Courage wieder mal über den Mut zur Wahrheit gesiegt. Der innere Schweinehund machte seiner Präsenz alle Ehre, versperrte der Entschlossenheit, sich für eine gerechte Sache einzusetzen, jeden erdenklichen Weg, ein weiterer Grund, in Niedergeschlagenheit zu versinken. Sollte dies das Ende vom Lied sein, eine Illusion, die zu Grabe getragen wurde? Gerade noch Mut im Herzen, Glanz in den Augen gehabt, und mit einem Mal schien alle Zuversicht vergebens zu sein.

Sie goss sich zur Beruhigung wie auch gegen die beißende Kälte, die langsam in den Kabinenraum ihres Fahrzeugs kroch, einen zweiten Kaffee ein. Bewegung wäre nun angemessen, Bewegung oder besser gleich zurückfahren. Im letzteren Fall bliebe allerdings die Frage offen, wie es für sie selbst in der Firma weitergehen sollte. Die Vorstellung, durch Aufklärung über den tatsächlich stattgefundenen Vorfall in ihrem Büro vor wenigen Wochen, Anke aus dem Betrieb verbannen lassen zu können und damit gleichzeitig Andys Rückkehr zu ermöglichen, war ideal. Doch was um Himmels willen hätte sie zu erwarten, falls diese Konstellation nicht eintreffen sollte? Anke Sievers würde ihr doch das Leben zur Hölle machen. Die einstigen Drohungen der unangenehmen

Auszubildenden gingen der Registratorin nicht aus dem Sinn, sie waren ernst zu nehmen. Solidarität von anderen Kollegen hingegen konnte Claudia nicht erwarten.

Sie betrachtete stolz ihren neuwertigen Wagen aus verschiedenen Perspektiven. Der beeindruckende Duft des Innenraumes sowie der Anblick des modernen Interieurs vermittelten den Eindruck einer Wertschätzung ihr gegenüber. Gut bezahlte Arbeit, ein unbefristeter Vertrag bei Riesweite; Bedingungen, die sie höchstwahrscheinlich woanders niemals erwarten konnte. War ihre Absicht, so edel sie auch sein mochte, es wirklich wert, das alles aufs Spiel zu setzen? Letzten Endes gab es einen Streit zwischen zwei Kollegen. Was hatte sie denn damit zu tun? Und vor allen Dingen: Was wusste sie denn überhaupt von deren Zwistigkeiten? Im Grunde genommen konnten ihr alle beide mal gestohlen bleiben, sollten sie doch ihre Meinungsverschiedenheiten ganz einfach unter sich austragen!

Wie in Trance wanderte der Autoschlüssel Richtung Zündschloss.

Rache war süß, vermittelte dem Rächer häufig eine Art Genugtuung für das ihm angetane Leid. Sollte es zumindest! Anke hatte durch ihre Gehässigkeit mittlerweile viel erreicht. Den ärgsten Feind war sie los, Herrn Salentin, den Personalleiter ihres Betriebs, konnte sie mit ihren weiblichen Reizen mal eben um den kleinen Finger wickeln. Eigentlich ein Grund zum Jubilieren, was ihr trotz allem nicht gelang. Für Religion hatte sie nicht viel übrig, stand doch in der Heiligen Schrift, man sollte seine Feinde lieben. Sie wollte dies nicht hören, handelte in Wahrheit lieber aus niederen Beweggründen. Verletzter Stolz, Besitzgier, krankhafte Eifersucht – der Hass trieb sie weiter voran! In ihrem bislang Erreichten fand sie noch keine echte Befriedigung.

Sie stellte das Fahrrad unmittelbar neben dem PKW mit Aalener Kennzeichen ab. Der kleine Trampelpfad vor ihr führte direkt auf die Anhöhe zum Fußweg rund um den kleinen Gebirgszug am östlichen Ende der Schwäbischen Alb. Die Finger der linken Hand griffen tastend über den um ihre Schulter hängenden Stoffbeutel. Alles Wichtige war vorhanden. Schnurstracks hetzte das Mädchen den schmalen Steig bis zu seiner Mündung in den Spazierweg hinauf und folgte dem Wegweiser ‚Hohe Klippen 1,5 km'. Ihre Füße in den dicken Wanderstiefeln trugen sie wie von selbst, gehorchten nicht mehr der Besitzerin. Frei von jeglicher Empathie, gefangen in sich selbst, trieb die Rachsüchtige wie in wilder Strömung auf Wogen des Zorns unaufhaltsam einer Schlachtbank entgegen.

Die Klippen kamen in Sichtweite. Die kleine Gruppe aus Bopfingen hatte sich mittlerweile warmgelaufen, während die Sonne nun richtig intensiv aus einem frostklaren Winterhimmel fiel. Sara schloss für einen Moment ihre Augen und streckte an Andys Schulter angelehnt den Kopf nach hinten in dem Bemühen, von allen Problemen dieser Welt wenigstens für einige Augenblicke Abstand zu nehmen und die so wichtige Strahlenkraft in der kalten Jahreszeit optimal einfangen zu können.

„Gleich wird's aufregend, Leute!", tönte Kurt etwas flapsig herum, als stände ein Abenteuer bevor, dessen er sich in kühner Manier zu stellen beabsichtigte. Jeder der Anwesenden, auch Andreas, kannte die Stelle, die in ungefähr 200 Metern Entfernung vor ihren Augen auftauchte. Am Rand der Klippen befanden sich seltsamerweise nirgendwo Geländer, die man in der Regel zur Sicherheit an solch gefährlichen Stellen erwarten würde.

„Wer von Euch hat Lust auf eine kleine Kletterpartie?" Andys Kumpel war bestrebt, die niedergeschlagene Stimmung ein wenig aufzuheitern. „Spiel du doch mal den Vorturner, Kurt. Zeig uns, wie's geht!", lachte Kathrin, die bislang nur wenig zur allgemeinen Kommunikation beigetragen hatte. Kurt grinste sie mit hochgezogenen Augenbrauen von der Seite an. „Willst du es wirklich sehen?" „Klar doch, ich bin schon ganz gespannt", lautete ihre Antwort. ‚Flirten die beiden jetzt etwa miteinander?' dachte Andreas so für sich. Er lächelte gönnerisch dabei. „Unser Kurt trotzt allen Gefahren", meinte er schließlich. „Vergiss nicht, dass ich Einzelkämpfer bin, Meister. Ich habe im Gegensatz zu dir keine Frau an meiner Seite, die Kung-Fu beherrscht!" Kurt, der selbst am lautesten lachte, war sich Sekunden später nicht mehr sicher, ob sein Witz auch wirklich als solcher verstanden wurde.

Sie befanden sich nun auf einer Plattform mit grandioser Fernsicht über das Ries hinaus bis zum Oettinger Forst. Wie zwei unzertrennliche Herzen hielten sich Sara und Andy noch immer umschlungen, sahen in die gleiche Richtung. Kurt und Kathrin standen ein Stückchen hinter den beiden und genossen ebenfalls die trügerische Stille des sonnigen Mittags am Rande der Felswände.

Obgleich das Wetter, abgesehen von dem kalten Ostwind, förmlich zum Spazierengehen einlud, waren offensichtlich nur wenige Menschen unterwegs. Lediglich zwei weitere Autos befanden sich auf dem Parkplatz, der in direkter Verbindung mit der Wanderroute stand. Ansonsten schien die Gegend menschenleer zu sein.

„Was haltet ihr von einer Rast im ‚Café Schau-ins-Land'?", wollte Kurt wissen. „Gute Idee!", bekräftigte Andy, das Gesicht seinem Freund zugewandt. Die Gaststube lag laut Wegweiser 500 Meter weiter in der Richtung, der sie auf ihrem Rundgang um den Bergrücken folgen würden. Die ideale Gelegenheit, sich bei heißem Kaffee oder Kakao erst mal wieder etwas aufzuwärmen.

Irgendwo im Hintergrund raschelte Laub, ein Vogel oder Niederwild vielleicht. Ansonsten war es eigenartig ruhig auf dem Felsvorsprung, so ruhig, dass man hätte einschlafen können, wäre da nicht die bittere Kälte, die einen zum Wachbleiben zwang.

Kathrins lauter Seufzer erregte plötzlich die Aufmerksamkeit der anderen. Verblüfft drehte Andy sich um. ‚Schreck lass nach!' dachte er augenblicklich, als er seine ehemalige Kollegin Anke wenige Meter von ihm entfernt mit einem langen Messer in der Hand stehen sah. Ein hassverzerrtes Gesicht, Augen, die eine ‚zu-allem-bereit-Einstellung' zum Ausdruck brachten – ihm gefror förmlich das Mark in den Knochen. Sie hatte sich unbemerkt an seinen Freunden vorbeigeschlichen und stand nun zwischen ihnen allen.

Jetzt drehte sich auch Sara um und stieß mit weit geöffneten Augen einen Angstschrei aus. „Nein!! Verschwinde, du Biest!". Das ‚Biest' zog soeben eilig die Schutzkappe von der Klinge, die sie zusammen mit dem Stoffbeutel, in dem sie die Waffe verstaut hatte, fallen ließ. Der blanke Stahl blitzte in der Sonne auf, blendete Andy für einen Moment, während das vor lauter Zorn erblindete Mädchen langsamen Schrittes näherkam. „Drehst du jetzt völlig durch!", brüllte Kurt sie an. „Lass das Messer fallen!" Er kam auf sie zu, wollte es ihr aus der Hand schlagen, als Anke sich blitzartig zur Seite wandte und zustach. Zuerst in den Arm, dann sprang sie nach vorne und erwischte seine Bauchdecke. Mit lautem Schmerzensschrei ging Kurt zu Boden, drückte dabei beide Hände fest auf die Stelle des blutenden Parkas. Entsetzt wich Kathrin reflexiv ein paar Schritte zurück, unfähig, ins Geschehen einzugreifen. Sara löste sich schlagartig aus den Armen ihres Freundes und stellte sich der Angreiferin wagemutig entgegen, welche nur noch wenige Schrittlängen von dem Pärchen getrennt stand. Das schockierte Mädchen war sich seiner Handlung anscheinend selbst nicht bewusst, genauso wenig, wie es etwas gegen die Teufelsbraut auszurichten vermochte. Die auf Saras Brust gerichtete scharfe lange Klinge veranlasste sie nach hinten auszuweichen. Unglücklicherweise hatte sie die Nähe zum Abgrund im Schreckensmoment unterschätzt. Der rechte Fuß glitt auf der dünnen Schneedecke über die Felskante hinweg. Sie verlor das Gleichgewicht, stürzte auf die Knie, wobei das rechte davon das Plateau nur noch an seinem äußersten Ende streifte und ihr Bein automatisch weiter nach unten zog. Krampfhaft versuchte sie, an dem schroffen Felsvorsprung Halt zu finden. Das linke Knie rutschte augenblicklich ebenfalls auf dem harten, glatten Boden über den Rand der Klippe hinaus, sodass nun beide Beine in der Luft baumelten. Als ihr Oberkörper in der Folge auch noch Richtung Abgrund driftete, hielt sie sich nur noch mit beiden Händen an einer vorstehenden Steinformation fest. Panik überwältigte das Mädchen. „Hilfe!!", schrie es so laut es konnte. Andy stürzte sofort herbei und warf sich runter auf die Knie, ohne auf die von Anke ausgehende Gefahr zu achten. „Gib mir deine Hand, Sara!" Schwerfällig löste seine Liebste eine Hand von dem Felsgestein, die er zeitgleich zu fassen bekam.

„Nicht nach unten schauen, sieh mich an!" Sein Zustand war nun selbst von einer Höllenangst geprägt. Sara blickte instinktiv in den tiefen Abgrund. Bis zum Boden waren es gut und gerne 30 bis 40 Meter. Den Absturz würde sie unmöglich überleben. Sara fing fürchterlich an zu kreichen, wobei ihre Beine extrem überhastet rumzappelten in der Hoffnung, irgendwie Halt zu finden an der Felsenwand. Die Augen wanderten erschrocken zwischen ihrem Freund und diesem Monster hin und her. „Zieh mich rauf, bitte!!", brüllte sie zuallererst, dann wieder: „Achtung, hinter dir, Andy!!" Anke positionierte sich so in Reichweite, dass sie den verhassten und zugleich verehrten Mann fast berühren konnte.

„Lass sie fallen!", giftete sie Andreas bösartig an. „Los, tu, was ich sage!" Wieder waren es diese eiskalten Augen, durch die man in des Satans Seele blicken konnte. Abgründe taten sich auf, die noch weitaus tiefer zu sein schienen, als der, dem Sara mit dem Mute der Verzweiflung zu entrinnen versuchte. Andy drehte sich angestrengt um. Kurt saß mit schmerzverzerrtem Gesichtsausdruck auf dem Plateau und versuchte sich aufzurichten. Kathrin eilte ihm zu Hilfe, riss ihren Schal vom Hals, um ihn kurzerhand als provisorischen Verband zu benutzen. Sie legte den Stoff über die Wunde und verknotete ihn fest am Rücken. Die Blutung sollte sich nun hoffentlich verlangsamen. Mehr zu tun als das, stand nicht in ihrer Macht. Die Furcht lähmte offenkundig den Mut zu weiterem Handeln.

Andys Gedanken überschlugen sich rasend. „Kathrin, hol Hilfe, schnell!" Das Mädchen sah sich hektisch um, zögerte noch ein wenig unsicher, ob es die Gruppe mit jener Verrückten allein lassen konnte, bei der man mit dem Schlimmsten rechnen musste.

In der Erkenntnis, keine Alternative zu haben, rannte Saras beste Freundin, so schnell sie konnte, dem Wegweiser folgend in Richtung Café. Dort würde es mit Sicherheit eine Gelegenheit geben Verstärkung anzufordern.

„Andy, zieh mich rauf, lass mich nicht fallen, bitte!!", flehte Sara todesängstlich, schaute dabei mit tränenüberströmtem Gesicht zu der Person hinauf, die mit aller Kraft versuchte, sie hochzuziehen. Diese packte nun auch mit der zweiten Hand fest zu. Auf dem Boden war nur schwerlich Haftung zu finden. Seine Knie bewegten sich in dem Schnee Stück für Stück nach vorne. Bald würde er selbst über den Abgrund gleiten ...

Indessen befand sich Anke ebenfalls unweit der Felskante. Verzweifelt versuchte Andy, sie mit einem kräftigen Fußtritt zu Fall zu bringen, die geringe Chance zu nutzen, das geistesgestörte Wesen irgendwie außer Gefecht zu setzen. Dieses wich jedoch dem angesetzten Schlag geschickt aus. „Lass endlich los, Andy!", fing sie wieder an zu drohen. Die Verrückte war mittlerweile von der Seite so dicht herangekommen, dass sie ihm die lange, stählerne Klinge theoretisch schon beim Bücken in seinen Rücken rammen konnte. „Auf gar keinen Fall, vorher musst du kranke Bestie mich töten!", stöhnte er in stockenden Lauten. Die Kräfte schienen langsam zu schwinden. Sein ganzer Körper bibberte, ohne dass er in diesen Stressmomenten irgendeine Form von Kälte empfand. Würde er loslassen, wäre Saras junges Leben, für das er alles in seiner Macht Stehende zu tun bereit war, um es vor Gefahren zu schützen, in Sekundenschnelle ausgelöscht. Das durfte niemals geschehen, schwor er sich. Derweil trieb er weiter auf die Klippenkante zu.

Schwer verletzt näherte sich Kurt von hinten mit der Intention, ins Geschehen einzugreifen, um das drohende Unheil im letzten Augenblick noch abzuwenden. Anke bemerkte ihn jedoch vorzeitig und hielt ihn unter Einsatz ihrer Waffe auf Distanz. Kurt wirkte machtlos, zu geschwächt aufgrund seiner Stichverletzungen. Er wankte gewaltig in seiner blutgetränkten Kleidung. Wer sollte ihnen jetzt noch zu Hilfe kommen?

Die Hoffnung schwand, genau wie Andys Muskelkraft, schleichend mehr und mehr dahin. Währenddessen strampelte Sara weiterhin um Halt ringend am Felsen hin und her. Das lautstarke Gekreische ließ nach, ein entmutigtes Wimmern blieb zurück. Offenbar war auch seine Freundin am Ende ihrer Kräfte. „Mensch Andy, wir beide sind doch füreinander bestimmt, das weißt du doch so gut wie ich!" Der Griff um den Messerhals lockerte sich. Die grauenhaften Rachegelüste in ihren Augen lösten sich urplötzlich auf. Ankes weinerliche, sentimentale Seite kam mit einem Mal zum Vorschein. War es ein plötzliches Zeichen des Himmels, eine Art Schicksalswink?

„Was willst du eigentlich von der dummen Göre? Wir beide passen doch viel besser zusammen." Hasserfüllte Emotionen wichen wiederum einem Jammern. Trotz eines ansatzweisen Lichtblicks hatte ihre kranke Seele noch keinen Zugang zur Realität gefunden. Eine Spur von Barmherzigkeit war nicht zu erkennen. „Hilf uns, Anke!", brachte Andreas kaum noch hörbar heraus.

Nur noch wenige Zentimeter Platz blieben seinen Knien bis zum Abgrund, als er wie aus heiterem Himmel eine weibliche Stimme vernahm, die weder Kathrin noch Sara gehörte. „Anke, w...was um G...Gottes willen tust du da?!" Alle drei starrten Claudia überrascht an. Sie wollte Sara und Andy gerade zu Hilfe eilen, als die selbst ernannte Rachegöttin sie mit ihrem Messer drohend daran hinderte. „Zurück!", schrie sie ihr entgegen. Zusammengeschrocken sowie verängstigt hielt die junge Frau in ihrer Bewegung inne. „Du hältst dich da ganz raus, verstanden?!! Sonst bist du die Nächste, die dran glauben muss!" Das Monster war zurückgekehrt, übernahm klar ersichtlich die Macht über Ankes Wesen, das jegliche Hoffnung auf menschliche Züge in ihr wieder zunichtemachte.

Andy hatte mittlerweile das Gespür für seine Arme vollkommen verloren. Sein Verstand war zudem nicht mehr in der Lage zu beurteilen, wieso und vor allem wie lange er solch einen gigantischen Kraftakt überhaupt noch durchhalten konnte, während Anke nur darauf zu lauern schien, dass seine Freundin endlich in die Tiefe stürzte.

Im Augenwinkel konnte er erkennen, dass Claudia, mit der niemand mehr gerechnet hatte, einen zweiten Rettungsversuch startete und schlagartig nach vorne preschte. Anke, die ihre Kollegin scheinbar völlig unterschätzt hatte, nahm die Situation zu spät wahr. „Lass sie in Ruhe!!", plärrte Claudia aus kürzester Distanz, wobei sie der durchgedrehten Furie im gleichen Augenblick einen ordentlichen Stoß versetzte. Anke geriet mächtig ins Wanken, verlor ihr Gleichgewicht und taumelte unentwegt auf das Ende des Felsvorsprungs zu. Sie rang krampfhaft um Körperkontrolle. Vergeblich! Rücklings fiel sie mit gellendem Schrei über die Klippenkante hinaus in den Abgrund.

Sara, die das Schreckensszenario aus nächster Nähe erleben musste, schrie ebenfalls ohrenbetäubend laut auf, wobei sie noch heftiger als zuvor mit den Beinen am Strampeln war. Kurz darauf war Claudia zur Stelle, warf sich in den Schnee, um das geschundene Mädchen mit vereinten Kräften nach oben zu ziehen. Sie hatte erstaunliche Muskeln, stellte Andreas fest. Innerhalb weniger Sekunden lag Saras Körper komplett auf der Aussichtsplattform. Am ganzen Leib erbärmlich zitternd richtete sich das Mädchen bis zu den wund gescheuerten Knien auf und ließ die Unterarme völlig erschöpft in den Schnee hinabsinken. Keuchend kam Andy auf allen vieren angekrochen, um seine schlaffen Arme um sie zu legen, die er kaum noch hochbekam. Claudia fing bitterlich an zu weinen, als sie mit beiden Armen das Liebespaar umschlang. Sie war die Einzige unter ihnen, die noch Tränen hatte.

Nun kam auch Kurt, sich vor Schmerzen krümmend, allmählich wieder auf die Beine. Von links hetzte ein älteres Ehepaar herbei. „Du lieber Gott, was ist denn hier passiert?", fragte die dekadent gekleidete Dame im schwarzen Pelzmantel total entsetzt. „Lassen Sie mich schauen, junger Mann, ich bin Arzt", sprach der Gatte Kurt an. "G...gut, d.dass Sie gekommen sind", meinte Claudia, die selbst noch nicht begreifen konnte, was sich hier gerade abgespielt hatte. „Wir haben lautes Geschrei vernommen und sind so schnell wie möglich hierhin geeilt!", sagte die ältere Frau.

Der behandelnde Arzt zog rasch seine Lederjacke aus und legte sie neben Kurt in den Schnee, um ihm einen wärmeren Untergrund zu verschaffen. „Ich schaue mir nun ihre Wunde an. Haben Sie große Schmerzen?" Die zusammengekniffenen Augen sowie der krampfhaft angespannte Kiefer sagten alles darüber aus.

Erst jetzt war Andy in der Lage, seinem Freund einen Blick zuzuwerfen, der kreidebleich unter der Jacke auf dem Boden saß. „Ich bräuchte einen Verband, ein T-Shirt zum Beispiel!" Mit letzter Kraft wollte er seinen Oberkörper freimachen. Claudia half ihm dabei. Die eisigen Temperaturen wurden nicht wirklich gefühlt. Lediglich sein Verstand, der langsam wieder einsetzte, riet dazu, die anderen Klamotten gegen die Kälte erneut anzuziehen. Sara verharrte währenddessen weiterhin heftig schnaufend in ihrer gekrümmten Position.

„Jemand muss schnell einen Krankenwagen rufen!", meinte die Gattin des Arztes. „Eine Freundin von uns ist bereits unterwegs, um Hilfe zu ordern." Andy konnte die Worte wegen seiner schnellen, tiefen Atemzüge nur intervallweise übermitteln. Er stand halbwegs gerade, als er sich vorsichtig an den Rand des Felsvorsprungs heranwagte, um einen Blick nach unten zu werfen. Ankes lebloser Körper lag grauenvoll entstellt zwischen den Gesteinsbrocken am Fuße der Klippen. Schnell wandte Andreas sein Gesicht ab, als ihm abrupt der Mageninhalt hochkam.

Aus der Ferne waren Stimmen zu vernehmen. Der zunehmenden Lautstärke nach zu urteilen kamen Leute auf sie zugerannt, welche einen Wimpernschlag später in der Biegung des Spazierweges zum „Schau-ins-Land-Café" auftauchten. Zwei schlanke, junge Männer in sportlicher Kleidung, vermutlich durch Kathrin alarmiert, hatten sich anscheinend schleunigst auf den Weg gemacht. Das Mädchen selbst kam erst in Sichtweite, als die beiden Burschen gerade am Unglücksort eintrafen. Nervös schauten sie sich nach der Gefahrenquelle um. „Ist ein Krankenwagen angefordert worden?", wollte der Arzt wissen, der bereits beide Wunden unter Verwendung von Andys T-Shirt sowie des eigenen Hemdes gut abgebunden hatte. „Wir haben einen Notruf getätigt, die Ambulanz müsste gleich hier sein." „Wie kommt die überhaupt hierhin?", überlegte Andy. „Zum Café existiert ein eigener Zugang für Lieferwagen. Diesen kann auch ein Krankenwagen benutzen", erklärte einer der beiden jungen Männer. „Ist die Person mit dem Messer noch irgendwo in der Nähe?" „Nein, die Frau ist den Abhang hinuntergestürzt. Für sie kommt jede Hilfe zu spät!", bestätigte Andreas.

Kurz darauf trafen auch schon zwei Krankenwagen sowie Polizeifahrzeuge ein. Sara, die unterdessen wieder auf ihren eigenen Füßen stehen konnte, klammerte sich fest an ihrem Freund. Sie sprach kein Wort, wirkte äußerst apathisch. Anscheinend stand sie noch zu sehr unter Schock, um am Verlauf der gegenwärtigen Ereignisse teilnehmen zu können. Kurt wurde kurzerhand per Trage in eines der beiden Transportfahrzeuge eingeladen und notdürftig versorgt. Andy hatte ganz den Eindruck, dass er durchkommen würde. „Hey Alter, du schuldest mir noch ein T-Shirt", lautete sein Galgenhumor zum Abschied. Kurt grinste lediglich, hob dabei freundschaftlich seine rechte Hand. „Darf ich mitkommen? Bitte!", meldete sich plötzlich Kathrin zu Wort. Ein Sanitäter schaute zu ihr herüber und sagte: „Meinetwegen, steigen Sie ein, junge Frau!" Andy schaute das Mädchen mit einem ansatzweisen Lächeln an.

Dann schloss sich die Tür und der Krankenwagen machte sich auf den Weg zum Hospital. Zwei der Polizeibeamten begutachteten mit Claudias Hilfe die Unglücksstelle. Anschließend ließen sie seine ehemalige Kollegin in ihren Dienstwagen einsteigen und fuhren sogleich los zum Revier. Engel in der Not in allen Ehren, ihr blieb nun nichts anderes übrig, als wahrheitsgemäß in allen Einzelheiten zu erklären, wie sich das Desaster tatsächlich zugetragen hatte, soweit es ihr möglich war. Andy wäre zur Unterstützung am liebsten mitgekommen, musste sich allerdings um Sara kümmern, die das Geschehen verständlicherweise extrem mitgenommen hatte. Ferner bekam auch er von den verbliebenen Gesetzeshütern diverse Fragen zum Tathergang gestellt. Einer der Sanitäter massierte seine Arme, um wieder etwas mehr Leben hineinzupumpen. Was für ein schrecklicher Tag, den man postwendend wieder streichen sollte! Für sein Leben gern hätte er sich in diesem Moment mit seiner Sara einfach so aufgelöst und wäre an einem anderen Ort wieder als menschliche Gestalt zusammen mit seiner Liebsten in Erscheinung getreten. Dieser Wunsch spukte in letzter Zeit nicht zum ersten Mal in seinem Gehirn herum.

„Um Gottes willen, wie konnte denn so etwas passieren?" Fassungslos starrte Frau Woltershausen kreidebleich die Polizeibeamtin an, nachdem Saras Eltern die Geschehnisse mitgeteilt bekamen, welche sich an den hohen Klippen abgespielt hatten. „Ich habe es von Anfang an gewusst. Dieser Andreas Debus taugt überhaupt nichts! Seinetwegen gerät unsere Tochter ständig in Schwierigkeiten, verstehen Sie?", schwätzte die hysterisch gewordene Frau ahnungslos daher. „Aber Gisela", fuhr ihr Mann dazwischen. „Du hast doch gerade die Schilderungen der jungen Dame gehört. Laut Zeugenaussagen war seine damalige Kollegin, Frau Sievers, die Attentäterin, die nun selbst ums Leben gekommen ist. Ich glaube, wir haben uns da in etwas verrannt!", versuchte wenigstens er den Umständen entsprechend die Fassung zu bewahren.

„Aber nichtsdestotrotz lass uns mal sofort zu den Felsen fahren, um unsere Sara abzuholen. Wird unsere Tochter heute noch für eine Aussage gebraucht?" Sein Blick richtete sich auf die anwesenden Polizeikräfte. „Wahrscheinlich nicht mehr, unsere Kollegen haben die an der Tragödie beteiligten Personen bereits vor Ort zur Sache vernommen. Ihre Tochter braucht jetzt erst einmal Erholung von den Strapazen." Beiden Elternteilen waren nach den Schilderungen der Kriminalbeamten gründlich die Gesichtszüge entgleist. „Fühlen Sie sich noch in der Lage zu fahren?" „Es wird schon gehen", bestätigte der Mann des Hauses.

Die Sonnenstrahlen lugten nur noch spärlich durch die Bäume hindurch zur Kanzel, als die Woltershausens dort eintrafen. „Sara, mein Kind, was in Gottes Namen ist hier passiert?! Geht es dir gut, mein Engel?" Andy, der seine Freundin fest im Arm hielt, ließ locker, damit ihre vollkommen aufgelöste Mutter sie in Empfang nehmen konnte. Die Frau vergoss bitterliche Tränen, während sie ihre Tochter kräftig umschlang und mit süßlichen Worten der Liebkosung überhäufte, wie schon seit Langem nicht mehr. Das Mädchen hatte seit der Rettungsaktion noch keinen Ton herausgebracht, schaute nur geistesabwesend von einem zum anderen. Sie trug ersatzweise eine Rettungsdiensthose wie die Sanitäter, da die eigene durch die angelegten Verbände wegen der aufgescheuerten Knie nicht mehr passte.

Nach einer Weile beäugte Frau Woltershausen zur Abwechslung mal Andy, den sie bislang links liegengelassen hatte. ‚Bitte jetzt keine Vorwürfe, alles, nur das nicht!' dachte Andy beim Beobachten von Mutter und Tochter aus den Augenwinkeln heraus. Trotz aller Hoffnungen kam die verweinte, zu Tode betrübte Frau dennoch auf ihn zu. Vor allen Beschuldigungen setzte es als Erstes eine satte Ohrfeige. Andy, der momentan kaum in der Lage gewesen wäre sich gegen Saras aufgebrachte Mutter zu verteidigen, beugte seinen Kopf gepeinigt zur Seite. „Wie konntest du Scheißkerl meine Sara in diese missliche Lage bringen!? Wage es nie wieder, dich ihr zu nähern, sonst kannst du was erleben!", bölkte sie ihn an. Gleichzeitig hämmerte sie mit Fäusten weiter auf ihn ein, sodass die Polizei eingreifen musste, indem sie die wütende Mutter von ihm wegzogen. „Frau Woltershausen, bitte beruhigen Sie sich. Was Sie da gerade getan haben, war nicht rechtens." „O doch, das war es!", beharrte sie steif und fest auf ihrer Meinung. „Dieser Mistkerl hätte um ein Haar meine Tochter auf dem Gewissen gehabt! Verhaften sollte man ihn!" Während die beiden Beamten versuchten, die Frau zu besänftigen, übernahm ihr Gatte das Wort, der sich bislang nur mit den Einsatzkräften und den Leuten vom Krankenwagen ausgetauscht hatte. „Gisela, du hast die Sachlage offenkundig immer noch nicht begriffen!" Nun wurde auch er mal ordentlich laut, was selten vorkam. „Der junge Mann ist allem Anschein nach Opfer einer Intrige geworden. Die Person, die wir verklagen müssten, wenn sie noch leben würde, ist die neue Auszubildende in Herberts Betrieb. Sie ist für all das hier verantwortlich. Und jetzt lass den Freund unserer Tochter gefälligst in Frieden! Er hat selbst heute Mittag Schlimmes durchgemacht." „Albert, wie redest du mit mir!", empörte sich seine Gattin. „Halt endlich deinen Mund und denk zur Abwechslung mal ein bisschen nach, bevor du so aufdrehst!"

Sara, die kurzzeitig allein auf dem Aussichtspunkt stand, ging auf ihren Freund zu und warf sich schweigend in seine Arme. Er legte eine Hand auf den Rücken, während er mit der anderen sanft durch ihr Haar oberhalb des Stirnbandes strich. Augenblicklich musste auch er heulen. Verzweiflung oder Tränen der Erleichterung? Die Antwort blieb im Verborgenen.

Nachdem die Sache fürs Erste geklärt worden war und auch die Geschädigten medizinische Versorgung erhalten hatten, verließen die Einsatzfahrzeuge wieder den Bereich, der den Betroffenen aller Wahrscheinlichkeit nach noch weit in die Zukunft hinein als Ort des Schreckens in Erinnerung bleiben würde. Saras Familie wie auch Andy waren die Letzten, die in der fast vollendeten Dämmerung zurückblieben und um Fassung rangen.

Herr Woltershausen wandte sich ungeachtet seiner Frau an Andy, der die Streiterei zwischen den beiden schweigend miterlebt hatte. „Andreas, was heute wie auch seit den letzten Wochen geschehen ist, tut mir leid. Ich hatte selbst keine Ahnung und mich deshalb auf die Aussagen anderer verlassen, die ebenfalls wie ich ziemlich arglistig getäuscht worden sind." Mit gefalteten Händen stand der Mann da und sah ihm ohne abzuschweifen ins Gesicht. Seine Worte klangen aufrichtig. Saras Mutter hielt sich erstaunlicherweise sehr zurück. Scheinbar hatte die Ansage des Vaters doch noch Wunder bei der so häufig schwadronierenden Frau bewirkt.

Andy nickte anerkennend. „Ganz gleich, wie schlimm dieser Tag heute auch war, ich werde mich unverzüglich mit Herrn Grüner in Verbindung setzen. Ihnen steht selbstverständlich das Recht auf Rehabilitierung zu. Meine Frau und ich möchten uns natürlich auch persönlich bei Ihnen entschuldigen, dass wir so vorschnell geurteilt haben. Wenn wir noch irgendwas für Sie tun können, sagen Sie es uns bitte."

Andreas war völlig gerührt von der Rede des Bürgermeisters. Beinahe wären ihm erneut die Tränen gekommen. „Haben Sie vielen Dank! Das wird wohl nicht nötig sein. Das größte und beste Geschenk, was Sie mir jemals machen können, ist in dieser Sekunde ganz nah bei mir." Er drehte den Kopf zur Seite und betrachtete sein Mädchen, das sich am liebsten tief in ihn hineingeflüchtet hätte. Sie hatte seit ihrer Rettung durch Andreas und Claudia bisher noch nicht gesprochen, schaute einfach nur teilnahmslos in die Runde. Ein erstes Lächeln zeichnete sich auf Herrn Woltershausens Lippen ab, womit seine Frau nicht übereinstimmen konnte.

Zwischen Hoffen und Bangen

Die Holzscheite des Kaminfeuers knisterten in prachtvollem Gelborange ansehnlich vor sich hin, genau passend zu dem weihnachtlichen Ambiente am Heiligabend im Hause der Familie Woltershausen. Begleitet wurde das nicht ganz so fröhliche Beisammensitzen von festlicher Musik, die in sehr gedämpfter Lautstärke aus dem Hintergrund erklang. Trotz der molligen Wärme hatte sich Sara eine Wolldecke umgehängt, während draußen der Schnee in kleinen weißen Flocken sanft herniederrieselte. Zusammen mit Andy, dem man es deutlich ansah, wie gerne er seine Freundin mit Streicheleinheiten liebkoste und zugleich auch mit beiden Händen über die Decke rieb, um ihr ein Gefühl von Behaglichkeit zu geben, saß sie am Couchende zur Wand hin. Tante Rita, die samt Familie mittags in Bopfingen eintraf, war stets bemüht Freude auszustrahlen, soweit es die gegebenen Umstände ermöglichten. Auch bei der Heidelberger Verwandtschaft kam das Drama, welches sich an den Steilhängen der Ostalb am vergangenen Sonntag zugetragen hatte, als reinste Schocknachricht über.

Das zu Tode erschrockene Mädchen saß schon den gesamten Abend lang fast ausschließlich eingemummelt in seinem Baumwollumhang auf ein und demselben Platz, ohne sich großartig bemerkbar zu machen. Meistens betrachtete sie teilnahmslos den bunt geschmückten Tannenbaum, der durch den Kamin als dekorative Lichtquelle im Halbschatten seinen Glanz präsentierte. Ab dem kommenden Jahr sollte Sara psychologische Betreuung erhalten, um das schreckliche Erlebnis besser verarbeiten zu können. Wann und inwieweit die Hilfe anschlagen würde, stand in den Sternen. Eine Genesung könnte sich bei ihrer hohen Sensibilität als äußerst schwierig gestalten, befürchtete Andy, der letzten Endes nur beten konnte, dass alles eine Frage der Zeit sein würde. Ihre Sprache hatte sie soweit noch nicht wiedergefunden., lediglich ein leises Flüstern war zu hören. Offensichtlich befand sich Sara immer noch in einem Schockzustand. Wie nun alles weiterlaufen sollte, wollte sein gesunder Menschenverstand noch nicht preisgeben. Dem Himmel sei Dank verweilte das junge Paar wenigstens noch im Diesseits. Jedem der Anwesenden war bewusst, dass es auch anders hätte ausgehen können.

„Wann gedenkst du denn, das nächste Mal nach Hause zu fahren?", wurde er plötzlich von Rita gefragt. Ihre Stimme durchbrach die für das Christenfest ungewöhnliche Stille in einer Art und Weise, dass man mehr von einer rhetorischen Frage ausgehen musste, welche einfach nur dem Zweck einer Unterhaltung dienen sollte. Unglücklicherweise ließ die getrübte Stimmung im Raum den ganzen Abend lang keine richtige Kommunikation aufkommen. Es blieb mehr oder weniger bei vereinzelten Sätzen. Es lag ihm auf der Zunge zu behaupten, er sei doch hier zu Hause. Sicherlich hatte er Schwaben ein Stück weit als seine neue Heimat angenommen, anderenfalls war ihm zurzeit nicht nach Scherzen zumute. „Wahrscheinlich in den Osterferien", antwortete er.

Und Ferien sollte es künftig wieder für ihn geben! Sein alter Boss, Herr Grüner, stattete ihm tags zuvor höchstpersönlich einen Besuch ab, um die frohe Botschaft über seine Wiedereinstellung zu verkünden. Der Kleidung nach zu urteilen befand er sich im Zustand der Trauer. Andreas empfand das Erscheinen dieses Mannes als eine noble Geste, konnte sich recht genau einen Reim auf die Gesamtsituation machen. Herr Grüner kam direkt vom Nördlinger Friedhof, wo Ankes Beisetzung stattfand. Ein Trauermarsch vom Betrieb her fiel aus. Man konnte sich nicht darauf verständigen. Der Firmenvorsitzende akzeptierte die Meinung des Betriebsrates, welche zugleich auch ein allgemeines Spiegelbild der Belegschaft darstellte. Unabhängig von seiner persönlichen Einstellung sah sich Herr Grüner jedoch gezwungen, allein im Rahmen seiner Position als Chef von Riesweite Präsenz bei der Beerdigung einer Mitarbeiterin zu zeigen. So war er anscheinend der einzig anwesende Zeuge von Ankes beruflichem Werdegang, der relativ schnell ein Ende fand. Andreas wäre selbst nicht in der Lage gewesen, der Verstorbenen das letzte Geleit zu geben, wobei er sich gleichermaßen mit der Familie Sievers von Angesicht zu Angesicht konfrontiert hätte sehen müssen. War nicht auch davon auszugehen, im schlimmsten Falle Opfer von Vorwürfen, Unterstellungen oder gar Hassattacken zu werden? Was hätte er ihnen entgegenhalten können?

Nein, er hegte keinen Zweifel an seiner Entscheidung, der Beerdigung ferngeblieben zu sein. Bedachte man doch schlicht und einfach nur mal die Tatsache, dass an Ankes statt Sara und er der Grund für Trauer hätten sein können. Wie viel Leid konnte ein einzelner Mensch auf seinen Schultern tragen, ohne selbst dabei zugrunde zu gehen?

Sein Besucher zeigte sehr viel Mitgefühl, stets bemüht, allen Betroffenen in irgendeiner Form gerecht zu werden. Er machte dabei aus seinem Herzen keine Mördergrube. Pflichtbewusst wurde Andy wieder in seinem Betrieb eingestellt, wobei auch hier eine aufrichtige Entschuldigung für das aus Unkenntnis zugefügte Leid nicht ausblieb. Die bereits von Herrn Woltershausen vermutete Rehabilitierung trat somit ein. Ein paar Tage Erholung bis zum dritten Januar des folgenden Jahres wurden ihm eingeräumt, die er, wann immer es möglich war, mit Sara verbringen wollte.

Ob Andy seitens der Gastgeberin bei den Woltershausens als gerne willkommen galt, konnte er nicht mit Bestimmtheit sagen. Es ging ihm auch gelinde gesagt weit am Allerwertesten vorbei. Vielleicht hätte die vornehme Dame des Hauses gerne auf Renates Frage hin betont, dass man doch Weihnachten bei der eigenen Familie verbringen sollte. Die Phrase ‚Das gehört sich doch so' stände der Madame seiner Ansicht nach gut zu Gesicht. Andreas musste nicht lange überlegen bei seiner Entscheidung, zumal auch dessen Angehörigen in der Heimat vollstes Verständnis dafür zeigten.

Die auf das Desaster folgenden Nächte verbrachte er gemeinsam mit Sara in ihrem Zimmer. Auf sein Drängen hin, Sara nicht gerne allein lassen zu wollen, willigten ihre Eltern aufgrund der außergewöhnlichen Lage, in der sich ihre Tochter derzeit befand, wortlos ein, erstaunlicherweise sogar der weibliche Teil der Regierung, der dennoch nicht umhinkonnte, ein paar Hausregeln direkt deutlich zu machen.

So sollte eine alte Matratze Andreas die Schlafgelegenheit ermöglichen, wobei sie am Ende doch die meiste Zeit eng zusammengekuschelt im Bett verbrachten. Seine Freundin schlief wie erwartet äußerst unruhig bis überhaupt nicht. „Schlaf ganz unbesorgt ein, Schatz, ich bin bei dir", sprach er häufig zu ihr. In den nun anstehenden beiden Nächten über die Feiertage hinweg war die Matratze in Saras Zimmer allerdings für Esther vorgesehen, während das Heidelberger Ehepaar nebenan im Gästezimmer nächtigte. Andy akzeptierte es ohne Widerrede. Er wäre niemals auf die Idee gekommen, dem Geschwisterkind der alten Dame den Platz streitig zu machen. Ungeachtet dessen würde auch ihm eine kurze Auszeit von den Strapazen mal ganz gelegen kommen, um sich anderen Dingen widmen zu können. Weihnachtstage galten schließlich auch als Besuchstage bei Verwandten. Am nächsten Morgen fuhr die Verwandtschaft zur Oma nach Balingen, während der zweite Weihnachtstag traditionell für das Großelternpaar mütterlicherseits in Tübingen vorgesehen blieb.

Der Wollumhang, der um ihren fröstelnden Oberkörper gelegt wurde, dazu noch diese wärmenden Hände, die sie so fürsorglich einkuschelten – Sara fühlte sich richtig geliebt von dem Menschen, der alle Hebel in Bewegung setzte, um ihr das Leben in einer äußerst hilflosen Phase so erträglich wie möglich zu machen. Ständig versuchte sie ihn anzulächeln, um ihre Art der Zuneigung wie auch der Dankbarkeit kundzutun, jedoch wollte es irgendwie nicht gelingen. Ihre ganze Gefühlswelt blieb weitestgehend im Inneren verborgen. Sie hatte nicht einmal mehr Tränen, nur lautlose Schreie, die ungehört verhallten.

Draußen hinter den Büschen im Garten huschte gerade ein Schatten vorbei. War es ein Nachbar, der schnell heim zur Familie wollte oder wurden sie gerade beobachtet? Immerfort tauchte das Bild von Anke vor ihrem geistigen Auge auf. Die gequälte Seele ließ es einfach nicht los, konnte sich nicht gegen jene unheilvolle Erscheinung zur Wehr setzen, die ihrem Leben beinahe ein jähes Ende bereitet hätte. Anke war tot, Opfer ihres eigenen Wahnsinns, sagte ihr Verstand. Dennoch war sie überall, ein unsterblicher Geist, ein Parasit, der sich in ihr festgebissen hatte, um zu jeder Zeit präsent zu sein.

Die Konzertgitarre unter dem Tannenbaum kam dem traumatisierten Mädchen mit Sicherheit sehr entgegen, um sich im Stillen musikalisch zu beschäftigen. Sie hatte so ein Instrument bereits in Andys Haushalt entdeckt und war fasziniert von der Spielweise ihres Liebsten, wobei dieser sich selbst nur ein mäßiges Talent zubilligte. Manchmal war er ganz einfach viel zu bescheiden, hatte er doch immerhin das Interesse seiner Freundin daran geweckt, auch mal neben Querflöte noch ein anderes Musikinstrument spielen zu wollen. „Wir könnten doch mal gemeinsam etwas spielen", schlug sie damals vor. Weihnachten war immer ein genialer Zeitpunkt, Träume in Erfüllung gehen zu lassen. Auf einmal standen mit einer Flöte und zwei Klampfen verschiedene Möglichkeiten zur Verfügung. Die Zeit war reif, das Vorhaben in die Tat umzusetzen und gemeinsam zu musizieren. Sara durfte jetzt keineswegs in eine Art Lethargie verfallen.

Nun nahm sie Blickkontakt zu ihm auf, verwies dabei mit dem rechten Zeigefinger auf die Gitarre. Andy verstand sofort, erhob sich vom Sofa und ging zum Weihnachtsbaum. Fragende Blicke anderer Personen folgten ihm. Er nahm das Instrument aus der offenen Verpackung. Ein aromatischer Duft von frischem Zedernholz stieg in seine Nase.

„Ach, gibt der große Künstler jetzt ein Konzert?", fragte Rita freundlich interessiert. „Da bin ich ja mal gespannt." Andreas zupfte ein wenig an den neuen Saiten. „So ganz bestimmt nicht", grinste er. Es war der erste Hauch von Fröhlichkeit bis zu diesem Zeitpunkt am Heiligen Abend. „Niemand von Ihnen wird jemals eine nagelneue Gitarre in die Hand nehmen und sofort spielen können. Es sei denn, jemand hätte sie vorher gestimmt." Er setzte sich zurück auf seinen Platz und fing an, die Saiten nach Gehör in die korrekte Tonlage zu bringen. Zuvor bat er um Erlaubnis, das Radio abstellen zu dürfen.

„Und was hätten wir nun im Programm, Andy?" ‚Wie schade, dass die sympathische Rita nicht Saras Mutter geworden ist,' ging dem Mann mit der Gitarre soeben durch den Kopf. „Passende Lieder zur Weihnachtszeit habe ich dieses Jahr nicht großartig einstudiert, sodass ich sie ohne Akkordvorgabe spielen könnte." „Eigentlich schade", entgegnete Rita. Der Niedersachse schüttelte den Kopf. „Ehrlich gesagt stand mir nicht der Sinn danach." „Das kann ich allerdings gut verstehen." „Dann wünsche ich mir einen tanzbaren Rock'n Roll!", flachste ihr Mann Robert. „Bitte nicht so anspruchsvoll", gab Andy scherzhaft zurück. „Aber gut, so schwierig ist das mit dem Rock'n Roll auch nicht unbedingt." Er legte mit einfachen Akkorden los, brachte das, was er vor einiger Zeit mal aus dem Gedächtnis durchs Hören musikalisch übertragen hatte, zu seinem Besten. In den Gesichtern seiner Zuhörer spiegelte sich bis auf wenige Ausnahmen Vergnügen wider. Sie hatten Spaß dabei, wenn es auch dem Grund des Zusammentreffens nicht unbedingt gerecht wurde. Düstere Mienen verschwanden, die Totenstimmung verwandelte sich plötzlich in eine Art Lebensfreude. Applaus nach dem ersten Lied machte Laune auf mehr. Weihnachten hin oder her, der Zweck heiligte die Mittel an diesem Abend. Zwischenzeitlich wurde seine Freundin, in deren Augen nun wieder ein wenig Lebensfreude aufblitzte, wenn auch noch sehr gedämpft, zur Abwechslung mal von Esther liebevoll in den Arm genommen. Lediglich Frau Woltershausen schaute noch etwas miesepetrig drein.

„Findest du diese Musik für Heiligabend angemessen?" Für Andreas kam die Reaktion keineswegs überraschend. „Nun ja, wie schon gesagt, habe ich mich in diesem Jahr wenig mit Weihnachtsliedern befasst, aber …" „Mensch Gisela, das war doch mal was Erfrischendes. So etwas tut auch Weihnachten gut!", fuhr Rita verärgert dazwischen. Die anderen Gäste sowie auch der Herr des Hauses stimmten zu. ‚Vielleicht sollte die altbackene Dame beim nächsten Mal zuvor in Saras Augen sehen, bevor sie meckert,' dachte Andy so bei sich. Er wollte die jüngst aufgekommene Stimmung allerdings nicht wieder abflachen lassen. „Aber ich kann's ja mal mit etwas weihnachtlicher Musik probieren", versuchte er vorsichtig einen Kompromiss zu schließen. Da kein Widerspruch kam, fing er sogleich mit ‚O Tannenbaum' an. Dass alle mitsingen konnten, ergab auch einen Wert. Die Saitenklänge kamen zumeist aus dem Bauchgefühl heraus, es klappte zu seiner vollen Zufriedenheit.

Da war es wieder, dieses Monster, diese Ausgeburt der Hölle, dessen Messer in der rechten Klaue beinahe so lang war wie das Ungeheuer selbst. Seine blutgeröteten Augen starrten Sara unentwegt an. Ekelerregender Sabber quoll aus dem mit gebogenen Zähnen, spitz wie Nadeln, kantig geformten Unterkiefer. ‚Verschwinde, du Bestie!' wollte sie mit aller Kraft herausschreien, während Andy sie bei der Hand nahm und krampfhaft nach einer Fluchtmöglichkeit suchte. Aber die Stimme versagte ihren Dienst. Das Mädchen konnte kaum noch stehen, wurde völlig weich in den Knien. Nun schoss auch noch Feuer aus dem Schlund der verworfenen Kreatur in die ansonsten herrschende Finsternis. Saras Händedruck wurde immer fester, unbeschreibliche Angstzustände schienen sie zu überwältigen, geradezu ohnmächtig werden zu lassen. Die Flamme wuchs unaufhaltsam zu einer riesigen Feuerwand heran. Binnen Sekunden wurden sie davon umzingelt, bekamen jeden Ausweg versperrt, derweil die Flammenbrunst spiralförmig näher kam und sie jeden Augenblick zu verschlingen drohte. Eigentlich müsste Sara langsam eine Wahnsinnshitze spüren. Sie klammerte sich eng an ihren Partner, lautlos um Hilfe schreiend, doch der blieb wie versteinert am Fleck stehen, schien der mystischen Gewalt nichts mehr entgegensetzen zu können. Offenbar hatte er sich damit abgefunden, gemeinsam mit ihr in dem rasend schnell verzehrenden Feuer bis zur Unkenntlichkeit zu verenden.

„Sara!", drang plötzlich als hallender Ruf in ihre Ohren, so als schienen die Flammen ihren Namen in Form eines Echos zu erwidern. Woher kam diese Stimme? Jemand zog an ihrem Arm, auch das noch! Es musste dieses schreckliche Ungeheuer sein. Sie drehte sich blitzartig zur Seite. Die Klauen griffen erneut nach ihrem Arm. ‚Nein!! Hau ab!!' Hoffnungslos verzweifelt rannte sie dem Flammeninferno entgegen. Gleich war alles vorbei ...

Mit einem Mal gab es nur noch Dunkelheit, die Flammen schienen erloschen. Sara berührte mit einer Hand den Boden. Er fühlte sich weich und warm an. Jetzt realisierte das Mädchen, dass es unter einer Decke im eigenen Bett lag.

„Sara, Liebling, wach auf!" Andy rüttelte leicht an ihrer Schulter. „Keine Angst, es war nur ein Traum." Er knipste die Nachttischlampe an. Gequälte Augen starrten an die Decke, während eine Hand liebevoll ihre Wange streichelte. „Komm, ich leg' mich zu dir, Schatz. Versuch wieder einzuschlafen." Er löschte das Licht und zog sie ganz nah an sich heran.

Es war noch früh am Neujahrsmorgen. Die Silvesterböllerei war vorüber, genau wie die Party bei den Frankes. Es war ein stimmungsvoller, amüsanter Abend. Klein Peterle war außer Rand und Band, freute sich wie ein Schneekönig darüber, so wie die Großen bis in die Nacht hinein aufbleiben zu dürfen. Kurt war neben zahlreichen Gästen aus zwei verschiedenen Generationen ebenso eingeladen wie Lebensretterin Claudia. Sein Kumpel musste mehrere Tage im Krankenhaus bleiben, konnte jedoch die Weihnachtsfeiertage zum Glück wieder zu Hause verbringen. Es waren die schönsten Augenblicke seit der Katastrophe zwölf Tage zuvor. Nicht zuletzt lag es auch an den herzlichen Eltern von Kathrin, die alles für die Zufriedenheit ihrer Gäste gaben.

Sara kam wie erwartet auch an jenem Abend nicht großartig aus sich heraus, genoss aber trotz allem die Geselligkeit am Tag der Jahreswende. Zu gefühlvollen Liebesballaden bei Ambientlicht im abgedunkelten Raum ließ sie sich gerne von Andy zum Schwofen überreden, genau wie ihre Freundin Kathrin, die sich hautnah an Kurt drückte, wobei deren Lippen jenen Abstand verdrängten, der Freundschaft von Liebe unterschied. Andy fühlte einfach nur wahre Freude beim Anblick dieses neu entstandenen Liebespaares. In jenem Augenblick, wo das Leben nicht so selbstverständlich war, wie man es im Allgemeinen erwartete, brachte es augenscheinlich ungeahnte Leidenschaften zum Vorschein, welche man ansonsten erst gar nicht gesehen, geschweige denn vermisst hätte.

Momente dieser Art blieben nicht die einzigen des Abends. Alle Anwesenden wussten um die Geschehnisse an den Steilhängen. Vielleicht gerade deshalb fand eine geistige Übereinkunft statt, um des Lebens willen in das neue Jahr hineinzufeiern.

Einzig und allein die Lautstärke mehrerer Feuerwerkskörper bereitete Sara um Mitternacht Stress, traf scheinbar eine empfindliche Ader, als die Menge dicht an dicht zusammenstand, um prostend in den mit bunten Farben durchzogenen, ansonsten schwarzen Nachthimmel zu schauen. Andy zog sich mit dem überforderten Mädchen sofort an eine Stelle mit gemäßigtem Lärmpegel zurück, um zu verhindern, dass es sich unter Umständen einer Reizüberflutung aussetzte.

Und nun dieser Albtraum, wahrscheinlich der erste nach der Katastrophe. Andreas musste in Erwägung ziehen, dass die Knallerei möglicherweise der Auslöser dafür war. Nichtsdestotrotz sollten Körper und Seele bei Sara erst mal wieder zur Ruhe kommen. Der Erholungsschlaf war unverzichtbar wichtig. Bis zum Frühstück war es noch ein Weilchen hin. Das gab der Traumatisierten die Gelegenheit, sich in Andys Armen noch ein wenig mit hoffentlich angenehmeren Träumen zu entspannen.

Wie oft würden ähnlich gestrickte Situationen in nächster Zeit auftauchen, die seine Liebste noch nicht verarbeiten konnte. Diese Frage beschäftigte ihn noch eine ganze Weile, während Sara fest umschlungen, wie von einem Schutzpatron behütet, Minuten später zurück in einen sanften Schlaf fiel.

Ungeahntes Talent

Der schmale Weg bis zur Wanderroute befand sich nach den starken Regenfällen der letzten Tage in keinem optimalen Zustand. Andy, der vorweglief, nahm sein Mädchen fest an die Hand auf dem schlitterigen Boden, welcher sich erst nach Erreichen des Höhenrückens besserte. Unwillkürlich tendierte Sara an der T-Kreuzung nach links, sozusagen weg von den hohen Klippen. Vergeblich, da Andy die andere Richtung anvisiert und auch direkt eingeschlagen hatte, sodass sie wie automatisch umgeleitet wurde. Auch wenn der schlammige Untergrund allgemein passé war, verleiteten einige kleinere Pfützen dennoch zum Zickzackkurs beim Wandern.

Ein frischer, milder Aprilwind wehte dem Pärchen um die Ohren. Die Bäume standen in Blüte, Vögel kündigten an allen Stellen des Waldes ihren neuen Wohnort an. Überall, wohin man sah, ließ sich deutlich erkennen, dass die Natur nach der langen Winterzeit wieder vollständig zum Leben erwacht war. Weiter hinten folgten ihnen Kathrin und Kurt Hand in Hand. Der Wind wehte ab und zu frohsinniges Gelächter zu Sara und Andy herüber, die kurz stehenblieben, um sich richtig in die Arme zu nehmen. Die anderen beiden taten es ihnen nach, als hätte man sich abgesprochen. Zwei Liebespaare auf dem Weg durch den Frühling; der ideale Stoff für romantische Abenteuer. Ein freundliches Winken kam herüber. „Wir wollen diesen Weg zur anderen Seite nehmen", rief Kathrin. Ihr Finger zeigte dabei auf einen kleinen Steig links, der den Spaziergängern nach wenigen hundert Metern bei guter Fernsicht einen interessanten Ausblick nach Süden bescherte. ‚Gehen wir doch einfach mit,' schien Sara mit ihren gefühlswarmen Augen ausdrücken zu wollen. Andy schaute seine Herzensdame überlegend an, wobei er sie ein Stück von sich wegschob, um sie besser anschauen zu können. „Wenn du meinst ..."

Die Struktur des Weges, der eigentlich gar keiner war, ließ deutlich erkennen, dass die Entstehung im Ursprung damit begründet wurde, dass Spaziergänger bequemerweise eine Abkürzung zum südlichen Aussichtspunkt suchten und somit diesen Trampelpfad erschaffen hatten. Sara spürte innerlich eine Riesenerleichterung. ‚Bloß weg von den Klippen,' war ihr erster Gedanke, als Kathrin die Richtungsänderung vorschlug. Ferner fragte sie sich, was ihr Freund damit bezweckte, sie zu den steilen Felsen mitnehmen zu wollen, wo sich im vergangenen Dezember jenes Drama zugetragen hatte, welches sie wahrscheinlich niemals würde vergessen können. Zum ersten Mal begann sie, an dem Menschen zu zweifeln, der ihr alles bedeutete, der auch in schwierigen Zeiten, von denen es in jüngster Vergangenheit reichlich gab, immer fest zu ihr gehalten hatte. Was dachte er sich bloß dabei, wieso konnte man diesen herrlichen Tag nicht an anderer Stelle genießen?

Die Mittagssonne fiel den Freunden direkt ins Gesicht, als sie auf der Südseite des Bergrückens ankamen. Die Natur in der Blütezeit, Ruhe vor dem Lärm der Welt – Sara setzte sich erst mal ins Gras, ließ einfach nur die Magie der Gegebenheiten auf sich wirken. Ginge es nach ihr, würden sie bis zur Abenddämmerung an dem Platz verweilen, der das lautlose Mädchen, welches mit geschlossenen Augen auf seinen am Hinterkopf verschränkten Händen im frühlingsfrischen Gras lag, in eine Zeit zurückversetzte, wo die Welt für sie noch in Ordnung war. Nicht weit von hier hielt sie im August vergangenen Jahres einen Menschen in den Armen, der ihr ein nie zuvor gekanntes Lebensgefühl vermittelte, den Beginn einer neuen Zeit. Wieso genau jener Mensch, der alles Erdenkliche getan hatte, durch Höhen und Tiefen gegangen war, um ihre junge, zarte Seele vor Unheil zu bewahren, geplant hatte, an den Ort des Schreckens zurückzukehren, an dem um ein Haar alles Glück dieser Welt zerbrochen wäre, wollte ihr nicht einleuchten.

„Sollen wir mal weiter zum Café gehen?", fragte Andy die Gruppe nach einer Weile. Da kein Widerspruch kam, setzte er als Erstes den Weg fort. Die anderen kam sogleich hinterher.

Andys Abstand zum steilen Abgrund betrug nicht einmal mehr einen Meter, was im Falle eines Fehltritts den sicheren Tod bedeuten würde. Seine Freundin blieb ein paar Schrittlängen hinter ihm, nicht bereit, bei solch einem waghalsigen Abenteuer neben ihm zu stehen. Sie wünschte sich weit weg von dieser Stelle, konnte es jedoch nicht vermeiden, dass man zumindest beim Rundgang über den kleinen, schmucken Höhenrücken auch an jener berüchtigten Aussichtsplattform vorbeikam, die sie mit aller Gewalt zu meiden versucht hatte.

„Die Aussicht ist herrlich." Mit einer leichten Armbewegung wollte er Sara gleichzeitig zu sich heranwinken.

„Schatz, möchtest du sie nicht aus allernächster Nähe betrachten." Saras Augen blieben stumpf, die Angst war unverkennbar. Bilder, die bange machten, zogen an ihr vorüber. Irritiert fiel ihr Blick zur Seite.

Kathrin und Kurt standen etwas entfernt, viel zu sehr mit ihrer eigenen Turtelei beschäftigt, um der prekären Situation Aufmerksamkeit zu spenden, geschweige denn, dem verwirrten Mädchen hilfsbereit die Entscheidung über sein weiteres Handeln abzunehmen.

„Vertrau mir, Schatz!" Sara wollte nur noch flüchten, warum tat sie es nicht? Stattdessen bewegten sich die weichen Knie nach vorne, nicht zurück. „Dir kann nichts Schlimmes passieren", beteuerte Andy. Wie fremdgesteuert kam sie auf ihn zu und streckte die Fingerspitzen nach vorne. Begriff sie wirklich, was gerade geschah? Besser noch, gab es denn irgendetwas zu befürchten? Wenn sie *ihm* schon nicht mehr vertrauen konnte, wem dann? Die Antwort aller Fragen schien der Zauber der Berührung zweier Hände zu sein, die eins sein wollten. Vorsichtig umschlossen sich ihre Finger. Nun stand auch Sara am Fuße des Abgrunds. Plötzlich war alles wieder da, diese kalten, eisblauen Augen, das Messer, auf Andy gerichtet, der sie minutenlang unter größter Anstrengung festhielt, ein Kraftakt, den er sich selbst zuvor niemals zugetraut hatte.

„Ist das eine grandiose Fernsicht", betonte er mit Nachdruck. „Man kann über das ganze Ries schauen, Wahnsinn!" Zwei ängstliche Augen sahen meistens nur ihn an, statt gelassen in die Ferne zu blicken. Das Pärchen umarmte einander. „Sei ganz beruhigt, Schatz, du bist hier vollkommen sicher. Dir tut niemand mehr etwas an." Wiederum fiel ihr Blick auf das befreundete Paar. Die beiden verhielten sich so, wie Verliebte nun einmal sind, achteten dabei nicht auf sie und ihren Freund. Geräusche anderer Spaziergänger veranlassten Sara, sich verunsichert umzudrehen. Andy hatte recht, die Welt war friedlich, es gab nichts zu befürchten. Dennoch ließ sich ein leichtes Zittern vor Angst nicht wirklich unterdrücken.

Der Wind wehte lieblich durch ihr weiches Haar, raunte dabei gelegentlich über die schroffen Felsen, als wollte er eine Geschichte erzählen. Vielleicht sollte es ein Zuspruch sein, eine Prophezeiung, dass es Sinn machte, an eine gemeinsame Zukunft zu glauben. Wann wurde sie von Andreas mal wirklich enttäuscht? Beide hatten sich vom ersten Augenblick an verliebt angeschaut, gingen zusammen durch Himmel und Hölle, haben sprichwörtlich in todbringende Abgründe gesehen, ohne sich dabei zu verlieren.

Ihre Zeit miteinander stellte nur eine kurze Strecke auf dem Lebensweg dar, dennoch erschien sie ihnen wie eine halbe Ewigkeit. Sara tastete sich immer weiter an eine Art inneren Ruhepunkt heran, lehnte vertrauensvoll ihren Kopf an seine linke Schulter. Die Furcht ließ weiter nach. Sogleich fielen auch die Augen kurzzeitig zu, gaben dem Mädchen die Möglichkeit, sich für wenige Augenblicke an diesem verwunschenen Ort treiben zu lassen. „Sollen wir mal weitergehen?", drang Kathrins Stimme herüber.

„Komm, Sara, lass uns mal wieder gehen", meinte Andy. Für den heutigen Tag schien es genug zu sein. Das Mädchen drehte sich zur Seite, trat dabei unvorsichtigerweise in eine durch die nassen Tage aufgeweichte Schlammspur. Sie rutschte nach hinten, fiel sogleich ganz knapp vor der Felskante auf die Knie. Das hatte sie bereits einmal vor nicht allzu langer Zeit erlebt! Sara geriet augenblicklich in Panik. „Hilfe!! Andy, halt mich fest!!", ertönte es als gewaltiges Geschrei aus ihrer Kehle. Reflexartig fiel Andreas ebenfalls auf seine Kniescheiben und schnappte in Windeseile nach ihrem Oberkörper. Kathrin und Kurt eilten erschrocken herbei. Alle einschließlich Sara selbst waren zutiefst verwundert. „O Gott, Sara!", stieß Andy total perplex hervor. „Du kannst wieder sprechen!" Er schaute tief in ihre Augen, küsste sie auf beide Wangen und hielt sie wieder ganz fest. Erste Freudentränen strömten, während seine Liebste noch ziemlich geschockt dasaß. „Andy, ich hatte solche Angst, halt mich ganz fest!" Sie schnatterte und bibberte wiederum am ganzen Körper. „Liebling, komm her, jetzt wird alles gut! Du ahnst gar nicht, wie glücklich ich bin." Nun war Kathrin mit Umarmungen an der Reihe. Allen Betroffenen fiel sichtlich ein mächtiger Stein vom Herzen. Andreas hatte es niemals auf solch eine Schocktherapie angelegt. Vielmehr wollte er Sara in langsamen Schritten daran gewöhnen, dem Leben erneut Vertrauen zu schenken.

„Lass uns gehen und die frohe Botschaft weiter verkünden. Ich könnte sie in die ganze Welt hinausschreien", betonte der von Glücksgefühlen schier überwältigte junge Mann, der noch gar nicht begriffen hatte, welch Wunder zu bewirken er imstande war.

Die Freunde waren bereits auf dem Rückweg, als Andy plötzlich kehrt machte, um ein letztes Mal auf der Kanzel zu stehen. „JAAAAA!", schallte es in einer Lautstärke über den Rieskrater hinweg, dass man annehmen musste, jeden Moment das Echo von den fernen Bergen zu hören.

Epilog

Ein warmer Sommertag lag über den grünen Berghängen der Schwäbischen Alb. Sara ruhte in ihrem Liegestuhl auf der Terrasse und nahm die wärmespendende Mittagssonne als ein Geschenk der Natur zu ihrem 17. Geburtstag entgegen. Viele Dinge liefen in jüngster Zeit zu ihrer Zufriedenheit, was natürlich auch zum Wohlbehagen all derjenigen beitrug, denen sie am Herzen lag. Das Verfahren wegen Körperverletzung und Rufmord gegen ihre Person wurde genauso eingestellt, wie die Bezichtigung einer Vergewaltigung, woran Andy eine Zeit lang schwer zu knacken hatte, im Sande verlief. Auch bei Claudia Wiesenthal wurde auf Notwehr plädiert, was ihr Anwalt durchfechten konnte. Somit ging für alle Betroffenen vom vergangenen Dezember das Leben mehr oder weniger ganz normal weiter.

Auf dem Küchentisch lag ein frisch geöffneter Brief von der Sankt-Lorenz-Bibliothek; die Zusage für einen Ausbildungsplatz ab dem kommenden Schuljahr als zweites Präsent des Tages. Das größte Geschenk überhaupt konnte jedoch nur der junge Mann sein, der seine Verehrte wie immer mit Liebe betrachtete. Was für ein faszinierendes Antlitz, wer könnte solch ein Bild malen?

‚Wende dein Gesicht der Sonne zu und du lässt die Schatten hinter dir', besagte ein deutsches Sprichwort. Worte, die tief ins Herz hineingingen, sprachen einfach nur für sich, bedurften keiner weiteren Erklärung. Die

Sonne fiel auf ihr Gesicht. Sara strahlte zurück, so liebreizend, so anmutig, als wäre tief in ihrem Innern, irgendwo im Zentrum der Seele, ein Kern vorhanden, der alles Licht einfing und wieder zurücksandte, um erneut beschienen zu werden wie in einem luminösen Kreislauf, der eine Symbiose mit der Sonne darstellte.

Ganz und gar ergriffen von dem Anblick hüllte sich der Verliebte neben ihr ins Schweigen, wollte auf gar keinen Fall die innere Ausgeglichenheit zerstören, nach der sie so lange gesucht hatte. Welch enorme Lasten musste sie monatelang mit sich herumgetragen haben, die ihr plötzlich und unerwartet vom Herzen gefallen waren. Andy wandte sein Gesicht im Anflug einer Melancholie ab und fragte sich ernsthaft, ob er dieses Leiden wirklich nachempfinden konnte. Aber nun sah sie glücklich aus, so als wären alle Spuren einer Traurigkeit mit einem Mal fortgewischt. Einen Augenblick lang neigte Sara ihren Kopf zur Seite und blinzelte ihn an, als hätte sie seine geheime Botschaft verstanden, als wüsste sie nur zu gut, dass er sie niemals im Leben fallenlassen würde. Nicht für alles Gold der Erde!

Der Autor

Klaus Brehme, 1966 in Siegen geboren, war nach seinem schulischen Werdegang sowie seiner Tätigkeit als Produktionshelfer in einer Waschmittelfabrik ab 1988 im Verwaltungsdienst einer Behörde in Münster beschäftigt, die er 2012 krankheitsbedingt verlassen musste und fortan als Frührentner in Münster lebt. Sein Roman „Nicht für alles Gold der Erde" ist das erste Werk seiner Tätigkeit als Schriftsteller.

novum VERLAG FÜR NEUAUTOREN

Der Verlag

*Wer aufhört
besser zu werden,
hat aufgehört
gut zu sein!*

Basierend auf diesem Motto ist es dem novum Verlag ein Anliegen neue Manuskripte aufzuspüren, zu veröffentlichen und deren Autoren langfristig zu fördern. Mittlerweile gilt der 1997 gegründete und mehrfach prämierte Verlag als Spezialist für Neuautoren in Deutschland, Österreich und der Schweiz.

Für jedes neue Manuskript wird innerhalb weniger Wochen eine kostenfreie, unverbindliche Lektorats-Prüfung erstellt.

Weitere Informationen zum Verlag und seinen Büchern finden Sie im Internet unter:

www.novumverlag.com